COLLECTION FOLIO

Gerbrand Bakker

Le détour

Traduit du néerlandais
par Bertrand Abraham

Gallimard

Titre original :

DE OMWEG

Gerbrand Bakker est né en 1962. Après des études de lettres à Amsterdam, il a exercé différents métiers, puis publié un livre pour adolescents en 2004. *Là-haut, tout est calme,* son premier roman, l'a non seulement fait connaître dans son pays mais a été un grand succès dans toute l'Europe. En France, il a notamment reçu le prix Millepages.

Ample make this Bed —
Make this Bed with Awe —
In it wait till Judgment break
Excellent and Fair.

Be its Mattress straight —
Be its Pillow round. —
Let no Sunrise' yellow noise
Interrupt this Ground —

EMILY DICKINSON

NOVEMBRE

1

Un matin, de bonne heure, elle a vu les blaireaux. Ils se promenaient près du cercle de pierres qu'elle avait découvert quelques jours auparavant, et qu'elle voulait revoir dans les lueurs de l'aube. Elle avait toujours cru ces animaux pacifiques, un peu lourdauds et craintifs, mais ça se battait et ça sifflait. Lorsqu'ils l'ont vue, ils ont disparu sans précipitation parmi les ajoncs en fleur. Une odeur de noix de coco flottait. Elle est rentrée par le sentier qu'on ne pouvait repérer qu'en portant les yeux loin devant soi, qu'elle a deviné grâce à des *kissing gates* rouillées, des *stiles*[1] vermoulus, et de

1. *Kissing gate* : portillon empêchant le passage des moutons, chicane. *Stile* : échalier, ou échelle rudimentaire, accolé à une clôture et permettant de la franchir. *(Nous avons conservé les termes anglais du texte original. Toutes les notes sont du traducteur.)*

rares poteaux sur lesquels un dessin lui a paru représenter un randonneur. L'herbe n'était pas écrasée.

Novembre. Pas un souffle, temps humide. Elle était heureuse d'avoir vu les blaireaux, satisfaite de les savoir à proximité du cercle de pierres, même en son absence. Le long du sentier herbu se dressaient des arbres séculaires couverts d'une mousse rêche et grisâtre, aux branches cassantes. Cassantes, mais gardant avec obstination leur feuillage. Des arbres étonnamment verts à cette époque de l'année. Le ciel était souvent gris, la mer n'était pas loin ; elle pouvait parfois l'apercevoir, durant la journée, depuis l'une des fenêtres, à l'étage. D'autres jours, la mer restait invisible. Rien que des arbres, des chênes pour la plupart ; de temps à autre des vaches marron clair qui la regardaient, à la fois curieuses et indifférentes.

La nuit elle entendait l'eau, un ruisseau courait le long de la maison. Il lui était arrivé de se réveiller en sursaut : le vent avait tourné ou s'était levé ; le bruissement de l'eau s'était évanoui. Cela, alors qu'elle occupait la maison depuis à peu près trois semaines. Assez pour être réveillée parce qu'un bruit lui manquait.

2

Sur les dix grosses oies blanches qui s'ébattaient sur le terrain bordant l'allée d'accès, il n'y en avait, au bout d'un mois à peine, plus que sept. Elle avait retrouvé les trois autres : des plumes éparses et une patte orange. Les bêtes qui restaient se gavaient d'herbe, imperturbables. Dans son esprit, le seul prédateur possible était un renard, mais elle n'aurait nullement été surprise que rôdent des loups ou des ours gris. Elle avait le sentiment que c'était par sa faute que les oies s'étaient fait dévorer, que la responsabilité de leur survie lui incombait.

« Allée » : bien grand mot pour désigner le tortueux chemin de terre d'environ un kilomètre et demi, stabilisé çà et là par une cargaison de gravats de briques ou de débris de tuiles. Les terres — prairie, marais, bosquets — jouxtant ce chemin d'accès faisaient partie de la propriété, mais la configuration précise de l'ensemble continuait à lui échapper, principalement à cause de son aspect vallonné. Le pré aux oies était entouré comme il faut de fil de fer barbelé, ça oui. Les bêtes n'étaient pas pour autant hors de danger. Trois petits bassins, alimentés par une source invisible, avaient été creusés à leur intention, en contrebas les uns des autres. Il y avait eu aussi, près de ces bassins, une maisonnette en bois, dont ne restait guère plus, depuis le temps, qu'un toit à la renverse avec, devant, un banc affaissé.

Tournant le dos au chemin d'accès, la maison faisait face au cercle de pierres — hors de vue — et, bien plus loin encore, à la mer. Le terrain s'inclinait en pente très douce, et toutes les fenêtres offraient une vue plongeante. À l'arrière, il n'y en avait que deux petites : une dans la grande chambre à coucher et une dans la salle de bains. Le ruisseau coulait tout près, côté cuisine, et suivait tout naturellement la déclivité. Dans la salle de séjour, où la lumière restait presque toute la journée allumée, se trouvait un grand poêle à bois. L'escalier, non encastré, grimpait le long d'une paroi latérale, juste en face de la porte d'entrée dont la moitié supérieure consistait en un vitrage épais. À l'étage, deux chambres et une gigantesque salle de bains comportant une vieille baignoire à pattes de lion. Dans l'ancienne porcherie — qui n'avait jamais pu contenir plus de trois gros cochons —, une bonne réserve de bois et toutes sortes de vieilleries à l'abandon. Sous la porcherie, une vaste cave, dont elle ne voyait pas l'utilité. L'endroit était bien entretenu, les murs avaient été lissés avec une espèce de glaise ; un soupirail, près de l'escalier en béton, dispensait un peu de lumière. La cave se fermait grâce à une trappe qui n'avait, de toute évidence, plus été abaissée depuis longtemps. Petit à petit, elle étendait son espace ; jusqu'au cercle de pierres, il n'y avait guère plus de deux kilomètres, au maximum.

3

Les alentours de la maison. Elle était allée une fois en voiture à Bangor, faire des achats, puis avait opté pour Caernarfon, situé plus près. Bangor avait beau n'être qu'une petite ville, elle la trouvait bien trop animée. Il y avait une université, et donc des étudiants. Elle ne supportait plus les étudiants, surtout ceux de première année. Pas question de retourner à Bangor. Dans le bourg de Caernarfon, de nombreux magasins étaient fermés ; sur leur devanture s'étalait, à la peinture blanche, l'inscription *FOR SALE*. Elle voyait des commerçants se rendre visite, prendre ensemble le café et fumer pour se soutenir le moral. Le château était aussi désolé que peut l'être une piscine découverte en janvier. Le supermarché Tesco, grand, spacieux, restait ouvert jusqu'à vingt et une heures. N'ayant pas encore acquis l'habitude des routes étroites et creuses, elle freinait dès que s'annonçait un virage, s'affolait au point de mélanger sa gauche et sa droite.

Elle dormait dans la petite chambre ; le matelas reposait à même le sol. Comme dans la grande, il y avait une cheminée ouverte, dans laquelle elle n'avait, jusqu'ici, jamais fait de feu. En fait, elle aurait dû ; ne serait-ce que pour vérifier le tirage. L'humidité était bien moindre que ce à quoi elle s'attendait. Le plus bel espace de l'étage était constitué par le palier : balustrade de bois formant un L autour du trou d'escalier, plancher de lattes usées, et large banquette de fenêtre. Elle venait s'installer, le soir, de temps à autre, sur cette banquette, et, entre les vrilles d'une vieille plante grimpante, scrutait l'obscurité. Elle constatait alors qu'elle n'était pas tout à fait seule ; de la lumière brillait quelque part au loin. C'est dans cette direction que se trouvait Anglesey, et d'Anglesey partait un bateau pour l'Irlande. Le bateau levait l'ancre à heure fixe, et à heure fixe il accostait. Un soir, elle avait vu la mer briller à la clarté de la lune — surface d'eau lisse et blafarde. Parfois, des cris étouffés par les murs d'un demi-mètre d'épaisseur lui parvenaient du pré aux oies. Elle n'y pouvait rien ; elle était incapable de faire obstacle à un renard en pleine nuit.

4

Son oncle, un jour, était entré dans le plan d'eau. Le plan d'eau du vaste jardin de façade de l'hôtel qui l'employait. L'eau se refusait à lui monter plus haut que les hanches. Des collègues de travail l'en ont tiré, lui ont donné un pantalon sec, l'ont installé sur une chaise dans la cuisine chauffée (c'était la mi-novembre). On n'avait pas de chaussettes de rechange sous la main ; ses chaussures ont été mises à sécher sur un four : voilà, approximativement, le peu qu'elle a su. Elle n'en a pas appris beaucoup plus par la suite. Seulement qu'il s'était engagé dans ce plan d'eau, qu'il y était resté debout quelque temps, pratiquement immergé jusqu'à la ceinture, qui faisait partie de sa livrée d'hôtel. Surpris, peut-être. Il aura sûrement dû croire l'eau plus profonde.

Sa présence ici avait à voir avec l'oncle. C'est du moins ce que, peu ou prou, elle commençait à pressentir. Il ne se passait guère de jours sans qu'elle ne pense à lui, sans qu'elle ne le voie, debout dans ce plan d'eau parfaitement lisse. Tellement déphasé qu'il se rendait à peine compte qu'avec de l'eau à hauteur de hanches il n'avait pas de quoi se noyer. Incapable de se laisser tomber ; toutes les poches des habits qu'il portait étaient bourrées des objets les plus lourds qu'on peut trouver dans les cuisines d'un hôtel.

Pendant très longtemps elle n'avait pas pensé à cet oncle ; si elle songeait à lui, dans ce pays étranger, c'est peut-être parce qu'on était, comme alors, en novembre. Ou qu'elle devinait ce qui peut arriver à quelqu'un lorsqu'il ne sait simplement plus comment faire, comment aller de l'avant ou revenir en arrière. Qu'un plan d'eau peu profonde peut suggérer une impression de piétinement, d'inertie ; et ses bords — sans début ni fin, tel un cercle — donner le sentiment d'un passé, présent, futur sans limites. Elle croyait, du même coup, comprendre qu'il ait pu rester debout sans tenter de se mettre la tête sous l'eau. Complètement immobile. Dépourvu de toute espèce de corporéité, de sexe, d'érotisme, n'éprouvant pas le moindre sentiment d'attente. Durant le petit mois qu'elle avait déjà passé dans la maison, elle n'avait pas une seule fois eu envie de glisser une main entre ses jambes, hormis lorsqu'elle se trouvait étendue dans la baignoire à pattes de lion. Elle habitait la maison à la façon dont il s'était maintenu debout dans le plan d'eau.

5

Elle avait aménagé la grande chambre en cabinet de travail. Ou, plus exactement, elle avait poussé la table en chêne criblée de trous de vers à bois qui était là à son arrivée jusque devant la fenêtre et avait posé dessus une lampe de bureau. Près de la lampe, un cendrier, et près du cendrier les *Collected Poems* d'Emily Dickinson. Avant de s'asseoir à la table, elle entrouvrait la plupart du temps la fenêtre. Lorsqu'elle fumait, elle envoyait la fumée de sa cigarette dans l'entrebâillure. Comme, dans cette pièce, les feuilles de la plante grimpante l'importunaient, elle est allée, un jour, chercher l'escabeau de bois branlant de la porcherie, et a coupé au couteau les pousses qui montaient devant la fenêtre. Elle a pu jouir ensuite d'une vue dégagée sur les chênes et les terres — très occasionnellement sur la mer — et a eu alors tout loisir de réfléchir à ce que signifiait encore pour elle le mot « travail ». Dans son dos se trouvait un divan qu'elle avait fait sien en le recouvrant d'une pièce de tissu vert mousse. À côté, sur une petite table basse, elle avait posé quelques livres, mais n'en avait pas lu un seul mot. Au beau milieu du manteau de cheminée, elle avait disposé le portrait de Dickinson, inséré dans un petit cadre de chez Blokker. Le portrait controversé, reproduction du daguerréotype proposé sur eBay.

Les vaches marron clair paissaient parfois près du muret de pierre qui marquait la séparation entre les prés et son terrain ; elles semblaient savoir exactement depuis quelle fenêtre elle les regardait. *Mon terrain.* Je pourrais en faire quelque chose, songeait-elle, tout en fumant cigarette sur cigarette. Elle se demandait à quel paysan ces vaches appartenaient, où il pouvait au juste avoir sa ferme. Ce pays de collines regorgeant de ruisseaux, de minuscules cours d'eau et de touffes d'arbres était vraiment beaucoup trop embrouillé et confus à ses yeux. De temps à autre elle posait la main sur le recueil de poèmes de Dickinson, effleurant les roses de la jaquette. Elle s'est procuré un sécateur et une scie dans une quincaillerie de Caernarfon.

6

Elle a pris la maison telle qu'elle était. S'y trouvaient quelques meubles, un réfrigérateur et un congélateur. Elle a acheté des tapis (toutes les pièces étaient planchéiées des mêmes lattes, larges et nues) et des coussins. Des ustensiles de cuisine, des poêles et des casseroles, des assiettes, une bouilloire. Des bougies. Deux lampes sur pied. Le poêle à bois de la salle de séjour brûlait toute la journée. La cuisine était chauffée par une de ces cuisinières typiquement anglaises qui carburent au mazout. Celui-ci était stocké dans une citerne installée à l'étroit entre le mur latéral et le petit ruisseau et masquée à la vue par des bambous. L'énorme engin chauffait aussi l'eau ; le jour où elle s'est installée dans la maison, elle a trouvé sur la table de la cuisine des instructions d'emploi manuscrites, avec, posée dessus, une pierre plate. « *Good luck*[1] *!* » lui souhaitait l'auteur de l'écrit. Elle s'est demandé un instant qui il pouvait bien être, mais très vite la chose a perdu toute importance à ses yeux. Elle s'est conformée, point par point, à ce qui était indiqué sur le papier et, sans qu'elle en soit beaucoup surprise, l'engin s'est mis en marche, et elle a pu, le soir même, se faire couler un grand bain d'eau fumante.

Mais il y avait ces oies, qui la laissaient per-

1. « Bonne chance ! »

plexe. Faisaient-elles partie de la location ? Sans compter qu'un matin est apparu tout à coup sur le bout de terre longeant la route un grand troupeau de moutons noirs, présentant tous une étoile blanche et une longue queue à pointe blanche. Sur son terrain. À qui appartenaient-ils ?

7

Bien qu'elle ne soit encore jamais allée au-delà du cercle de pierres, elle s'est aperçue que le sentier par lequel on y aboutissait, et qui continuait plus loin, rejoignait le virage très serré du chemin d'accès. Une *kissing gate* ménagée dans une haie de chênes trapus avait été complètement envahie par le lierre. Cela faisait apparemment des années que personne ne l'avait empruntée. De l'autre côté s'étendait un pré couvert d'une herbe longue et mordorée. Il devait y avoir une maison aux alentours ; un peu plus loin, au bord du chemin d'accès, était installé un poulailler dans lequel brillait jour et nuit une faible lumière. Elle a coupé tout le lierre avec son sécateur neuf et sectionné les souches à fleur de terre. La *kissing gate* s'ouvrait encore. Avec une vieille burette d'huile qu'elle avait trouvée dans l'ancienne porcherie, elle en a graissé les charnières. Ce n'est qu'à ce moment-là qu'elle s'est rendu compte que le sentier passait sur son terrain, ne faisant plus qu'un avec son propre chemin d'accès, avant de s'engager dans une deuxième *kissing gate* encastrée dans le muret de pierre, et de traverser les pâturages en direction du petit pont de bois qui enjambait le ruisseau. Un *public footpath*[1] ; et elle croyait savoir qu'un propriétaire foncier ne pouvait guère aller contre. Les charnières une fois graissées, elle s'est dirigée, la burette d'huile à la main, vers la route, puis a bifurqué à droite. Au bout d'environ deux cents mètres, elle a trouvé le poteau indicateur représentant le petit randonneur, auquel le lichen recouvrait les jambes. Elle n'a pas osé franchir l'échalier, craignant de faire intrusion sur le terrain de la maison qu'elle n'avait toujours pas vue. Elle n'avait encore jamais pris à droite. Caernarfon était à main gauche. Elle a marché encore un peu, la route creuse montait légèrement. Au bout de quelque dix minutes, elle est arrivée à un embranchement en T, et c'est de là que pour la première fois elle a vu la montagne. Elle s'est rendu compte de l'immensité du paysage qui se déployait au-delà de la maison, et de la petitesse de l'espace dans lequel elle s'était jusqu'alors confinée. Tout à coup, elle a vu, dans sa main, la burette d'huile. Passant ses doigts sur une ampoule à la face intérieure de son pouce, elle a vite fait demi-tour. Les oies, comme les fois précédentes, ont poussé sur son passage des

1. Sentier pédestre.

cris stridents. Le lendemain, à Caernarfon, elle a acheté, dans un magasin de sport de plein air, une carte d'état-major au 1/25 000.

8

Par une soirée froide, elle s'est décidée à essayer la petite cheminée de sa chambre. Il lui a fallu ouvrir la fenêtre. Non pour chasser la fumée, mais pour évacuer la chaleur. Malgré la fenêtre ouverte, il faisait si chaud qu'elle a dû s'allonger nue sur la couette. Et ce n'est pas à son oncle qu'elle a pensé : elle a vu cet étudiant de première année. Écartant légèrement les jambes, elle s'est imaginé que ses mains étaient celles de ce garçon. Au bout d'un moment, elle a allumé la lumière — non pas la grande lampe, mais la lampe de lecture, près du matelas posé à même le sol. Sur le mur blanc, ses seins étaient d'une grosseur monstrueuse et ses mains plus grandes encore. On aurait dit que le bois, en se consumant, pompait tout l'oxygène de la petite chambre, et qu'elle en était réduite à haleter. Bien qu'il n'y ait pas de voisins, elle ne perdait pas du regard la vitre sombre, sans rideaux, et se voyait elle-même, allongée. Femme excitée, seule, fantasmant sur des choses qui appartenaient depuis longtemps au passé, et auxquelles elle aurait mieux fait de ne plus songer. Ce corps intact, souple et maigre, aux fesses vigoureuses, aux clavicules en salière, aux os pelviens saillants. L'égocentrisme, l'énergie et l'inconscience. La vitre sans rideaux, par laquelle quiconque en avait envie pouvait jeter un œil, pour peu qu'il se donne la peine d'écarter quelques vrilles de la plante grimpante. Restant nue, elle a fumé ensuite une cigarette dans le cabinet de travail. Elle s'est vue assise, là, frissonnant dans le froid. S'est envoyé la fumée dans les yeux et a pensé à lui, tel qu'il lui était apparu plus tard, assis devant elle, au milieu de ses congénères, étudiant parmi beaucoup d'autres, arborant le visage d'un enfant qui n'a pas obtenu ce qu'il voulait. Un enfant méchant et égoïste, aussi impitoyable que peuvent l'être les enfants.

9

Le lendemain, il a fait soleil. Le temps, ici, ne correspondait pas du tout à l'idée qu'elle s'en était faite ; même en cette fin d'année, il pouvait se révéler très calme et assez chaud. Elle est allée, vers midi, jusqu'au cercle de pierres. Les blaireaux n'étaient pas là, ce dont elle ne s'est pas étonnée car elle croyait savoir qu'il s'agit d'animaux nocturnes. Sur la carte détaillée qu'elle avait achetée, une ligne verte en pointillé passait bel et bien sur ses terres et le chemin d'accès. Le nom de sa maison était même indiqué. La maison dont dépendait le poulailler était située, manifestement, à environ un kilomètre ; dans un rayon un peu plus étendu se trouvaient plusieurs fermes. Le cercle de pierres était représenté par une espèce de fleur, près de laquelle figuraient, en caractères anciens, les mots « *stone circle* ». La montagne n'était autre que le mont Snowdon. Arrivée au cercle de pierres, elle s'y est sentie comme observée, alors que, la fois précédente, elle avait presque cru l'avoir découvert. Après s'être dévêtue, elle est allée s'étendre, tel un animal à sang froid, sur le plus gros bloc. Il lui a réchauffé le dos. Elle s'est endormie.

Depuis quelques nuits, le flux du ruisseau ne l'apaisait plus ; des bruits — craquements de planches, remuements de ce qu'elle espérait n'être que de petits animaux, ainsi qu'un cri plaintif et presque insupportable venant du bois — la maintenaient éveillée ; et, étant éveillée, elle se mettait à réfléchir. Mais l'énervement reprenait vite le dessus, elle se mettait en colère, se rebellait. Gémissait, se tournait et se retournait dans son lit, voyant en imagination ce qui se passait dans son corps. Elle essayait même de localiser la douleur sourde et légère qu'elle ressentait. Sourde, et non pas, comme elle s'y était attendue, lancinante, telle la morsure de dizaines de petites mandibules dévorant lentement mais sûrement ses chairs. Peut-être était-ce simplement la manifestation d'une bonne réaction au paracétamol qu'elle absorbait. Elle s'angoissait, aussi. La veille au soir, tandis qu'elle se regardait fumer, son visage s'était transformé en un visage étranger — à la place de sa propre image, il y avait un voyeur. On était en novembre. En décembre, les jours allaient encore raccourcir. « *Rideaux* », avait-elle écrit sur la feuille posée devant elle, sur la table. C'était le premier mot qu'elle jetait sur le papier. Elle était retournée dans la chambre, avait fermé la fenêtre dont elle avait encore fixé des yeux, un moment, la vitre nue ; le cœur lui battait comme si elle avait descendu et remonté plusieurs fois de suite l'escalier.

À son réveil, elle n'a pas tout de suite compris ce qui était arrivé à ses pieds ; sa pensée est allée au vent et aux ajoncs. La plante de ses pieds n'avait pas été en contact avec quoi que ce soit de tranchant. Elle a levé délicatement sa tête du bloc de pierre. D'abord elle a vu une bande blanche, bande qui partageait en deux une zone noire. Elle a aussitôt songé aux têtes des moutons noirs. Entre ses deux pieds, de petits yeux sombres braqués vers le haut : le blaireau avait son bas-ventre en ligne de mire. Les muscles de son cou se sont mis à trembler, des cheveux lui chatouillaient le front. L'animal l'a regardée, elle s'est demandé s'il la voyait vraiment, si un blaireau comprend que des yeux sont des yeux. Ils ont, l'un et l'autre, tout aussi peu bougé, mais cette quasi-immobilité ne pouvait guère se prolonger, car le bloc de pierre imposait à ses cervicales une flexion douloureuse. L'animal s'est alors lentement hissé sur la pierre, entre ses mollets et ses genoux. Il a levé et tourné la tête, s'est mis à flairer, nez incliné, regard droit devant. Se relevant à toute vitesse, elle a porté les mains à son bas-ventre. Le blaireau a été si effarouché qu'il a bondi en effectuant un demi-tour sur lui-même pour lui échapper. Il est allé atterrir sur sa jambe gauche. Son pied contrecarrait la fuite de l'animal, qui lui a mordu le cou-de-pied. Elle a eu le temps de ramasser une branche à terre et de lui en donner des coups : elle a frappé si fort que la branche a craqué sur son dos, avec un bruit sec, si bien qu'en dépit de sa propre frayeur elle a craint de lui avoir brisé l'échine. Il s'est mis à grogner, à se tordre, avant de disparaître en tressautant sous une touffe d'ajoncs. Quelques oiseaux ont pris leur envol. Puis un grand silence s'est fait ; du sang ruisselait le long de son pied et tombait sur le bloc de pierre, la douleur était légère et elle s'est dit : autant que ça saigne un peu. Elle s'est de nouveau étendue sur le dos. Le bloc de pierre ne répandait plus aucune chaleur. Elle a posé une main sur son bas-ventre ; son corps semblait lui être revenu. Étrange qu'elle ne l'ait pas compris la veille au soir. Bizarre, aussi, qu'un animal qui l'attaquait soit pour elle, de toute évidence, un « mâle ».

Comme elle n'avait pas de trousse de secours, il lui a fallu découper un vieux T-shirt. Elle a fait couler de l'eau très chaude dans la baignoire et y a laissé tremper son pied jusqu'à ce que la peau commence à se plisser. Puis elle a noué autour une bande de tissu. Plus tard dans la journée, elle a pris dans la pile de livres posée sur la petite table près du lit *The Wind in the Willows*[1], pour y redécouvrir à quel point le blaireau, animal qui « déteste le monde », peut se montrer revêche et farouche. Dans la soirée, le pied s'est mis à palpiter.

10

Elle avait, des semaines auparavant, tout bêtement oublié son téléphone portable dans la cabine du bateau par lequel elle était arrivée, parfaitement à l'heure, le matin, à Hull. La seule solution était à ses yeux de se rendre en voiture au bureau de la *Tourist Information* de Caernarfon, pour s'y enquérir d'un médecin. Elle avait du mal à conduire ; son pied étant enflé, il lui avait été impossible de le chausser, ni même d'enfiler un pantalon ; c'est pourquoi elle portait une robe. Quand elle embrayait, la pédale se faisait rudement sentir. Rudement et brutalement. De fins voiles de pluie défilaient sur son pare-brise. Elle pensait au poêle de la salle de séjour, se demandait si elle n'aurait pas dû l'éteindre. Et elle avait peur qu'il n'y ait plus de médecin à Caernarfon, que sur sa

1. *Le Vent dans les saules*, classique de la littérature pour enfants de Kenneth Grahame.

vitre ne figure aussi l'inscription *FOR SALE*. De serviables préposées à l'information touristique l'expédieraient alors à Bangor.

« En vacances ? a dit le médecin.

— Non, j'habite ici, a-t-elle répondu.

— Allemande ?

— Néerlandaise.

— Qu'est-ce qui t'arrive ? » Le médecin, homme mince aux cheveux jaunes, était là, à fumer dans son cabinet.

« Je peux fumer moi aussi ? a-t-elle demandé.

— Bien sûr. Il faut bien mourir de quelque chose. »

En allumant sa cigarette, elle s'est mise à penser aux carences des pronoms personnels anglais. Dans le *you* de cet homme, elle entendait un « tu » alors que la femme qui l'avait accueillie à la *Tourist Information* lui avait, par la façon dont elle avait prononcé son *you*, plutôt dit « vous ». À chacun de sentir comment on s'adressait à lui. Elle a respiré à fond pour happer l'image de l'étudiant de première année qui lui venait à l'esprit.

« C'est ton pied ?

— Oui. Comment le savez-vous ?

— Je t'ai vue entrer. Ça ne demande pas autant d'efforts. Et la plupart des gens qui franchissent la porte ont deux chaussures.

— Je me suis fait mordre par un blaireau.

— Impossible. » Le médecin a écrasé sa cigarette.

« C'est pourtant bien ça.

— Tu mens. »

Elle a regardé l'homme. Il pensait ce qu'il disait.

« Les blaireaux sont des animaux dociles. » Il a employé le mot « *meek* ».

« Vous êtes croyant ? » a-t-elle demandé.

Il a désigné du doigt une croix, sur la cloison, près d'une affiche de prévention des risques de contamination par le VIH : une forme vague qu'elle n'est pas parvenue à reconnaître et les mots « *Exit only* ».

« Mais oui, un jour viendra où il ne restera plus que des blaireaux ici ; les gens quittent déjà d'eux-mêmes cette petite ville. Des blaireaux et des renards. À moins tout simplement qu'ils ne meurent, c'est possible aussi, bien sûr. Peux-tu me dire comment tu as réussi à te faire mordre par un animal aussi docile ? »

Pas assez de pronoms personnels, et beaucoup trop de circonlocutions verbales, s'est-elle dit.

« Je dormais.

— L'animal s'est introduit chez toi ? Tu habites ici en ville ?

— J'habite un peu plus loin. J'étais dehors, étendue sur une grosse pierre.

— Est-ce que le blaireau t'a mordue à travers ta chaussure ?

— Vous avez du temps à perdre à ce genre de babillage ? J'aimerais mieux que vous examiniez mon pied.

— C'est calme, ce matin. Ta voix a l'air un peu enrouée. Des ennuis de gorge ?

— Enrouée ? Ma voix est enrouée ? J'ai peut-être de la fièvre.

— Tu es fatiguée, en plus ?

— Vannée. Mais c'est...

— Tu n'avais pas mis de chaussures ?

— Oui... Pas de chaussures, c'est ça. »

Le médecin l'a considérée, sans la questionner davantage.

« Voyons voir. » Il désignait du geste une table d'auscultation.

Elle s'est avancée à cloche-pied vers la table et, celle-ci étant assez haute, s'y est assise avec peine. Elle a enlevé l'épaisse chaussette qui recouvrait le pied meurtri.

« Ouille, a fait le médecin.

— Oui, a-t-elle dit. Ça fait sacrément mal. »

Il lui a pris le pied gauche qu'il a comprimé avec précaution. Puis a fait remonter sa main le long de son tibia. « Là aussi, il y a des écorchures », a-t-il dit.

Elle essayait de contenir l'apparition de rougeurs sur son cou, tout en sachant que c'était chose vaine.

« Oui, a-t-elle fait, laconique.

— Le blaireau ?

— Oui. »

Il lui a passé une main sur le genou. « Pas seulement sans chaussures...

— Le soleil chauffe encore très fort, même en novembre, a-t-elle fait.

— Nous avons un climat merveilleux, ici. »

Elle a poussé un soupir.

« D'autres problèmes ? »

Avant de répondre, elle a de nouveau promené un regard investigateur dans le cabinet. « Non, a-t-elle répondu.

— Sûr ?

— Pourquoi cette question ?

— Les gens ne viennent pas ici pour une écharde. C'est juste un prétexte pour parler, mine de rien, des petits maux qui les tourmentent. »

Elle fixait la croix, qui, comme l'affiche, était un peu de travers. Le médecin a enfin ôté la main de son genou.

« Si tu es certaine qu'il s'agit d'un blaireau, je vais devoir te faire une piqûre antitétanique.

— C'était un blaireau.

— Je laisse la plaie ainsi. Trempe-la deux ou trois fois par jour dans de l'eau très chaude avec quelques bons vieux cristaux de soude. Et je vais te prescrire un antibiotique. » *Good old washing-soda.*

L'injection lui a fait rudement mal. Aussitôt après avoir jeté le flacon et l'aiguille, il a allumé une cigarette. La clope au coin de la bouche et l'œil humide, il a rédigé une ordonnance.

« Tu sais où se trouve la pharmacie ?

— Non, a-t-elle dit.

— À six maisons d'ici. » Il a consulté sa montre. « En ce moment, elle est ouverte. »

Elle s'est levée et a pris l'ordonnance. « Merci.

— Si dans trois ou quatre jours la plaie ne va pas mieux, il faudra revenir.

— Bien.

— Et gare aux blaireaux !

— Oui.

— Aux blaireaux et aux renards. Les renards peuvent aussi faire de sales morsures.

— Ils ont suffisamment de quoi s'occuper avec mes oies », a-t-elle fait.

Le médecin s'est mis à tousser.

Mes oies, s'est-elle dit en allant à la pharmacie. Voilà que ce sont mes oies, du coup. Marcher à cloche-pied était bien trop pénible ; elle n'aurait qu'à suspendre la chaussette chez elle, devant le poêle, et à la jeter si jamais elle se trouait. Un jeune couple qui se tenait par la taille arrivait en sens inverse, parlant fort et riant. La fille, en passant devant elle, l'a regardée comme seules le font celles qui croient que, par la simple et unique vertu du bonheur qu'elles éprouvent dans l'instant, le monde leur appartient ; d'un œil qui vous enjoint de rire et de vous émouvoir avec elles. Presque insultant, ce bonheur sans tache, promis très vite à la destruction. Tout, en la jeune femme, proclamait : « Associe-toi à ma joie ! » Elle lui a jeté un regard indifférent, a ignoré le garçon. Voir à l'entour se balader des filles deux fois plus jeunes qu'elle lui était passablement insupportable. Quelques instants après, elle a poussé, plus qu'agacée, la porte de la pharmacie. Il n'y avait pas de file d'attente devant le comptoir.

En plus de l'antibiotique qui lui avait été

prescrit, elle a acheté une trousse de secours grand modèle, cinq boîtes de paracétamol, de la crème pour les mains, un tube de dentifrice et quelques tubes de pastilles contre la toux.

« En vacances ? lui a demandé la préparatrice.

— Non, a-t-elle fait.

— Allemande ?

— Non.

— Mal aux pieds ?

— Oui. »

La préparatrice a continué à s'occuper d'elle sans rien dire.

La pluie tombait encore ; en rentrant, elle a roulé à un train de sénateur.

11

Ce soir-là, elle pouvait à peine remuer les bras et son pied continuait à palpiter. Elle a mis des pommes de terre à bouillir puis les a fait sauter en leur ajoutant quelques oignons et cinq gousses d'ail. Deux verres de vin avec le repas. Elle aurait aimé boire davantage, mais elle s'est souvenue avoir entendu dire que l'alcool ne fait pas bon ménage avec les antibiotiques. Le médecin ne lui en avait pas touché mot. Pas étonnant : il passait son temps à fumer à mort dans un cabinet au mur duquel pendait une croix. Une fois son souper pris, elle a gravi l'escalier comme une vieille femme : une main, sans force, sur la rampe, et traînant la jambe. Elle est allée s'étendre sur le divan, dans le cabinet de travail, où les deux fenêtres laissaient encore entrer un peu de lumière. Des fleurs, s'est-elle dit. Cette pièce a besoin de fleurs. Un téléphone serait pratique aussi. Elle avait été mordue au pied par un blaireau, elle aurait aussi bien pu se casser les deux jambes. Le médecin n'avait pas non plus parlé de bras raide. Un poste de radio. Le silence était tel qu'elle entendait les voiles de pluie défiler les uns après les autres le long de la fenêtre, et, dans l'intervalle, le frottement des bambous contre le réservoir à mazout et le flanc de la maison.

Elle a fumé une cigarette.

Allongée. *The heartless bitch.*

On était le 18 novembre.

12

Le mari avait passé en revue tous les panneaux d'affichage du département de Langue et Littérature anglaises. Dans un angle mort, sur le mur séparant deux bureaux de professeurs, il avait découvert un autre papier, à moitié caché par des listes de résultats aux partiels. C'était la copie conforme de celui qu'il tenait à la main. « *Our "respected" Lecturer Translation Studies screws around. She is in no way like her beloved Emily Dic-*

kinson : she is a heartless bitch[1]. » Il était en train de se rendre compte que le même texte avait été affiché sur de nombreux panneaux. Il s'est dirigé vers le bureau qu'elle occupait ; un grand silence régnait dans les longs couloirs étroits du bâtiment universitaire. Sur la porte, au-dessous du nom d'une collègue dont il avait entendu parler et de celui de sa femme, une petite plaque neuve en plastique mentionnait le nom d'un homme, suivi de l'indication « chargé de cours en traductologie ». Il hésitait, ne parvenait pas à se représenter que toutes les affaires de sa femme aient déjà été débarrassées. Ordinateur, livres, notes devaient pourtant bien encore se trouver là. À sa connaissance, elle n'assurait plus de fonction d'enseignement, mais peut-être pouvait-elle disposer du bureau pour continuer à travailler à sa thèse. Il est entré ; il n'y avait personne. Au bout de quelques minutes, il est revenu dans le couloir et s'est mis à crier. Le feu, éteint par deux hommes qui avaient déroulé un tuyau d'incendie, est resté circonscrit à ce seul bureau. Les pompiers, sur place dix minutes après, n'ont pas eu grand-chose à faire. Le mari a attendu tranquillement l'arrivée de la police.

Le libelle était posé sur la table d'une salle d'interrogatoire du commissariat voisin. Il avait

1. « Notre "respectée" professeur de traduction couche à droite et à gauche. Elle ne ressemble en rien à sa chère Emily Dickinson : c'est une garce sans cœur. »

déjà avoué être l'incendiaire, et l'avait extirpé de sa poche arrière au beau milieu de l'interrogatoire.

« Je vais lui briser le cou, a-t-il dit.

— C'est interdit, a fait celui qui établissait le procès-verbal.

— Alors je lui couperai la bite.

— C'est absolument interdit. »

On lui a demandé où était sa femme.

« Je l'ignore. En tout cas, elle est partie avec sa voiture, et la petite remorque a également disparu du garage. »

S'il se trouvait, du coup, privé de moyen de locomotion ?

« Non. Nous avions deux voitures. »

S'il avait tenté d'entrer en contact avec elle ?

« Qu'est-ce que vous croyez ? Bien sûr que oui ! Le numéro de son téléphone portable sonne sans arrêt occupé. »

Si des objets avaient disparu de la maison ?

« Tous ses habits et une petite table de salon, un truc hideux à vrai dire. Heureusement que cette cochonnerie n'est plus là. Un matelas, des couettes. Des lampadaires ! Et tout un tas de bricoles, des livres, du linge de lit, un portrait d'Emily Dickinson…

— Qui ?

— C'est une poétesse américaine. Sur laquelle elle écrivait. Elle rédigeait une thèse. Elle s'y est mise trop tard, à mon avis, mais elle avait manifestement pas mal de choses à se prouver à elle-même. Nom de Dieu ! »

S'ils avaient des enfants ?

C'est à ce seul moment qu'il avait baissé les yeux.

Comment cela se passait entre eux ?

« Qu'est-ce que ça peut vous faire ? Pourquoi suis-je ici ? »

Le rédacteur du procès-verbal lui a rappelé qu'il avait mis le feu dans un bâtiment universitaire.

« Et alors ? Contentez-vous de faire votre boulot et ne vous mêlez pas de ma vie privée. »

Le policier de service lui a demandé pour finir s'il souhaitait faire une déclaration de disparition pour l'absence de sa femme.

L'homme a levé les yeux. « Non, a-t-il dit après un long moment de réflexion. Non, je n'irai pas jusque-là. »

S'il voulait un café ?

L'homme a regardé le policier. « Oui », a-t-il répondu. Entre deux gorgées, alors que le policier attendait patiemment et avec obligeance qu'il ait fini de boire, il a dit : « Une place.

— Quoi ? a demandé le policier.

— Elle a emporté un matelas une place. »

13

Elle s'attendait constamment à avoir de la visite. Ces oies appartenaient à quelqu'un, les moutons noirs au bord de la route aussi. Un beau matin, quelqu'un allait venir. Un promeneur égaré. Ses journées s'en trouvaient remplies d'inquiétude. Les palpitations de son pied ont cessé au bout de quelques jours, et elle a vu la plaie désenfler. Une fois que celle-ci avait séché, après le traitement aux cristaux de soude, elle restait des minutes à passer son pouce sur les marques de dents qui la démangeaient, alors qu'elle avait à peine osé regarder la lésion lorsqu'elle avait été mordue. Tout comme elle se rappelait avoir entendu dire qu'antibiotiques et alcool ne font pas bon ménage, elle croyait également savoir qu'un traitement doit être suivi jusqu'au bout, et elle continuait donc à ingurgiter ses comprimés. Son bras qui restait rigide la gênait à présent davantage que son pied. Il n'arrêtait pas de pleuvoir ; c'était une petite pluie douce : elle ne mettait même pas de manteau pour sortir. Un dimanche, elle a entendu à plusieurs reprises des sifflements chargés d'air parasite venant d'une direction qu'elle n'a absolument pas pu déterminer. En consultant la carte, elle a découvert qu'une ligne de chemin de fer, la Welsh Highland Railway, passait non loin. Près du mot « Caernarfon » était figuré un petit train d'autrefois. À l'évidence, un train à vapeur circulait durant le week-end.

14

Quelques jours après avoir été tiré du plan d'eau par ses collègues, son oncle s'était mis à construire une armoire. Plutôt un meuble mural, en fait. « Tu vois », avait dit sa mère à son père — dont il était le frère —, « voilà ce qu'il faut faire. S'occuper. Tout simplement s'occuper. » Il y avait passé des semaines, des semaines de congé — la direction de l'hôtel lui avait dit de ne revenir que lorsqu'il serait « bien retapé ». Scier, percer, visser, raboter, peindre ; être assis sur une chaise et regarder ce à quoi il travaillait. Lorsqu'il a eu fini, il a fait une petite déprime. « Il aurait bien été capable de tout démolir, avait ajouté sa mère. Mais il ne l'a pas fait. »

15

Elle avait acheté le sécateur et la scie sur une impulsion, parce qu'elle désirait s'attaquer à la plante grimpante accrochée à la façade. Couper le lierre avait été pour elle un travail agréable. Debout derrière la grande vitre de la porte d'entrée, elle regardait l'étendue d'herbe rectangulaire comprise entre le ruisseau et le muret de pierre juste au-delà duquel les vaches marron clair se rassemblaient parfois. Le ruisseau était bordé de quelques buissons qui avaient poussé démesurément, et d'une poignée d'arbres aux formes bizarres. L'herbe avait essaimé de manière anarchique jusque sur une large allée de gravier, qui longeait la façade. Non, ce n'était pas du gravier ; elle s'en est aperçue dehors quand, pour la première fois, elle s'est accroupie. Mais des petits morceaux d'ardoise, et elle s'est alors rendu compte que le tertre gris, à l'arrière de la maison, n'était en aucune façon un tertre, mais un stock de débris d'ardoise. Elle s'est frotté le haut du bras gauche et est rentrée enfiler le plus vieux de ses pantalons. Dans la salle de bains, elle a extrait deux comprimés de paracétamol de leur plaquette et les a avalés avec une gorgée d'eau.

À la porcherie, elle a trouvé une bêche rouillée et une fourche, plus rouillée encore. Elle les a appuyées contre le muret, sur lequel elle a posé le sécateur. Les voiles de pluie se transformaient en brume, on aurait dit qu'un nuage allait s'étendre à même le sol. Elle a poussé un soupir. À partir de différents points situés le long de la façade elle a fait cinq pas en avant, plaçant, chaque fois, un rondin à ses pieds. L'un d'eux s'est retrouvé sur des débris d'ardoise, les autres sur de l'herbe. À peine avait-elle engagé la bêche dans le sol et tenté, de son pied valide, de l'enfoncer plus avant qu'elle a dû renoncer. Ça ne marchait pas ; il lui fallait des sabots. Des sabots et une brouette, des piquets et de la cordelette. Elle a reposé la bêche contre le muret de pierre. Une forte odeur de bouse de vache flottait. Il s'agit d'avoir l'œil et de réfléchir à ce que je fais, s'est-elle dit. Guère plus. Si je voulais, si je voulais vraiment, j'arriverais même à monter un meuble mural. Ce genre de travail se fait pas à pas. C'en était fini pour le moment. Elle a pris le sécateur et est allée vers le flanc de la maison, là où, par endroits, les bambous touchaient presque l'arête du toit. Elle a coupé les tiges à hauteur de ses épaules, et, une demi-heure après, à la vue du tas qu'elles formaient sur le sol, elle s'est avisée qu'elle pouvait rayer « piquets » sur sa liste. À la cuisine, une petite fenêtre qu'elle n'avait pas remarquée depuis l'intérieur se trouvait dégagée. Elle n'avait pas fumé la moindre cigarette depuis qu'elle était sortie. Elle allait à peine pouvoir, maintenant, porter sa main droite à sa bouche.

Plus tard dans la journée, le nuage s'est élevé et le soleil a percé. D'un pas lent, elle est allée jusqu'au cercle de pierres, sécateur en main, coupant, sur son passage, les branches qui entravaient sa route, et débarrassant de leur lierre les *kissing gates* en fer. Sous ses yeux, le sentier prenait de plus en plus l'allure d'un vrai sentier. Parvenue près des blocs de pierre, et avant d'aller s'asseoir sur le plus gros d'entre eux, elle s'est aventurée un peu plus loin, dans le prolongement du sentier, jusqu'à un *stile.* Le terrain était humide, vraiment humide, marécageux. De grosses touffes d'herbe rêche apparaissaient parmi les mares. Le sentier continuait, à travers le marais, telle une sorte de petite digue naturelle parsemée de pierres. Demain, s'est-elle dit. Elle avait vu sur la carte une étendue d'eau plus grande, rectangulaire, artificielle à ce qu'il semblait.

Elle était assise, immobile, entourant de ses bras ses genoux repliés. Aucun blaireau ne se montrait. Des papillons jaunes voletaient au-dessus des ajoncs. Deux papillons, a-t-elle pensé. *Two butterflies went out at noon / And waltzed above a stream*[1]. Le mal du pays a fondu soudain sur elle. Elle l'avait éprouvé auparavant — chaque fois dans les allées du gigantesque supermarché Tesco de Caernarfon —, une forme atténuée, plus particulièrement au voisinage des armoires frigorifiques. Elle y avait résisté. Et voilà qu'au soleil, parmi les papillons et les ajoncs, le souvenir de la rue du quartier De Pijp — en noir et blanc, arbres moitié moins grands qu'aujourd'hui, voitures aux formes rebondies, enfants en gilets tricotés et aux genoux de pantalon garnis de pièces de cuir, hauts trottoirs, odeur aigre-douce des friandises de la Saint-Martin — devenait irrépressible. La Saint-Martin ! Il n'y avait qu'une dizaine de jours qu'elle était passée. Libérant ses genoux, elle a étendu les jambes, a étreint son ventre et s'est inclinée en avant.

Quelques instants après, le blaireau est sorti à petits pas de dessous les ajoncs.

1. « Deux papillons sortirent à midi / Et valsèrent au-dessus d'un ruisseau », Emily Dickinson.

16

Lorsqu'elle est revenue du cercle de pierres, avec une brassée d'herbes paniculées, il y avait, sur la porte, une petite feuille de papier. « *Been around, found nobody home. I'll be back, maybe tomorrow*[1]. *Rhys Jones.* » Le mot y avait été collé avec un bout de chewing-gum.

Se retournant, elle a porté les yeux sur le futur jardin. Je n'y arriverai pas, s'est-elle dit. Je ne sais même pas le nom de ces buissons. J'ignore qui est Rhys Jones. Comment réussir à protéger d'un renard les sept oies ? À supposer que ce soit un renard. Elle a laissé tomber à terre le sécateur et le bouquet d'herbes. Le soleil était déjà bas. *Presentiment is that long shadow on the lawn, / Indicative that suns go down ; / The notice to the startled grass / That darkness is about to pass*[2]. Emily Dickinson avait vu ce qu'elle voyait en cet instant. Le mal du pays avait reflué. Elle est entrée dans la salle de séjour, s'est assise tout près du poêle à bois, a secoué les coussins, et s'est versé un verre de vin rouge. La cigarette

1. « Suis venu. N'ai trouvé personne. Je repasserai, peut-être demain. »

2. « Le Pressentiment — est cette ombre longue — sur la Pelouse, / Indiquant que se couchent les Soleils — / Signalant à l'Herbe effarouchée / Que les Ténèbres — vont envahir — », Emily Dickinson.

qu'elle a allumée avait le goût d'une première cigarette. La nuit est tombée très lentement ; la lumière semblait comme aspirée vers l'extérieur, à travers la fenêtre, à l'instar d'une très fine poussière ; elle en a été un peu étourdie. Après avoir allumé quelques bougies, elle a mis trois bûches dans le poêle. Elle avait tout laissé derrière elle, n'emportant que les poèmes. Il allait lui falloir faire avec. Elle a oublié de manger.

17

Le lendemain matin, elle a failli tomber à cause du bouquet d'herbes. Tout en jurant, elle l'a mis dans un grand vase en verre qu'elle a trouvé dans un petit placard de cuisine. Elle a laissé le sécateur sur le sol. Puis elle est partie en voiture, avec la remorque, au petit bonheur. On était en Angleterre, elle finirait sûrement au bout d'un certain temps par rencontrer une jardinerie. Une heure après, environ, elle s'est retrouvée dans un village ayant pour nom Waunfawr. Là, pas de jardinerie mais, en revanche, une boulangerie. Elle a acheté du pain, un gâteau sec et un autre à la crème. Elle n'avait pas la moindre idée de l'endroit où elle était, bien que la montagne qu'elle avait aperçue au loin, avant d'entrer dans la boutique, ne lui soit pas inconnue. À tout hasard, elle a donné le nom de sa maison.

« Tu ne sais pas où tu es ? a demandé le boulanger.

— Non », a-t-elle répondu.

Sans mot dire, le boulanger a fait un signe de tête.

« J'ai un très mauvais sens de l'orientation. »

Le boulanger a tourné les yeux vers l'extérieur, vers sa voiture juste en face de la devanture. « Tu démarres, tu vas droit devant toi, et tu suis tout bêtement la route, à un kilomètre et demi tu tournes à gauche puis encore une fois à gauche.

— Pas plus loin que ça ?

— Pas plus loin. Et à partir d'aujourd'hui tu achètes ton pain ici.

— Pardon ?

— À partir d'aujourd'hui, tu achètes le pain ici. Maintenant que tu sais où c'est.

— Bien sûr.

— Nous sommes même ouverts le dimanche matin. » Il s'est tourné vers une porte béante. « Awen ! »

La femme du boulanger a passé la tête dans l'embrasure.

« Une nouvelle cliente. Elle habite la maison de la veuve Evans.

— Super ! a dit la boulangère. *Hello, love.* » Avant de redisparaître.

« Merci. » Elle s'est rapprochée de la porte du magasin. « Vous savez peut-être aussi où il y a une jardinerie, dans les environs ?

— À Bangor. Tu sais où ça se trouve ?

— Oui.
— Bien.
— Au revoir.
— À quand tu n'auras plus de pain.
— Oui.
— Allemande ?
— Eh non ! »

Une fois sortie de la boulangerie, elle a déposé ses emplettes sur la banquette arrière. Regardé autour d'elle : quelques maisons, des collines, un carrefour. Même le mont Snowdon ne lui était d'aucun secours pour se diriger. « Bon Dieu, je vais être obligée de repasser d'abord à la maison », a-t-elle fait en interpellant la montagne. Le boulanger s'était ostensiblement posté derrière la devanture. Immobile, bras tendu, tel un poteau indicateur. Il n'y avait de mobile que sa main, laquelle, index pointé, effectuait, comme sous l'action d'un mécanisme à ressorts, de petits gestes saccadés de va-et-vient. Elle a hoché la tête, remonté son col pour dissimuler les plaques chaudes sur son cou, et a vite grimpé dans sa voiture.

En tournant pour prendre le chemin d'accès, elle a tout de suite remarqué que le pré était vide. Ce n'est qu'une fois passé le virage serré qu'elle a vu les moutons noirs, beaucoup plus près de la maison. Les sept oies, qui se pressaient les unes contre les autres, cacardaient. Elle s'est arrêtée et est descendue de voiture. Six. Bien que les bêtes soient tout près de la clôture de barbelés, elle les a recomptées et en est restée à six oies. Si ça continue comme ça, s'est-elle dit, il n'y en aura plus une seule à l'approche de Noël.

Sur la porte d'entrée, la feuille de papier avait été enlevée. Un nouveau message l'avait remplacée. « *Called again. I moved my sheep. I'll try again. Tomorrow morning at nine*[1]. *Rhys Jones.* » Bon, s'est-elle dit hardiment. Un éleveur de moutons, une date et une heure. J'ai un gâteau à la crème.

Elle a ramassé le sécateur et est entrée dans la cuisine. La carte, qu'elle ne repliait plus, se trouvait sur la table. Elle y a cherché Waunfawr. Incroyable comme c'était près ! Elle est restée quelques instants dos courbé, les deux mains appuyées sur la carte. Les lignes vertes en pointillé indiquant les sentiers pédestres semblaient toutes, au bout d'un moment, rejoindre son chemin d'accès, son terrain. Ce mont, s'est-elle dit. Il faut que je tienne à l'œil ce mont Snowdon, et alors je saurai où je me trouve.

18

Elle ne s'est pas contentée, dans l'après-midi, de rapporter une brouette, de la corde et des sabots. Sur sa remorque-plateau elle a aussi

1. « Suis repassé. J'ai déplacé mes moutons. Je retenterai le coup. Demain matin à neuf heures. »

chargé un rouleau de grillage à poules, un marteau et des clous. Au Dickson's Garden Centre il n'y avait pas d'étudiants. Mais des femmes âgées et — accompagnés de leurs petits-enfants ravis — des retraités qui, ne laissant rien au hasard, avaient à la main leur liste de courses griffonnée. De la musique classique douce guidait les clients à travers les allées ; fontaines et sphères à eau bruissaient d'un clapotis uniformément apaisant. Elle s'est attardée, a commandé un café au *coffee corner*, est retournée jeter un coup d'œil aux roses, et a acheté trois petites plantes d'intérieur à fleurs, du même genre que celles que ses grands-parents avaient, il y a trente ans, sur leur appui de fenêtre. Elle a également pris un sécateur plus performant ; celui de la quincaillerie commençait à ne plus couper comme il faut. Un jeune flandrin aux cheveux roux et bouclés l'a aidée à hisser la brouette sur la remorque. Au moment où elle allait monter dans la voiture, il lui a serré la main. Elle s'est sentie obligée de lui dire : « *Thank you. C'est très aimable à vous.* » Sans répondre, le garçon a fait un large sourire et a fermé la portière. Dans le rétroviseur extérieur, elle a vu qu'il examinait attentivement la voiture.

Cet après-midi-là, elle a laissé en plan le nouveau jardin. À l'aide de la brouette, elle a transporté le grillage à poules jusqu'aux trois petits bassins. Les six oies la guettaient ; quand elle est entrée dans le pré, par le portillon, elles ont décampé. À croire qu'elles attendaient quelque chose de ma part, s'est-elle dit. Mais quoi ? Du pied — le pied meurtri, dont elle voulait tester la sensibilité — elle a poussé de côté et d'autre les éboulis de la maisonnette. Une fois qu'elle a eu enlevé quelques planches, le toit recouvert de bouts de plaques goudronnées s'est dressé, tel un prisme triangulaire, sur le sol. Il y avait là plus d'espace qu'il n'en fallait aux oies. Alors qu'elle déroulait le grillage à poules, elle s'est avisée qu'il lui fallait quelque chose pour le découper. Comme auparavant, elle a trouvé dans l'ancienne porcherie des outils maniables et a remonté le chemin d'accès avec de grandes tenailles, une scie et un rouleau de fil de fer fin. Elle a tout d'abord fermé l'abri triangulaire à l'arrière en clouant le grillage à des planches non encore vermoulues. Ouvrir l'œil et réfléchir à ce que je fais, s'est-elle dit. De cette façon, je pourrais même monter un meuble mural. Les oies regardaient en poussant de petits gloussements, les moutons noirs s'étaient rapprochés et se tenaient pour la plupart à la queue leu leu, de l'autre côté de la clôture. Elle a sorti le paquet de cigarettes d'une poche de son manteau et en a allumé une. Un grand oiseau, rouge-brun, est descendu se poser sur une branche dans un chêne du bosquet marécageux, tête tournée dans sa direction. « *Is it you*[1] ? » s'est-elle écriée, comme si un oiseau n'avait pu la comprendre

1. « C'est toi ? »

si elle avait parlé en néerlandais. L'oiseau l'a dévisagée froidement. Elle a jeté la cigarette à moitié consumée dans l'un des petits bassins.

Pour l'avant, elle s'y est prise autrement. À l'aide de planches qu'elle avait sciées préalablement aux bonnes dimensions, elle a obturé le sommet du triangle. Faute d'une quantité suffisante de bois résistant, elle a laissé de larges interstices ouverts entre ces planches. Le grillage à poules faisait un mètre vingt de hauteur. De retour dans la porcherie, elle s'est mise en quête de crampillons. Et en a trouvé. Tenant le grillage aligné bien horizontalement par rapport au sol, elle a replié le triangle superflu contre le toit et l'a fixé, d'un seul côté, avec les crampillons. Après quoi, elle n'a plus su que faire. Reculant de quelques pas, elle a regardé l'abri. Elle le regardait, absorbée dans ses pensées. Elle a eu envie d'abandonner. Tout, dans son corps, disait : « Arrête ça, laisse tomber ! Rentre et bois quelque chose, fume une cigarette, va donc t'abandonner à l'eau chaude d'un bain. » Il restait deux planches en bon état. En hauteur la plus courte, et la plus longue au sol ! s'est-elle dit. Après ça je n'aurai plus qu'à voir comment fermer et maintenir bloqué le dernier pan de grillage qui doit tenir lieu de porte. Haut les cœurs ! Après avoir assemblé d'équerre les deux planches, qu'elle a consolidées avec un autre morceau de bois disposé en travers, elle a posé ce bâti contre l'avant de l'abri et s'est glissée à l'intérieur pour clouer, au moyen des crampillons, le grillage sur le bois. Elle a eu beaucoup de mal à le fixer sur la planche horizontale, car rien ne permettait de maintenir celle-ci en place. « Nom de Dieu ! » s'est-elle exclamée. Il fallait une cale derrière cette planche. Elle est ressortie de l'abri, a regardé autour d'elle. Il y avait de grosses pierres devant les petits bassins. Bien trop lourdes... Retourner la brouette ! Après l'avoir poussée vigoureusement contre la planche, elle a tenté un nouvel essai. La brouette s'est mise à glisser, mais elle est parvenue, en retenant au maximum ses coups de marteau, à enfoncer les crampillons dans le bois. Son bras était douloureux, son pied se rappelait à elle. Elle est sortie de l'abri en lâchant des jurons et en se demandant ce qu'elle pouvait bien être en train de faire. Elle a tiré la brouette sur le côté, l'a redressée sur sa roue et, derechef, a examiné l'abri. Celui-ci paraissait relativement solide, assez solide, se disait-elle, pour faire obstacle à un renard. Un oiseau de grande envergure ne pourrait vraiment pas y entrer. Restait à voir comment le dernier morceau de grillage, qui devait faire office de fermeture, pouvait être clos sans être condamné une fois pour toutes. Il y avait encore une dizaine de longs clous. Elle en a planté six dans le toit, laissant entre eux environ vingt centimètres d'intervalle, du côté opposé à celui sur lequel le triangle de grillage était fixé. Elle a coupé des petits morceaux de fil de fer qu'elle a entortillés dans les mailles du grillage, là encore tous les vingt centimètres. Ce n'est qu'après avoir vérifié que ces petits bouts de fil de fer étaient à peu près à la hauteur des six clous qu'elle a coupé le dernier surplus de grillage. « Nom de Dieu ! » s'est-elle encore exclamée. Elle puait la merde d'oie et saignait des mains.

Pas moyen de faire entrer les oies dans l'abri. Elles ont filé, en colonne, de l'autre côté, ou se sont dispersées, comme si elles comprenaient qu'il n'allait pas être facile de prendre l'un après l'autre six volatiles épars. Les moutons, dans le pré voisin, sont restés impassibles ; la plupart ont tranquillement continué à paître, quelques-uns ont levé la tête un instant. Haletante, elle a ramassé quelques petits cailloux et les a lancés vers les oies. « Sales bêtes puantes, ingrates et têtues ! Et moi qui essaie de vous sauver, nom de Dieu ! » s'est-elle écriée. Elle a voulu faire une dernière tentative, en prenant son temps. Les oies se trouvaient à proximité du bassin le plus grand, tout près de l'abri. Elle a allumé une cigarette et est allée s'asseoir sur l'herbe. Les oies gloussaient un peu, deux d'entre elles buvaient de l'eau. Pas de précipitation, s'est-elle dit, je les laisse d'abord s'habituer à moi, sans intervenir. Elle s'est relevée et a écarté les bras, cigarette à la bouche. S'éloignant du bassin sans se presser, les oies ont longé l'abri. Elle s'est arrêtée. Les oies ont fait de même, à environ cinq mètres du pan de grillage rabattu en arrière. « Entrez », a-t-elle fait, d'une voix douce. « Allez ! Vous voilà en sécurité ! » Elle s'écoutait elle-même parler anglais tout en se disant : il faut que je les prenne à revers. En y allant tout doux. Aussi calmement que possible, elle s'est glissée derrière les oies, et la manœuvre a failli réussir ; les corps dodus des volatiles étaient serrés les uns contre les autres, seuls les cous et les têtes bougeaient. Elle s'est alors avancée vers l'abri en continuant à écarter les bras. Oui, s'est-elle dit. Oui. Des volutes de fumée lui montaient aux yeux, faisant couler des larmes sur ses joues.

C'est alors que quelque chose a frôlé sa tête de si près qu'elle a senti ses cheveux s'envoler. Une demi-seconde après, l'oiseau brun-rouge battait des ailes et, un instant plus tard, il filait au-dessus de la maison et gagnait le bois. Les oies n'avaient pas attendu ce moment pour gagner le coin le plus reculé du pré ; une ou deux petites plumes blanches sont tombées à terre. Les genoux lui ont manqué, et elle s'est laissée tomber de côté dans l'herbe. « Pourquoi est-ce que je fais ça ? » a-t-elle murmuré. Elle a craché le peu qui restait de sa cigarette. « De toute façon, je n'y arriverai pas ! »

Quelques heures plus tard, elle était étendue dans la baignoire à pattes de lion. Elle a examiné ses doigts et, repliant sa jambe gauche, s'est mise à tripoter la croûte de la plaie sur son cou-de-pied. Au bout d'un moment, l'eau, à l'extrémité de la baignoire, s'est teintée de rouge clair. « J'y arriverai », a-t-elle dit. Elle est sortie du bain, s'est essuyée. Le petit miroir au-dessus du lavabo était couvert de buée, elle y voyait son buste et sa tête, formant comme une masse rose. Elle a pris, machinalement, quelques comprimés de paracétamol. Des habits humides pendaient sur la balustrade, le long du trou d'escalier ; la serviette de bain est venue les rejoindre. Un feu brûlait dans la cheminée du cabinet de travail ; sur la table en bois de chêne, la lampe de bureau était allumée. Elle s'est installée devant l'âtre ; la peau de ses cuisses et de son ventre était tendue. Tout en se caressant les seins, elle a regardé Emily Dickinson, droit dans ses yeux noirs. « Tu te la coules douce, toi, a-t-elle dit. T'es morte. »

19

C'est seulement quelques jours après avoir oublié son téléphone portable sur le bateau qu'elle s'est rendu compte qu'elle s'en était toujours servie comme d'une montre calendrier. Elle avait emporté son agenda ; elle pouvait, si elle en avait envie, vérifier quel jour on était. L'absence d'horloge — celle qui était fixée sur un mur de la cuisine s'était probablement tue depuis longtemps — ne la gênait pas. Elle mangeait quand elle avait faim, allait au lit lorsqu'elle croyait le moment venu, non sans ingurgiter un paracétamol. Pas de réveil.

Lorsqu'elle s'est trouvée en bas de l'escalier, le lendemain matin, elle n'a eu qu'à sortir. La porte de devant était ouverte. Il faisait déjà jour, l'herbe humide s'étendait à ses pieds. *These are the days when skies put on / The old, old sophistries of June, — / A blue and gold mistake*[1]. Elle ne voyait pas très bien pourquoi ces vers lui venaient à l'esprit. Novembre, et une telle douceur pourtant. Douceur trompeuse, peut-être. Bleu et or, mais par erreur. Il y avait une paire de bottes sur le seuil. Elle s'est retournée sans refermer la porte. L'homme était assis à la table de la cuisine, comme s'il venait y boire son café tous les matins. Il avait replié la carte et, avec flegme, tapotait la table de ses doigts.

« Bonjour, a-t-il dit.

— Quelle heure est-il ? »

L'homme a pointé son pouce au-dessus de son épaule.

Elle a jeté un œil à l'horloge, qui marquait neuf heures treize. Elle ne parvenait pas à se rappeler à quelle heure l'engin s'était arrêté, depuis des semaines.

« Ça fait un quart d'heure que vous êtes ici ?

— Oui. »

Elle portait une chemise de nuit qui lui arrivait juste au-dessus des genoux, sans rien

1. « Voici les jours où le ciel retrouve / Les vieux — très vieux sophismes de Juin — / Erreur bleu et or », Emily Dickinson.

d'autre. Il était maintenant trop tard pour remonter. À moins que ?

L'homme s'est levé et lui a tendu la main. « Rhys Jones. »

S'il était resté assis, elle aurait encore pu trouver une excuse. Tout en tirant un peu le col de son T-shirt, elle lui a tendu son autre main. « Bonjour », a-t-elle fait, sans se présenter. Après avoir relevé l'un des couvercles de la grosse cuisinière, elle a rempli la cafetière d'eau et de café moulu. Elle a entendu le paysan se rasseoir ; la chaise de cuisine grinçait.

« Indestructible », a-t-il dit.

Elle regardait par la fenêtre. « Du lait ? » a-t-elle fait, sans se retourner.

« Volontiers. Lait et sucre. »

Elle a relevé le second couvercle, a sorti du frigidaire une bouteille de lait, et a versé le liquide dans une petite casserole. Puis a pris le fouet dans le panier à couverts posé sur le plan de travail. Elle voyait trembler sa main. « Je monte une minute », a-t-elle dit, sans bouger.

L'homme n'a pas réagi.

« Je vais m'habiller, j'ai dormi trop longtemps.

— Ne te gêne pas pour moi », a fait Rhys Jones.

Elle s'est retournée. « La porte n'était pas fermée à clé ? »

Il a mis sa main dans la poche arrière de son pantalon et en a sorti une clé, qu'il a posée sur la carte. « J'ai une clé.

— Que vous allez laisser ici, à présent ?

— Si tu y tiens.

— Oui, je préfère. » Elle s'est à nouveau retournée pour remuer le lait avec le fouet. Elle sentait ballotter ses fesses contre le fin tissu de son T-shirt. « Il y a du gâteau à la crème. Vous en prendrez un morceau avec le café ?

— Mmm ! »

La cafetière s'est mise à crachoter. « C'est vous qui avez écrit les instructions ?

— Oui.

— C'était très bien fait. L'Aga n'a plus de secret pour moi.

— Le réservoir à mazout est plein, il y en a pour des mois. » Il a poussé de côté la carte. « Ça faisait plaisir à la veuve Evans de savoir que j'avais une clé. »

Elle a versé le café dans deux mugs et ajouté dans l'un du lait. Puis elle a sorti le gâteau à la crème du frigidaire, en a coupé deux parts qu'elle a posées sur des assiettes à dessert. Elle a glissé vers lui le mug de café au lait et le morceau de gâteau, retenant aussi discrètement que possible le bas de son T-shirt contre ses cuisses, avant de s'asseoir.

Rhys Jones avait une tête de Gallois : carrée, avec des cheveux touffus et gras, des yeux éteints, une barbe de plusieurs jours. Elle a cru sentir une légère odeur de mouton, mais cela pouvait tout aussi bien être un relent de bière de la veille au soir. L'ongle de son pouce droit était fendu et violacé. Il a fait disparaître le morceau de gâteau en cinq bouchées.

« Tu t'es occupée des oies ? a-t-il demandé.

— Quel arrangement aviez-vous avec la femme qui vivait ici ?

— Au sujet des moutons ?

— Oui.

— Pâture gratuite. Fauchage et ramassage du foin une ou deux fois par an. Et un agneau à l'arrière-saison.

— Un agneau ?

— Découpé.

— Et cet agneau, j'y aurai droit moi aussi, alors ?

— Oui. Tu habites ici à présent, et mes moutons paissent sur les terres que tu loues. L'arrangement reste identique.

— Et si je n'aime pas l'agneau ?

— Tu l'auras tout de même. Je ne peux pas te fournir de la viande de porc ou de bœuf. » Il la regardait. « Zwartbles. Une viande très délicate.

— Pardon ?

— Ce sont des agneaux Zwartbles, une race frisonne. De ton pays. »

Elle a considéré sa part de gâteau, tout en sachant qu'elle n'allait pas la manger. Plus question de voir cet homme ici à neuf heures du matin, s'est-elle dit. « Cette Mme Evans était une de vos parentes ?

— Non.

— Pourquoi cette maison n'a-t-elle pas été vendue ?

— Elle n'avait personne. J'ai demandé à un agent immobilier de mes amis de mettre la maison en location.

— Pour être sûr que vos moutons continueraient à pouvoir paître ici.

— Entre autres. » Il a ingurgité bruyamment le café qui restait dans son mug. « Des recherches sont en cours pour savoir si elle avait de la famille. Cela risque de prendre du temps.

— Un autre ?

— Avec plaisir. » S'avachissant quelque peu sur sa chaise, il a étendu confortablement ses jambes sous la table. « Je me suis occupé de son enterrement.

— Les oies sont aussi à vous ?

— Non. Elles appartenaient à Mme Evans.

— Et donc à moi désormais ?

— Oui. Plus ou moins. »

Il fallait qu'elle se lève pour prendre le mug de Rhys et le porter jusqu'au plan de travail. Il la fixait comme s'il savait qu'elle se trouvait dans une situation critique. « Plus ou moins. Comment ça ? a-t-elle dit.

— Ce sont des oies louées. Elles ne sont pas à toi. À mon avis, on ne peut pas, pour Noël, mettre à rôtir au four une oie louée. »

Elle s'est levée tout en gardant, à son tour, le regard rivé sur lui, pour qu'il ne soit pas tenté de baisser les yeux. Ça a marché ; ce n'est qu'au moment où il lui a tendu le mug qu'il s'est mis à regarder ses hanches. Reposant la petite casserole de lait sur le feu, elle a de nouveau fixé les yeux au-dehors, où l'herbe, entretemps, semblait avoir un peu séché. Comme elle aurait aimé y être en ce moment et manier la bêche, tendre un cordeau le long du sentier, travailler à un meuble mural imaginaire. Les trois petites plantes à fleurs du rebord de fenêtre avaient manifestement besoin d'eau. Elle était terriblement fatiguée et, en battant le lait avec le fouet, elle a senti son bras comme engourdi. Mais avoir le bras ankylosé était bien moins pénible que de discuter avec un homme qui, de toute évidence, était venu ici pour faire prévaloir son autorité sur la maison et les terres.

« Je n'en ai compté que six, d'ailleurs.

— Quoi ?

— Six oies.

— Vous avez compté mes oies ?

— Bien sûr. »

Nom de Dieu, s'est-elle dit.

« La veuve Evans en prenait bien soin. Elle leur donnait du pain. »

Elle a rempli le mug de café et de lait tout en évaluant le temps qu'il allait mettre à le vider. Après le lui avoir donné, elle s'est risquée, sans plus s'embarrasser de ce qu'il pouvait penser d'elle, à retrousser légèrement son T-shirt en s'asseyant. Il s'est mis aussitôt à boire en faisant, de sa main libre, aller et venir la clé sur la couverture rigide de la carte. Elle a repoussé le gâteau. Et n'a plus dit mot.

« C'est donc une situation transitoire. La maison est habitée. Tu es satisfaite, je suis satisfait, l'agent immobilier est satisfait. Mais cette situation peut changer à tout moment. » S'inclinant en avant, il a ramené vers lui la petite assiette. « Je peux ? »

Elle n'a pas répondu. Il lui a néanmoins mangé sa part. Ça l'a horrifiée — ce pouce à l'ongle fendu qui s'attardait près de sa bouche en train de mâcher. En silence, elle l'a regardé engloutir son café. Puis s'est levée, sans savoir que dire. Peut-être allait-il comprendre qu'il était resté assez longtemps comme ça assis dans sa cuisine. D'un geste, elle lui a désigné l'espace compris entre le séjour et la porte.

« Oui, j'y vais », a-t-il dit. Il s'est levé et s'est dirigé, d'un pas lent, vers la salle de séjour. « C'est bien pratique, a-t-il ajouté, que ces meubles soient demeurés ici.

— Comment se fait-il qu'il n'y ait pas de lit dans la chambre ?

— Je l'ai emporté.

— Et l'horloge murale ?

— Mme Evans ne pouvait vraiment plus se tenir debout sur un escabeau. C'est moi qui remplaçais la pile, je ne sais tous les combien de temps. »

Le voir marcher en chaussettes lui a fait plaisir. On ne peut guère prendre au sérieux un homme en chaussettes, surtout quand celles-ci ont des trous.

Près de la porte, il s'est retourné et l'a à nouveau considérée avec attention, de la tête aux pieds. « Blessée ? a-t-il demandé.

— Mordue par un blaireau.

— Impossible.

— C'est pourtant bien ça.

— Les blaireaux sont des animaux timides », lui a-t-il répondu en employant le mot « *shy* ». Il a enjambé le seuil. Et a ajouté qu'il reviendrait, avant de fermer la porte derrière lui.

Il ne veut pas que je le voie se baisser pour enfiler ses bottes, s'est-elle dit. Elle a souri. Puis lui a crié « Adieu ! » à travers la porte, en le voyant, de l'autre côté de la vitre, descendre et disparaître. Elle a gravi l'escalier en se traînant, est allée s'allonger sur le divan du cabinet de travail et a fermé les yeux. Rhys Jones est parti en trombe au volant de sa voiture, à coup sûr un pick-up suffisamment grand pour contenir quelques moutons. Ou des balles de foin, un lit deux places. Elle ne se sentait aucune envie de jeter un œil par la fenêtre. Deux heures plus tard elle recommençait sa journée, comme il faut, cette fois.

20

L'herbe était complètement sèche, le soleil brillait. Presque pas de vent. Elle a coupé des tiges de bambou pour en faire des cannes qu'elle a enfoncées dans le sol, là où étaient disposés les rondins. Entre ces cannes, elle a tendu un cordeau. Les vaches marron clair, alignées, la regardaient par-dessus le muret de pierre. Le terrain herbu surplombait d'au moins un demi-mètre le pré où déambulaient les vaches, le mur était beaucoup plus haut de leur côté. Elles s'ébrouaient. Sans plus penser à rien, elle a, avec la bêche rouillée, ôté l'herbe tout au long du cordeau, s'obstinant aussi à éliminer celle qui poussait au bord du sentier, parmi les débris d'ardoise. Avec sa brouette elle a, en suivant le ruisseau, transporté jusque derrière la maison les mottes d'herbe qu'elle avait extirpées et qui, au bout d'un moment, ont formé un tas entre deux buissons. Elle est allée ensuite s'asseoir sur le monticule d'ardoises. Haletante, elle a regardé autour d'elle. Avec quoi allait-elle pouvoir délimiter le sentier par rapport à l'étendue d'herbe ? À sa vue, les oies se sont rapprochées en cacardant de la clôture de barbelés. Elle a lancé aux bêtes des morceaux d'ardoise, ce qui n'a pas eu l'air de les gêner. Elle n'avait pas suffisamment de force dans le bras pour pouvoir, depuis le monticule, les projeter par-delà la clôture.

Dans la porcherie, elle a trouvé deux piquets en bois — ressource bien insuffisante pour toute la longueur du sentier. Descendant de nouveau à la cave, elle s'est assise sur la dernière marche de l'escalier de béton. Des dalles verdâtres pavaient le sol. Pourquoi était-ce si propre ici, si fraîchement nettoyé ? On aurait dit que ces dalles appelaient l'humidité. Elle s'est mise à renifler — rien qui puisse, à l'odeur, lui fournir une indication quelconque.

La piscine du Zuiderbad en automne, les

cabines blanches, le sandwich qu'elle mangeait sur le chemin du retour, les buissons dénudés et nappés de brouillard dans le jardin du Rijksmuseum, le bruit des voitures sur le Stadhouderskade et le Hobbemakade. Elle pensait à ses parents dans leur appartement à l'étage, quartier De Pijp ; voyait sa mère en train de garnir le petit pain pour après la piscine, de faire cuire des pommes de terre et, dans l'étroite cuisine, la vitre embuée de vapeur. Tout cela sous la lumière crue du tube au néon. Ils habitaient encore là, avaient maintenant le chauffage central, du parquet stratifié, une cuisine neuve, un téléviseur bien trop grand pour la modeste salle de séjour. Et un message de leur fille. Elle avait téléphoné et raccroché autant de fois qu'il l'avait fallu avant qu'enfin, la maison étant vide, le répondeur se déclenche — la voix de son père qui ne donnait que son nom de famille. « Je vous informe simplement que je suis partie. Ne vous faites pas de souci. Surtout pas. » Voilà qu'à présent ce *surtout pas* la gênait. Il était tout à fait inutile. On se complaît de temps en temps dans le mal du pays. À d'autres moments, non. Parfois il vous abat, vous abat à tel point que cinq marches de béton en paraissent cinquante.

Des branches d'aulne. Les trois arbres au bord du ruisseau étaient des aulnes. Elle le savait pour les avoir reconnus à leurs petits cônes arrondis. Il y avait longtemps qu'ils n'avaient pas été écimés. « Écimer », elle connaissait le mot, même si elle n'avait jamais manié de scie à élaguer pour couper quelque espèce de bois que ce soit. Sauf à considérer qu'une épaisse tige de lierre est du bois. Après être restée étendue quelques heures sur le divan du cabinet de travail, elle a emporté dehors une chaise de cuisine. La chaise sur laquelle Rhys Jones s'était assis. Elle l'a appuyée contre l'un des arbres et est montée dessus dans ses sabots boueux. Dommage que je ne m'y sois pas prise ce matin tôt, s'est-elle dit ; il aurait eu alors, en plus des trous à ses chaussettes, le cul tout crotté. Lorsqu'elle la ramenait vers elle, la scie faisait son office — elle le sentait —, mais pas lorsqu'elle la poussait. Elle s'est aussi avisée qu'il lui fallait surveiller sa position sur la chaise de façon à ne pas recevoir une grosse branche sur la tête. Une fois qu'elle a eu scié cinq branches, elle a décidé d'arrêter, estimant sa journée de travail amplement remplie. Elle a coupé les rameaux ainsi que des cimes encore frêles avec le sécateur neuf et traîné les branchages jusqu'au bord de l'herbe. Le long du sentier, le sarclage avait creusé un sillon dans lequel elle a couché les branches, l'une derrière l'autre. Elle est allée s'asseoir sur le pas de la porte. Ça avait l'air parfait, ces branches étaient suffisamment épaisses pour former une véritable séparation. Ce n'est qu'à ce moment-là qu'elle s'est aperçue que le terrain herbu était une pelouse qui avait dû être tondue assez récemment. Les vaches avaient disparu ; en se relevant, elle a découvert qu'elles étaient à bonne distance. Elle n'avait absolument pas remarqué que les bêtes prenaient le large.

Le soleil qui s'est soudain éloigné et est déjà très bas, d'autres ombres, des vaches qui, d'un pas silencieux et placide, ont changé de place : belle et bonne façon de mesurer la fuite du temps ! C'était la première fois qu'elle voyait cela et elle a songé à sa thèse.

21

Emily Dickinson. En dépit de sa réputation (« *probably the most loved and certainly the greatest of American poets*[1] », spécifiait la quatrième de couverture de la biographie de Habegger), son œuvre était truffée de vers de mirliton, de quatrains à rimes faciles. Les ongles incrustés de terre, elle feuilletait le recueil des *Collected Poems.* C'était le soir — dehors, un noir d'encre, exception faite de quelques petites lumières dans le lointain. Elle a bu un verre de vin et fumé une cigarette. En bas, dans une casserole posée sur le plan de travail lui restait encore largement de quoi manger. Il y avait du feu dans la cheminée. Jamais piquée par une abeille, songeait-elle. Partout des abeilles, portées par

1. « La figure probablement la plus aimée et certainement la plus marquante de la poésie américaine. »

une « *gentle breeze* », ou parmi les champs de « *clover* »[1]. Elle a repensé à son bureau à l'université : l'ordinateur froid contenant toutes ses notes sur Dickinson et un plan rudimentaire de sa thèse, censée porter sur la masse assez considérable à ses yeux de poèmes de second plan ainsi que sur la sacralisation peut-être excessive de leur auteur. Les plantes en pot, les classeurs métalliques, et, à travers la fenêtre qui donnait sur une longue rue étroite, la neige. Cette biographie épaisse et indigeste de Habegger, pleine d'interrogations et de spéculations tatillonnes et absurdes, avait paralysé pendant des mois son travail — le livre était si prolixe en détails qu'il allait jusqu'à invoquer comme explication à une forme particulière de la sensibilité poétique de Dickinson une toux dont avait souffert au printemps de 1837 un de ses arrière-grands-oncles.

Elle a chiffonné le papier sur lequel elle avait inscrit « rideaux » (la vitre de la petite chambre était encore nue) et s'est munie de son crayon à mine tendre. S'imaginant dehors, à la lumière du jour, dos tourné vers la porte, elle a croqué à grands traits la pelouse, le ruisseau légèrement sinueux, le muret de pierre, formant un L de part et d'autre de l'herbe, la porcherie, de biais près de la maison, le nouveau sentier courant tout droit le long de la façade, les trois aulnes et les trois buissons. Si seulement elle avait eu des crayons de couleur ! Il allait y avoir un sentier

1. « Douce brise », « trèfle ».

de plus : partant de la porte d'entrée, il traverserait l'herbe et s'arrêterait au mur. Et des plates-bandes. Elle s'est essayée à dessiner un arceau de roses, ce qui s'est révélé bien plus difficile qu'elle ne le pensait : elle gâchait son croquis, et n'avait pas de gomme. Elle a également chiffonné cette feuille de papier. Se plantant encore une cigarette dans le bec, elle a repris les *Collected Poems*, les ouvrant à la page qui contenait la table des matières. Cela faisait un bail qu'elle avait ce livre — il était plein d'annotations, les pages étaient tachées, la jaquette déchirée par endroits — et voilà qu'elle remarquait, pour la première fois, combien était courte la section intitulée *LOVE*, et combien longue la dernière, *TIME AND ETERNITY*. Elle s'est mise à pleurer.

22

Le mari était assis dans la salle de séjour trop petite pour le nouveau poste de télévision. Sa belle-mère était à côté de lui, sur le canapé ; son beau-père sur une chaise, près du récepteur. La pluie venteuse de novembre battait contre les vitres, la lampe d'un réverbère brinquebalait. La télé était allumée. Tout comme elle l'était lors de sa première visite, il y avait de cela des années, et comme elle ne manquait jamais de l'être chaque fois qu'il venait le soir. Souvent, elle marchait aussi en journée, surtout le week-end. Bien que le son ait été baissé d'au moins cinq crans à son arrivée, il était encore envahissant : dans le poste, ça chantait, un jury évaluait — tout cela entrecoupé d'annonces publicitaires agressives.

« Nous sommes presque en décembre, a dit la mère.

— Oui, a fait le mari.

— Ça commence à m'inquiéter.

— Qu'est-ce qu'on y peut ?

— Tout ça c'est ta faute.

— Ma faute ? »

La belle-mère lui a adressé un regard indiquant que les choses se passaient d'explication et qu'il devait parfaitement savoir qu'il était coupable.

« Oui », a dit le beau-père, sans même tourner la tête vers son gendre. Il n'avait pas encore ouvert la bouche.

« Oui quoi ? a fait la belle-mère.

— Juste oui », a-t-il répondu.

Elle a poussé un soupir. « Et comment est-ce qu'on va faire pour les fêtes ? La Saint-Nicolas. Noël. » Elle a ébauché un geste en direction du rebord de fenêtre sur lequel brûlaient des bougies disposées en triangle. Les flammes restaient immobiles : les fenêtres étaient bien isolées.

« Je me pose aussi la question, a dit le mari.

— C'est pas possible ! s'est exclamé le beau-père.

— Qu'est-ce qu'il y a ? a demandé la belle-mère.

— Celui-là chante comme un pied !

— Elle avait déjà fait ça, avant ? s'est enquis le mari. Avant moi, je veux dire.

— Jamais ! Jamais elle n'a disparu comme ça, d'un coup ! Elle refusait même les invitations à des soirées pyjama. Elle n'a jamais dormi chez ses copines.

— Chez mon frère si, a dit le beau-père.

— Oui, elle avait tout le temps envie d'y aller. De passer quelques jours chez son oncle ; elle ne mentionnait même pas sa tante. Ces deux-là, ils s'entendaient comme larrons en foire.

— C'est lui qui lui a appris à fumer, a dit le beau-père.

— Mon Dieu, oui. Et il n'arrêtait pas de lui monter le bourrichon. En lui tenant des drôles de propos. Quand elle rentrait ici, il fallait des jours pour qu'elle ait à nouveau les idées en place.

— Qu'est-ce qu'il lui racontait ? a demandé le mari.

— Qu'elle devait se donner les moyens de faire les choses par elle-même. Que dans la vie il faut se débrouiller tout seul, sans jamais se préoccuper des autres.

— Il n'y a pas grand mal à ça, après tout ?

— Non, mais elle s'est obstinée, et elle est partie brusquement. La tante était dans tous ses états, l'oncle ne faisait que de ricaner. Et quand elle est revenue à la maison, elle n'a plus du tout tenu compte de nous.

— Il lui est donc bien arrivé de disparaître.

— Non, juste l'affaire d'une heure, à peine

plus. Jamais pour bien longtemps. Deux heures au maximum. Quand nous avons appris cette histoire de tabagie, ça a été le coup d'arrêt. Nous lui avons interdit tout nouveau séjour chez l'oncle.

— Mon frère n'est pas… tout à fait normal.

— C'est ta façon à toi de présenter les choses, a fait remarquer la belle-mère. Autant dire qu'il est fou à lier.

— Allons donc !

— J'ai toujours peur de le voir à son tour prendre le même chemin, a-t-elle dit en désignant son mari. Heureusement qu'il a une femme très raisonnable et solide.

— Un petit verre ? a dit le beau-père.

— Avec plaisir, a répondu le mari.

— Oui, buvons un coup. Ça arrange les choses. T'en prendras un aussi ? a demandé le beau-père à sa femme.

— Non, pas question ! Tu m'as déjà vue boire une goutte d'alcool ?

— On n'est jamais trop vieux pour s'y mettre. » Le beau-père s'est levé et a rempli, près du buffet, deux verres de vieux genièvre. Le sien, à ras bord, si bien qu'il a dû se pencher en avant pour en écluser une bonne gorgée avant de pouvoir l'apporter jusqu'à sa place. Aussitôt après avoir posé l'autre verre devant son gendre, il a fixé à nouveau son attention sur l'écran.

« Oui, poursuivait en soupirant la belle-mère. Peur de le voir prendre le même chemin…

— Ah, toi hein… ! »

Elle s'est mise à pleurer doucement.

Le mari buvait à petites gorgées son vieux genièvre en se demandant si, comme l'affirmait sa belle-mère, c'était vraiment sa faute. Une rafale de pluie a couvert un instant la prestation d'une grosse fille aux cheveux hérissés, qui se tenait debout, immobile, dans un vaste studio. Elle avait une magnifique voix claire et paraissait ne plus penser à rien en chantant ; ses yeux étincelaient, ses mains, complètement détendues, pendaient le long de ses cuisses, elle devenait belle. Quelques instants après, elle s'est vu signifier son élimination, faute d'avoir le « rayonnement nécessaire ». Au suivant, s'il vous plaît.

« Les enfoirés ! » a fait le beau-père.

Pendant la pause publicitaire, la belle-mère a remis ça. « Ils vont te mettre en prison à présent ?

— Non », a répondu le gendre. Un second verre de genièvre était posé devant lui.

« Et pourquoi non ?

— Parce que je vais rembourser tous les dommages.

— On peut donc aujourd'hui ficher le feu partout sans se retrouver en prison ?

— Ça dépend des cas, je suppose, a dit le gendre. Moi, je n'ai pas pris la fuite. Je me suis montré coopératif. Je pense que ça tient à ça.

— Tu as de quoi les payer, ces dommages ?

— Mais oui.

— N'empêche que c'est entièrement ta faute.

— Et pourquoi cette idée, belle-maman ? Vous croyez vraiment que les choses sont aussi simples ?

— Oui.

— Vous savez pourtant bien ce qu'elle a fait.

— Oui.

— Comment se peut-il alors que ce soit ma faute ?

— Mais tout ça, est-ce que c'est bien vrai ? C'est toi qui nous l'as raconté. Qui nous dit que tu ne mens pas ?

— Pourquoi mentirais-je ?

— Parce que t'as plein de choses à cacher.

— Je n'ai absolument rien à cacher.

— Non, a dit le beau-père, le regard rivé sur l'écran.

— Ne te mêle pas de ça, a dit la belle-mère. Où donc cette pauvre enfant est-elle partie se fourrer ?

— Cet oncle. Votre frère. Il vit encore ?

— Et comment ! a répondu le beau-père. Il n'a même pas soixante-dix ans !

— Il habite où ?

— Tu t'imagines qu'elle est chez lui, peut-être ? a demandé la belle-mère.

— Elle n'y est pas, a dit le beau-père.

— Il lui a déjà téléphoné. Elle n'y est pas. À moins qu'il ne mente. Ça se peut très bien, évidemment ; ce bonhomme est fou à lier. »

À la télé, candidats et jury continuaient de plus belle : le beau-père avait poussé un peu le son après la dernière remarque de sa femme. Il était assis bien trop près, le gendre avait du mal à croire qu'on puisse voir quelque chose en ayant le nez collé sur l'écran. N'était-ce pas plutôt là une façon de se rendre invisible, pour pouvoir, depuis les coulisses, placer, de temps à autre, son mot en toute sécurité ?

« L'argent, a dit le beau-père.

— Quoi ?

— Vous ne recevez pas de relevés de votre banque ? Dessus, on voit pourtant bien où et quand des prélèvements ont été effectués aux distributeurs ? Il lui faut de l'argent, non ?

— Des relevés, j'en reçois, a dit le mari. Pas elle. Elle fait tout par Internet. Je n'ai pas accès à ce service. Nous n'avons pas de compte joint.

— À mon avis, t'as plein de choses à cacher, a poursuivi la belle-mère. Après tout, il s'est avéré du jour au lendemain que tu étais aussi un incendiaire. »

Le mari a poussé un soupir.

« C'est ta faute si vous n'avez pas d'enfants, c'est sûr !

— Sûr ?

— Oui.

— Elle ne vous a pas parlé des tests ?

— Quels tests ?

— Que j'ai subis.

— Je ne suis au courant de rien.

— C'est bien ce que je vois.

— Je voudrais un verre de vin.

— Quoi ? a fait le beau-père.

— Je disais que je veux un verre de vin. Du blanc.

— Tu n'as qu'à te servir.

— Tu verses à boire à ton gendre, et moi, il faudrait que je me serve ?

— Oui, a répondu le beau-père. Je regarde la télé. Et toi, tu ne bois jamais. »

La belle-mère s'est levée et est allée à la cuisine. Le mari songeait encore à l'agressivité qu'elle avait mise dans le mot « gendre » et attendait que son beau-père se tourne vers lui. Lui dise quelque chose. Entre hommes. Des éclats de lumière se dispersaient dans la salle de séjour.

« Pourquoi donc tous ces gens se ridiculisent-ils ainsi ? a dit le beau-père.

— Ben…

— Je ne comprends pas.

— Vous n'aimeriez pas passer à la télé ?

— Ah ça non !

— Eux si. Ils feraient n'importe quoi pour.

— Autrefois, pendant la veillée de Saint-Nicolas, elle occupait tout son temps à regarder par la fenêtre. C'était le genre d'enfant à rester assise, nez collé à la vitre, regard fixé sur la rue pleine d'eau.

— Et les cadeaux, alors ? a demandé le mari.

— Oui, elle s'y intéressait aussi, bien sûr, et pourtant… » Le beau-père a tourné les yeux vers l'écran. « Ce qui me fait le plus tiquer, c'est ce “surtout pas”. Il ne fallait “surtout pas” que nous nous fassions du souci. »

La belle-mère a réapparu, un verre de vin à la main, rempli au quart. Après s’être assise et avoir bu une gorgée, elle s’est renfrognée. « Tout est normal alors, en ce qui te concerne ?

— Ils n’ont absolument rien trouvé d’anormal.

— Tu as fait ça quand ?

— À l’automne dernier.

— S’est-elle fait aussi tester ?

— Non.

— Et pourquoi ?

— Peut-être que ça ne lui semblait pas nécessaire ?

— C’est à moi que tu le demandes ?

— Non, je le dis, c’est tout.

— Si j’étais elle, je ferais ces tests. »

Tous trois ont bu et regardé la télé. Un jeune homme en short, torse nu couvert de tatouages, les pieds dans des chaussettes en laine de chèvre, faisait des bonds à travers le grand studio et hurlait des tas de choses auxquelles ils ne comprenaient rien. Peut-être venait-il de l’est du pays. Le mari ne voulait pas penser à l’étudiant et souhaitait qu’on le laisse tranquille.

« C’est qu’il commence à se faire tard, a dit la belle-mère.

— Ah, toi…

— Ça te fait quel âge à présent ?

— Quarante-trois.

— Ça se passait bien entre vous ? »

Le mari a réfléchi. « Non. » Et, après un silence, il a redit « non ».

« Complètement givré, celui-là, a fait le beau-père.

— Il est à la télé, a répondu le mari.

— Qu'est-ce qui n'allait pas ? a demandé la belle-mère.

— Ah, toi…

— Et on fait quoi, à présent ?

— Faut encore attendre un peu, non ? a dit le mari.

— Et après ?

— Aller à la police peut-être ? Je pourrai toujours demander au policier qui m'a interrogé ce qu'il est possible de faire.

— Tu le vois encore ?

— Après l'interrogatoire, nous sommes allés boire une bière ensemble.

— Pourquoi ?

— Comme ça. C'était un type bien.

— Alors qu'il aurait dû te mettre en taule.

— Ce n'était pas nécessaire.

— Les policiers sont aussi des citoyens comme les autres, a dit le beau-père.

— Qu'est-ce que tu en sais ? a répliqué la belle-mère.

— Ah toi, alors… »

Le gendre a été frappé par la grande tendresse qui imprégnait ces mots.

La belle-mère a bu une dernière gorgée de vin. « Je préfère encore une bonne tasse de thé », a-t-elle fait.

23

Il n'y avait plus de pain. Elle avait jeté à la poubelle le gâteau à la crème dont elle n'avait plus envie. Comme elle voulait tester sa capacité à suivre une de ces lignes vertes en pointillé, à transmuer en sentiers, collines, maisons et prés réels les signes figurant sur une carte en deux dimensions, elle a décidé de ne pas prendre sa voiture pour se rendre à Waunfawr. Elle a mis ses chaussures de marche, fixé un sac à dos à ses épaules, et fermé la porte d'entrée à clé. Sur le sentier de devant, elle s'est sentie découragée ; le cordeau qu'elle avait tendu était toujours là, et avec lui la rangée de cannes de bambou. Elle allait devoir déplacer une bonne quantité d'ardoises. Au coin de la maison, elle a tourné pour prendre le chemin d'accès le long du pré aux oies. Il y en avait cinq, près du portillon. Elle a fait comme si elle ne les avait pas vues. Leurs têtes curieuses de tout, leurs doux gloussements, leur pas traînant et plein d'attente. Cinq.

Carte en main, elle a franchi la *kissing gate* qu'elle avait remise en état. La ligne verte en pointillé indiquait qu'elle ne devait pas suivre son chemin d'accès. Mais les herbes hautes dissimulaient toute trace de sentier. Tête rentrée dans les épaules, elle a traversé le pré au hasard et s'est retrouvée près d'une clôture et d'un *stile*. Elle l'a franchi et a voulu tourner à gauche. Là se dressait la maison des voisins ; sauf erreur, il lui fallait la longer en ligne droite. Il semblait qu'une porte était ouverte. Elle a hésité, regardé attentivement la carte avant de faire demi-tour, comme si elle n'était qu'un promeneur de passage qui se serait fourvoyé. En hâte, elle s'est de nouveau juchée sur le *stile*, en est redescendue, a traversé la prairie aux herbes hautes et, par le chemin d'accès, a rejoint la route étroite. Quelques centaines de mètres plus loin, elle s'est remise à suivre la ligne verte en pointillé qui, dans le monde réel, était signalée par le petit randonneur sur son poteau. Lorsqu'elle est arrivée à la boulangerie, après une marche qui lui avait paru interminable, elle a vu, à la pendule, qu'il était une heure moins le quart.

« À pied ? a dit le boulanger.

— Oui. » Elle était hors d'haleine.

« C'est la porte à côté, pas vrai ?

— Oui, on est ici en un rien de temps.

— Nous fermons à une heure. Tu le sauras pour la prochaine fois. Awen ! »

La femme du boulanger est sortie de l'arrière-boutique. « *Oh, hello, love.* Comment as-tu trouvé le gâteau ?

— Très bon. Rhys Jones a adoré, lui aussi.

— Rhys Jones, a fait le boulanger.

— Il aime beaucoup nos gâteaux, a poursuivi Awen. Tu vas t'installer ici à demeure, *love* ?

— Il habite où, en fait ?

— Au pied du mont. Par là. » Le boulanger a paru traverser le mur d'un geste. « À partir de la fin octobre, il met ses moutons à paître sur les terres de la veuve Evans.

— Vous avez suffisamment de clients ici ? » Elle commençait à avoir chaud. Feignant de vouloir regarder quelque chose dans la vitrine encastrée sous le comptoir, elle a fait un pas sur le côté.

« Sa femme est morte, ça a été une vraie tragédie. Et si elle avait vécu plus longtemps, jamais elle ne l'aurait laissé manger autant de gâteaux, a repris la boulangère.

— On s'en sort. » Le boulanger a lancé un regard à sa femme. « Tant que les gens n'achètent pas leur pain au Tesco…

— Est-ce que cette maison est assez chauffée ? a demandé Awen.

— Tout à fait.

— Tu ne t'y sens pas trop seule, trop à l'écart ?

— Non, ça va. Il y a des oies. Et à présent beaucoup de moutons.

— Tu es seule ? Pas de mari ?

— La veuve Evans venait aussi acheter son pain ici, jusqu'à la fin, a dit le boulanger haut et fort, comme pour couvrir la voix de sa femme.

— Prends donc un chien, a suggéré Awen.

— Que puis-je pour toi ? » a fait le boulanger.

Elle désirait en fait savoir comment et quand la veuve Evans était morte, mais, derrière le comptoir, le couple la regardait avec tant d'empressement et de curiosité qu'elle s'est contentée de demander deux pains et deux paquets de biscuits secs.

« Au revoir, a-t-elle dit en mettant le tout dans son sac à dos.

— À quand tu n'auras plus de pain, a répondu le boulanger. D'ici peu nous aurons du Christmas pudding.

— Un chien ! lui a crié la boulangère. C'est un véritable ami. »

Fermant derrière elle la porte du magasin, elle a examiné le ciel. Il était gris. Gris et morne, mais il ne pleuvait pas. Elle a tourné les yeux en direction du mont Snowdon, et s'est rappelé qu'elle devait toujours l'avoir à sa gauche. Puis a jeté un regard derrière elle avant de descendre du trottoir. Restés immobiles à leur place, le boulanger sans nom et sa femme Awen l'observaient. Ils regardaient, sans lui faire signe.

Elle n'a pas suivi exactement le même itinéraire en rentrant. Aux endroits où elle s'était fourvoyée à l'aller, ça s'est bien passé dans l'ensemble. Dans l'ensemble. Car elle s'est encore trompée quelque part, et a mis très longtemps à se rendre compte qu'elle n'avait pas pris la bonne ligne pointillée. Tout se ressemblait, les haies de buissons épineux, les chênes trapus, les herbages, les abreuvoirs en fer-blanc, les sifflements bruyants des passereaux. Elle trouvait cela étrange : on était à la fin novembre et ces oiseaux faisaient comme si c'était le printemps.

Elle s'est retrouvée par hasard à l'embranchement en T depuis lequel elle avait vu pour la première fois le mont et, sachant, du coup, où elle était — elle n'aurait à partir de là même plus besoin de la carte —, elle s'est assise, adossée contre une clôture en bois. Après avoir sorti un paquet de biscuits de son sac à dos, elle en a mangé la moitié, s'accordant ainsi une bonne plage de temps pour observer attentivement la montagne. Malgré le temps gris, celle-ci était revêtue de diverses couleurs : du brun, de l'ocre, du vert et même un peu de violet. Elle n'a pas l'air difficile, s'est-elle dit.

Il semblait que le crépuscule commençait à tomber lorsqu'elle a repris sa marche en direction du chemin d'accès. En cours de route, elle a été obligée de s'agripper à un arbre. Elle ne pouvait tenir debout qu'en se courbant. Dès qu'elle se redressait, la douleur la paralysait. Les élancements sourds avaient l'air de se disperser lorsqu'elle se ramassait sur elle-même, devenant ainsi plus supportables. Elle n'arrivait pas à localiser de façon précise d'où provenait le mal qui la taraudait et la rongeait jusque dans les bras et les jambes. Elle s'est frotté le ventre et le haut des bras, et, posant sa main sur son front, a pensé à son oncle. Quelques instants après, alors qu'elle reprenait sa marche à pas prudents, elle a vu devant elle Emily Dickinson, déambulant dans son jardin d'automne, un premier vers en tête — *The murmuring of bees has ceased*[1] — et s'employant à imaginer la suite du poème. Non, jamais piquée par une abeille, cette Dickinson.

24

Le lendemain matin, elle a pris largement son temps pour petit-déjeuner. Elle avait négligé son alimentation, sautant régulièrement le dîner, buvant à tire-larigot. L'horloge murale indiquait neuf heures et demie. Quand tout était calme dans la maison, elle entendait son tic-tac fait de petits battements aigus et hargneux. Elle ne voulait pas de ça, elle refusait toute intrusion du temps dans sa cuisine. Le mieux aurait été d'arrêter l'horloge, mais à l'idée d'avoir à mettre une chaise au-dessous elle se sentait déjà exténuée. L'arrêter, non seulement pour ne plus avoir l'heure, mais aussi pour contrarier cet éleveur de moutons mal dégrossi. Elle pensait beaucoup à ce Rhys Jones, et, du coup, s'emportait.

Elle s'était évertuée à donner du caractère à la salle de séjour et aux chambres du haut ; la cuisine, elle, demeurait dans l'état où la veuve Evans l'avait laissée. Une odeur de vieille femme s'en dégageait, qu'elle avait petit à petit associée à elle-même, durant les semaines qu'elle avait passées dans la maison. Même la

1. « Le murmure des abeilles s'est tu », Emily Dickinson.

machine à laver ancien modèle semblait en être imprégnée. Venait-elle de laver du linge que déjà — avant même qu'elle ne l'ait, comme à l'ordinaire, mis à sécher sur la claie installée en haut de l'escalier — sa fraîche senteur de lessive se trouvait contaminée par un relent de renfermé. La veille, à la boulangerie, elle avait distinctement senti l'odeur de la vieille femme, du fait, peut-être, de la transpiration provoquée par la marche à pied, et s'était légèrement écartée pour éviter son reflet dans l'étroite paroi de miroir fixée derrière une étagère à pain, de peur d'y voir apparaître quelqu'un d'autre, comme le soir où, dans la vitre du cabinet de travail, elle s'était transformée d'elle-même en un voyeur.

Elle a fait du café, battu du lait, coupé deux tranches de pain qu'elle a tartinées de beurre salé du cru avant de les garnir, l'une de *blackcurrant jam*[1], l'autre de fromage. Puis elle s'est assise, et s'est forcée à manger et à boire tout ce qu'elle avait préparé. Regardant au-dehors, elle s'est aperçue que la plante grimpante qui se détachait sur un ciel uniformément bleu devenait de plus en plus transparente, a ramené derrière son oreille une mèche de cheveux et s'est demandé si elle ne devrait pas aller chez le coiffeur. Après avoir lavé mug et assiette, elle est montée. Son agenda se trouvait sur la table du cabinet de travail. Elle l'a ouvert, a

1. Confiture de cassis.

examiné les dates, et, après un calcul à partir d'un jour qu'elle était sûre d'avoir mémorisé, a détaché le coin perforé d'une page. Celle du vendredi 27 novembre.

Elle a garé la voiture sur le parking désert proche du château, puis a rejoint à pied le cœur de la ville. Dans la petite rue où se dressait l'arche des vieux remparts ornée d'une horloge — encore une —, elle a trouvé un salon de coiffure. Entre le cabinet médical et la pharmacie. Elle ne l'avait pas remarqué précédemment. Si l'on n'avait pas été le 27 novembre, si son séjour ici avait été un séjour ordinaire, la chose l'aurait amusée : aller, comme ça, de but en blanc, chez un coiffeur, dans une ville étrangère, comme si c'était ce qu'il y a de plus naturel au monde, et qu'elle venait se faire coiffer sur place une fois par mois. Mais, pour l'instant, le soleil réfléchi par la devanture lui tapait dans les yeux, le pain lui pesait sur l'estomac comme un bloc de béton, elle avait l'impression qu'elle allait s'abandonner — se livrer presque — à un tortionnaire aux mains douces. Et cela alors qu'elle n'était pas même encore entrée.

Il n'y avait qu'un seul client : le médecin. Il était assis et fumait, tandis que dans le cendrier posé près de la glace une autre cigarette se consumait.

« *Hello, love*, a fait la coiffeuse. Mets-toi à l'aise, je termine avec monsieur, ça ne sera pas long.

— Ah, la dame aux blaireaux ! » a dit le

médecin. Tout ce qui émergeait de sa cape de coiffure bleu cobalt rappelait l'oisillon qui vient de sortir de l'œuf. Il la regardait dans le miroir.

« Comment ça ? a demandé la coiffeuse.

— La dame aux blaireaux. Elle s'est fait mordre au pied par un blaireau.

— Non ! Impossible !

— C'est aussi ce que je lui ai dit, mais c'était pourtant ça.

— Comment est-ce arrivé ?

— Allongée pieds nus sur un bloc de pierre.

— Vraiment ?

— Eh oui ! »

La coiffeuse a interrompu sa besogne. Main-peigne et main-ciseaux sont un instant restées vides, suspendues en l'air. « En fait, je ne vois jamais que des blaireaux morts. Au bord des routes. » Elle a tendu un bras vers le cendrier et tiré si fort sur sa cigarette que les tendons de son cou ont sailli sous sa peau. De son autre main, elle a dissipé la fumée qu'elle exhalait.

« Moi aussi. Ce sont des animaux stupides. Ils croient que la nuit leur appartient et ne prennent garde à rien.

— Ce serait donc ça ?

— Je ne sais pas. J'ai passé toute ma vie ici et je n'ai encore jamais vu de blaireau vivant. Demande plutôt à la Hollandaise ! »

Le médecin et la coiffeuse la regardaient à présent tous deux dans le miroir. Le petit salon de coiffure était tout enfumé. Ayant par bonheur déjà pris un magazine sur une petite table à journaux avant de s'apercevoir, stupéfaite, de quelle façon on parlait d'elle, elle s'est mise à le feuilleter au hasard. En fait, personne ne lui demandait rien, elle n'avait donc pas à répondre. Elle s'est efforcée de se concentrer sur un article qui traitait de la manière de palisser des courges sous un porche, pendant que le médecin passait en revue les troubles de ses patients. Curieusement, il s'adressait à la coiffeuse comme à un égal ; on aurait dit deux femmes, amies de longue date, discutant ensemble de leur vie quotidienne. Tout en ouvrant de temps à autre son clapet pour lui donner la réplique, la coiffeuse l'a encore gratifié de quelques petits coups de ciseaux, jusqu'au moment où, d'un geste ample, elle l'a débarrassé de la cape en s'exclamant : « *Done*[1] *!* » Le médecin s'est levé du fauteuil et l'a remerciée. La coiffeuse n'a pas esquissé le début d'un mouvement vers la caisse.

Une fois face à elle, il a allumé une cigarette. « Tu vas repasser me voir ?

— Pour quoi ?

— Comme ça, je pourrai examiner la plaie. Entre autres.

— Ça ne me paraît pas nécessaire. » Elle continuait à fixer obstinément la photo d'une énorme courge verte.

« Comme tu voudras, a répondu le médecin. Comme tu voudras. » Sur ce, il est parti.

1. « Terminé ! »

« Viens donc t'asseoir ici, a dit la coiffeuse. On va d'abord bien les laver. »

Elle avait des mains douces. Qui massaient et frottaient. L'eau avait exactement la température qu'il fallait, le shampoing sentait très bon. À l'en croire, on pouvait encore un peu attendre avant de les couper.

« Comment les veux-tu ? Juste un peu rafraîchis ?

— Courts, de préférence. Faciles à porter.

— Ce blaireau ? C'était bien vrai ?

— Oui. Et les blaireaux sortent aussi en plein jour. »

Pas un mot n'a été échangé pendant que la coiffeuse lui lavait les cheveux. Un quart d'heure après, elle a cru, malgré le shampoing, percevoir à nouveau sur elle l'odeur de la veuve Evans. Elle s'est regardée dans le miroir — le cou était parfaitement dégagé, le visage pâle, les yeux sombres — et elle a su alors qu'elle allait formuler une demande que jamais elle n'avait exprimée jusqu'alors. « Vous serait-il possible de me tourner dans l'autre sens ?

— Quoi ?

— Tourner. Le fauteuil.

— Mais pourquoi ?

— Parce que je... » Quelle raison pouvait-elle bien donner ?

« Tu ne verras pas ce que je fais, a dit la coiffeuse.

— Ce que vous ferez sera bien fait, j'ai confiance. J'aime les surprises.

— Pour ma part, je n'avais pas encore eu droit à celle-là ! » s'est exclamée la coiffeuse tout en actionnant la pédale qui permettait au fauteuil de pivoter. « Je ne vais moi-même pas voir comme il faut ce que je fais. » D'un petit coup d'ongle, elle a extrait une cigarette de son paquet. Et a juste laissé bâiller la porte qu'elle avait d'abord ouverte en grand, le temps de jeter un œil dans la rue, à droite et à gauche. Après quoi, elle a posé sa cigarette allumée sur le cendrier. « Ça se fait couramment, en Hollande ?

— Non.

— Bon, allons-y alors. »

Un quart d'heure après, la coiffeuse avait fini. Aucun autre client n'était entré. Après avoir passé le sèche-cheveux sur le gel qu'elle avait appliqué, elle a mis en forme la coiffure à coups de doigts brusques et maladroits. La cigarette s'était consumée d'elle-même.

Elle s'est levée sans se retourner vers la glace et s'est dirigée vers le petit comptoir-caisse.

« Tu ne veux pas regarder ?

— Non. Je veux vraiment que ce soit une surprise. »

La coiffeuse l'a fixée des yeux, a ouvert la bouche — peut-être allait-elle lui demander si cela aussi se faisait couramment en Hollande.

« J'aime les surprises », a-t-elle dit.

Furieuse, la coiffeuse a refermé la bouche,

et a tapé le montant dû sur une caisse enregistreuse vieillotte, au tintement tapageur.

Elle a payé, et, après un aimable « au revoir » à la coiffeuse, est sortie du salon, sans refermer complètement la porte derrière elle. Au bout de quelques mètres, elle s'est retournée et a vu la coiffeuse qui, campée devant sa vitrine, un bras devant la poitrine et la main sous l'aisselle, une cigarette dans l'autre main, fixait avec insistance la parfumerie d'en face. Ses cheveux blonds semblaient clairsemés dans le nuage de fumée qui s'élevait lentement dans la clarté du soleil. Tout au long des petites rues et sur le parking, elle s'est retenue, bien qu'il n'y ait presque personne dehors. Ce n'est qu'au moment où, assise sur son siège, elle a vu dans le rétroviseur sa mine d'animal effrayé qu'elle s'est mise à pleurer.

25

Elle a vérifié la réserve de bois stockée dans la porcherie. Après avoir tout examiné et compté, elle a décidé de ne plus faire de feu, le soir, que dans une pièce à la fois. Elle aurait ainsi du bois en suffisance. De plus, au cas où il viendrait à manquer, elle pourrait toujours s'installer en bas, près de la grosse cuisinière.

Comme la veille, le soleil brillait, et la fumée de sa cigarette, de même que celle de la cigarette de la coiffeuse, montait droit en l'air. Adossée au mur clair de la porcherie, elle en sentait la chaleur à travers sa chemise de nuit, mais son cou restait froid. Sa tête était légère, comme si on lui avait coupé des kilos de cheveux. Elle fumait les yeux clos.

Elle était là chez elle, sans le moindre rendez-vous, la moindre obligation. Elle s'est mise à penser aux oies, au cordeau tendu le long du sentier, au seul engagement qu'elle avait pris, celui d'acheter son pain à la boulangerie de Waunfawr ; elle se sentait submergée. Elle a jeté sa cigarette sur la pelouse, est entrée dans la maison, essuyant ses pieds nus sur le paillasson placé derrière la porte pour les débarrasser des débris d'ardoise. Elle s'est habillée, a fourré une serviette dans son sac à dos et s'est mise en route.

Son sentier. Au-delà du ruisseau ; par le petit bois d'arbres séculaires — le tracé se faisant chaque fois plus distinct entre les *kissing gates* qu'elle avait dégagées. Des chants d'oiseaux qu'elle ne pouvait identifier, dont elle n'avait jamais eu connaissance, un écureuil. Après avoir traversé le cercle de pierres, elle a suivi l'espèce de petite digue qui surplombait les marécages. La carte était restée sur la table, à la maison. Une fois passée la zone humide, elle s'est retrouvée face à un portillon métallique de l'autre côté duquel paissait un troupeau de bœufs noirs à longs poils et grandes cornes. Près du portillon, un échalier. Elle allait devoir passer dans ce pré. Elle n'a pas hésité, a franchi le *stile* sans regarder les bœufs. Si je fais mine de les ignorer, ils ne feront pas non plus attention à moi, s'est-elle dit. Le sentier, à ce qu'elle avait vu, longeait le talus boisé. En cas de nécessité, elle n'aurait qu'à se glisser dans les épais fourrés pour se mettre à couvert. Tout n'était que vallonnements ; et lorsque au bout de cinquante pas elle a regardé derrière elle, elle n'a plus rien reconnu. Elle a eu de la chance : une *kissing gate* dont ne subsistait plus que le bâti extérieur lui a indiqué qu'elle ne s'était pas trompée. Elle a laissé les bœufs noirs derrière elle. Le terrain descendait, elle avait, face à elle, une étendue d'eau.

Presque tous les arbres qui poussaient en cet endroit étaient entièrement dénudés. Parmi une herbe jaune et rabougrie se montrait çà et là une touffe de chardons. Au bord de l'eau se dressait un bloc de pierre, du genre de ce que les cartes dénomment *standing stone*[1], mais celui-ci lui paraissait plutôt avoir été érigé par un paysan à l'aide d'un gros engin. Elle a vu les bords bétonnés du grand réservoir en en faisant le tour, et, à proximité, une petite construction de brique dans laquelle elle a entendu couler de l'eau sans la voir ressortir ensuite de l'autre côté. Ce qui l'a confortée dans l'idée que le plan d'eau avait été aménagé, qu'il devait s'agir d'une sorte de lac de retenue. Derrière le bâti-

1. Menhir.

ment, une route asphaltée finissait en cul-de-sac. L'image d'un plateau d'argent qui vient d'être astiqué s'est imposée à son esprit, tant l'eau qui s'étendait devant elle était lisse et immobile. Claire et d'apparence visqueuse, elle n'avait pas l'air froide. Elle s'est déshabillée près d'un gros bloc de pierre sur lequel elle a pu déposer ses vêtements, puis a brisé l'eau en y trempant le pied marqué par la cicatrice. C'était froid, mais pas assez pour la dissuader. Le fond, sous une fine couche de vase, était dur comme le roc ; on se serait cru dans un gigantesque bac en béton nettoyé d'assez fraîche date. Elle s'est avancée au milieu aussi lentement que possible — l'eau lui arrivait à la taille — et y est restée jusqu'à ce que sa surface soit redevenue tout à fait lisse et immobile. Elle voyait ses doigts de pied, ses genoux, ainsi que de minuscules bulles d'air accrochées à chaque poil de son pubis ; la lumière se réfractait étrangement au voisinage de son ventre et de ses avant-bras comme si le bas de son corps avait appartenu à quelqu'un d'autre, faute d'être correctement ajusté. Elle a regardé autour d'elle : oui, ici aussi, le bord n'avait ni début ni fin. Un cercle. Elle n'avait pas froid : peut-être parce que en l'absence du moindre souffle de vent elle trouvait là, même sous un pâle soleil, de quoi suffisamment réchauffer son torse et qu'elle continuait à percevoir l'eau comme une substance huileuse, inerte et lourde. Restant debout, sur place, elle a parfaitement compris que si son oncle s'était trouvé absolument désemparé dans ce bassin d'hôtel c'était parce que l'endroit où il était le privait de toute possibilité de décision. Ce n'est qu'en voyant la chair de poule gagner le pourtour de ses mamelons qu'elle est revenue, marchant dans l'eau, vers le bord. Elle avait *vu* passer le temps au mouvement des grandes ombres des arbres, à l'arrivée et au départ d'un banc de tout petits poissons près de ses orteils, au surgissement de cinq moutons près de la pierre dressée. Était-ce là ce que Dickinson avait fait pendant la plus grande partie de sa vie d'adulte ? Avait-elle essayé de retenir le temps, de le rendre supportable et peut-être aussi moins solitaire, en le capturant dans des centaines de poèmes ? Pas seulement le TEMPS, mais aussi l'AMOUR, la VIE, et la NATURE. Aucune importance, s'est-elle dit. Plus aucune importance, et d'ailleurs cette classification thématique n'avait pas été conçue par Dickinson. Elle s'est séchée et rhabillée. Lorsqu'elle a quitté le plan d'eau, les rides à sa surface étaient encore loin d'avoir toutes disparu.

Les bœufs noirs n'étaient plus là ; en tout cas, on ne les voyait plus depuis le sentier, le long du talus boisé. Sur la petite digue elle s'est avisée que ce sentier avait dû être utilisé dans le passé. Sinon, les panneaux à l'effigie du randonneur, les *kissing gates* et les *stiles* n'auraient pas été installés. Et elle qui trouvait maintenant on ne peut plus naturel que personne ne l'emprunte !

Un promeneur allait bien y passer, à l'occasion ! Peut-être en était-il déjà venu, pendant qu'elle était allongée sur le divan du cabinet de travail, qu'elle se trouvait au salon de coiffure ou faisait des courses au Tesco. Elle a fumé une cigarette, assise sur le plus gros bloc du cercle de pierres, et est restée jusqu'à ce que le blaireau — c'était toujours le même, supposait-elle, le « mâle » qui lui avait mordu le pied — sorte de dessous les ajoncs. Comme auparavant, il l'a regardée, sans paraître du tout déterminé à quitter sa cachette. Peut-être gardait-il le souvenir de la branche qui s'était cassée sur son dos.

26

À son arrivée à Hull, elle avait, avec ses deux cartes de crédit, retiré une grosse somme dans quatre distributeurs automatiques. Des nausées, dues au tangage et aux trépidations du bateau de nuit, l'avaient mise si mal en point qu'elle avait pris la résolution de ne jamais plus voyager à bord d'un si gros navire, mais elle était restée suffisamment lucide pour se munir en une seule fois de beaucoup d'argent, pressentant en quelque sorte que les transactions pouvaient être suivies, et qu'il lui fallait éviter un tel désagrément. Elle avait pris le volant en restant sur les grandes routes. Bradford, Manchester, Chester. Avec l'Irlande en perspective. Sur le parking d'un Little Chef, elle avait dû assujettir plus solidement la bâche qui recouvrait le barda contenu dans sa remorque. « Barda » — c'est le mot qui s'était imposé à son esprit. Le matelas une place, la petite table de salon, divers objets qu'elle avait fourrés là, pêle-mêle. Elle n'était pas encore au pays de Galles que, déjà, Holyhead était signalé sur les panneaux indicateurs — tout droit devant sur l'A55. Elle a fait le plein d'essence, ne se rendant compte qu'après coup qu'elle avait réglé avec sa carte de crédit. À Bangor, la pluie a fini par s'arrêter, et au moment où elle s'est engagée sur le Britannia Bridge, en direction d'Anglesey, elle s'est rappelé sa traversée nocturne. Non, plus question de revivre pareil cauchemar ! Le détroit entre la terre ferme et l'île d'Anglesey paraissait magnifique dans ce soleil mouillé : les escarpements boisés du rivage, les deux vieux ponts, de grands oiseaux blancs parmi la vase salée, une maisonnette blanche posée sur un îlot. Elle avait fait demi-tour pour se mettre en quête d'un Bed and Breakfast. Le lendemain matin, elle s'était retrouvée à l'agence immobilière de l'« ami » de Rhys Jones, lequel lui avait dit qu'il disposait d'une maison idéale pour elle, presque entièrement meublée et pouvant se louer au trimestre. *A grey stone Welsh farmhouse*[1]. Ils y étaient allés, dans sa voiture à lui, et, alors qu'il la lui faisait visiter, il avait désigné d'un geste désinvolte l'ap-

1. Une ferme galloise en pierre grise.

pentis tout en lâchant le mot « *pigsty*[1] ». Après une seconde nuit au Bed and Breakfast, elle s'était installée. Il n'avait pas parlé des oies, que d'ailleurs elle n'avait pas vues. Les moutons de Rhys Jones n'étaient pas encore là. Elle avait payé jusqu'au 1er janvier, mais avait de l'argent de reste.

Elle transportait, d'un pas très tranquille, des demi-brouettées d'ardoise du tas au sentier. Chaque fois qu'elle passait le coin de la maison avec une brouette vide, les cinq oies gloussaient doucement. Ça lui était presque insupportable, et elle s'est mise du coup à pelleter de plus en plus vite pour couvrir le bruit. Après quelques transbordements, elle n'a plus chargé qu'au quart la brouette. Ayant enlevé le cordeau et les cannes de bambou, elle a couvert les grosses branches d'aulne de débris d'ardoise qu'elle a ensuite répartis avec la fourche rouillée. Une fois qu'elle a eu fini, elle a installé une chaise de cuisine près de la grosse cuisinière, bu un verre de lait, mangé un bout de pain, fumé une cigarette et s'est avisée que, si elle voulait entrer dans la peau d'un vrai jardinier, il ne lui restait plus qu'à se mettre au tabac à rouler. Dans l'après-midi, elle s'est employée, à genoux sur le paillasson, à extirper, avec un couteau, les mauvaises herbes d'entre les débris d'ardoise. Progressant lentement du coin de la porcherie à l'angle formé

1. Porcherie.

par les bambous et le réservoir à mazout, puis jusqu'au ruisseau, près duquel elle s'est, pour finir, servie du paillasson — sur lequel on pouvait lire *WELCOME* — comme d'un coussin. Durant le temps qu'avait duré sa tâche d'excavateur humain charriant herbe et débris, elle n'avait pas vraiment eu de pensée consciente, une multitude de choses avaient défilé dans sa tête pour disparaître aussitôt. Assise sur le bord abrupt du ruisseau, laissant pendre ses jambes, elle a fixé des yeux l'eau au cours rapide qui retombait en cascade à cet endroit. Sur l'escarpement que formait l'autre bord, à guère plus d'un mètre d'elle, avaient poussé diverses variétés de fougères et toutes sortes de petites plantes dont elle ignorait les noms. Un arbre qui s'était abattu gisait, tel un pont de mousse, en travers du ruisseau. Elle a eu du mal à s'arracher à la contemplation de l'eau, dont le flux et le bruissement sans fin l'hypnotisaient. Ce ruisseau jaillissait-il de la montagne ?

Ce même soir, elle s'est mise à contempler le feu dans la cheminée de la même façon qu'elle avait fixé l'eau l'après-midi. Elle avait allumé des bougies et les avait disposées sur le rebord de la fenêtre. Une douleur sourde dans son dos. Avant d'aller s'étendre dans l'eau de la baignoire à pattes de lion, elle avait mangé du pain et du fromage ainsi qu'un oignon doux. Un repas chaud représentait tout un remue-ménage, légumes et fruits étaient bons pour la santé, mais cela ne valait, évidemment, que pour les gens en bonne forme. Elle avait toujours été en délicatesse avec la viande. Qu'allait-elle bien pouvoir faire, bon Dieu, de l'agneau dont Rhys Jones l'avait menacée ? Cette question avait occupé sa pensée, dans l'eau chaude du bain, tout comme celle de l'aménagement du jardin. Certes, elle n'avait pas réussi à en dessiner l'esquisse, mais dans son imagination les sentiers étaient d'ores et déjà aménagés, les plates-bandes fleurissaient, et même l'arceau de roses était achevé. Elle fixait en cet instant le feu, sans vraiment le voir. Il faisait chaud, il y avait de la lumière. Avec ses coussins, le divan était l'endroit rêvé pour s'étendre. Elle ne s'était pas vêtue en sortant de son bain, et n'avait sur elle qu'une couverture moelleuse. Sur la petite table de salon, un verre de vin, *The Wind in the Willows*, et les livres qu'elle n'avait pas lus.

L'odeur du bois en train de brûler avait quelque chose de doux et d'épicé à la fois lui rappelant le *borstplaat* et le *speculaas* fourré que confectionnait sa grand-mère. Qu'ils apportaient, elle et le grand-père, lorsqu'ils venaient les voir dans leur appartement de la Rustenburgerstraat : le choc du heurtoir sur la porte, puis, à travers la vitre embuée, le coup d'œil sur la rue — de préférence par un temps de chien —, l'étonnement d'y découvrir des passants, de pouvoir y surprendre, avec un peu de chance, un père Fouettard à vélo, la satisfaction de se savoir au chaud quand dehors il faisait froid et humide, le chocolat au lait et les cadeaux de la Saint-Nicolas, le froissement et l'odeur particulière du papier d'emballage, le rire des grandes personnes dans une salle de séjour faiblement éclairée, la vérification de la liste des présents qu'elle souhaitait et sur laquelle elle rayait parfois au crayon ceux qu'elle avait déjà reçus, la certitude que tout serait fini dès que le tube au néon s'allumerait à la cuisine, le branle-bas dans l'escalier, une fois qu'elle serait au lit, le sentiment de vide du 6 décembre. Ce mal du pays la tenaillait sans cesse. Peut-être existait-il un autre mot pour le désigner, le mot « nostalgie » était peut-être plus approprié, qui renvoyait davantage au temps qu'à l'espace.

Les oies se sont mises à criailler. Il me faut une chaîne hi-fi, s'est-elle dit en se levant, non sans effort. Elle a dévalé l'escalier, et après avoir allumé la lumière extérieure a descendu en courant le sentier latéral. « Hé ! » s'est-elle écriée. « Foutez-moi le camp ! » Ramassant d'un geste brusque une poignée de débris d'ardoise, elle l'a jetée en direction du pré aux oies qui n'était plus qu'une étendue obscure. « Dégagez ! Dégagez ! » Encore une poignée d'ardoise. « Hé ! » Un des morceaux a roulé plus loin que les autres, mais le ruisseau a aussitôt couvert le bruit de sa chute. Les oies s'étaient calmées. Elle s'est laissée tomber sur les genoux et a levé les yeux vers le ciel. Jamais elle n'avait vu autant d'étoiles. Jamais elle ne les avait contemplées ainsi — nue et agenouillée sur le sol, par une nuit de fin novembre.

DÉCEMBRE

27

Alors qu'il était en train de ranger le garage, le mari s'est fait tomber un carton sur le pied. Celui-ci contenait des livres et des papiers appartenant à sa femme. *Année universitaire 2003-2004*, lisait-on dessus. Il s'apprêtait à le poser sur l'un des rayons supérieurs d'une étagère quand une bande d'adhésif a cédé. Il a lâché prise, l'a reçu sur la poitrine, avant qu'un des coins n'atterrisse sur son pied. Il était en pantoufles. Il a réussi à tenir toute la journée — on était le dimanche 6 décembre — en ménageant son pied, en s'arrêtant de ranger, et en passant l'après-midi entier à regarder le sport à la télévision, un verre de vin rouge à portée de main. Le lendemain matin, il avait le pied contusionné et enflé, au point que les plus petits de ses orteils ne se distinguaient pratiquement plus de la masse. Après avoir cherché dans son agenda le numéro de leur médecin généraliste, il a téléphoné au cabinet. On pouvait le prendre tout de suite, mais encore lui fallait-il retrouver l'adresse exacte sur Internet. Il a enfilé des chaussures de course sans en nouer les lacets et s'est efforcé de réduire au minimum les changements de vitesse — enfoncer la pédale d'embrayage le mettait au supplice. Il allait devoir renoncer pendant un bon bout de temps à s'entraîner. Rouler en troisième ne posait pour ainsi dire pas de problème : de son domicile jusqu'au cabinet médical, il ne quittait pas son quartier. Pendant le trajet, il a appelé à son travail, annonçant, par précaution, qu'il craignait d'en avoir pour toute la journée. Il ne pouvait s'empêcher de penser qu'il s'était cassé quelque chose.

En entrant, il n'a pas reconnu le praticien : il avait devant lui une femme, alors qu'il était quasiment sûr que son médecin traitant était un homme. Elle lui a serré vigoureusement la main, s'est présentée puis s'est très vite assise, disparaissant à moitié derrière un écran d'ordinateur.

« Tests de fertilité, a-t-elle dit. Demandés en novembre dernier.

— Euh… oui, a-t-il répondu.

— Effectués à l'hôpital universitaire.

— C'est un interrogatoire ?

— Pardon ?

— Vous faites quoi, là ?

— Je prends connaissance de votre dossier.

— J'ai reçu un carton sur le pied. Un carton très lourd.

— Oui, bien sûr.

— Pardon ?

— Je voulais dire…

— Qui êtes-vous, au juste ?

— Je viens de me présenter.

— Oui, j'ai entendu, mais mon médecin ne s'appelle pas comme ça.

— Depuis le 1er janvier, le cabinet est un groupe médical. C'est-à-dire que plusieurs…

— Un groupe médical, je sais ce que c'est.

— Vous venez pour votre pied, m'avez-vous dit.

— Oui. » Il a ôté sa chaussure, puis sa chaussette.

« Installez-vous donc ici, sur la table d'auscultation, je vous prie. »

Tandis qu'elle examinait son pied, sans y aller de main morte, il s'efforçait de déchiffrer, par-dessus la tête légèrement inclinée de la doctoresse, ce qu'il y avait sur l'écran. La table d'auscultation était trop éloignée du bureau. Il faut que je lui parle plus posément, s'est-il dit. Quelques minutes après, il s'est retrouvé assis en face d'elle. Elle rédigeait une lettre de recommandation à l'intention d'un spécialiste.

« L'hôpital universitaire, à nouveau ? a-t-elle demandé.

— Oui. C'est ce qu'il y a de plus pratique.

— Je pense qu'il s'agit d'une contusion sévère, mais mes yeux ne sont pas des rayons X.

— Non », a-t-il dit.

Elle lui a remis la lettre. « Vous pouvez y aller tout de suite.

— Et ce dossier ?

— Eh bien ?

— Est-ce seulement le mien ? Ou nous est-il commun… à elle et à moi ? »

La doctoresse a consulté l'écran. « Il concerne tous ceux qui partagent votre domicile. Ainsi, il est mentionné que votre femme, ou votre amie, a demandé, comme vous, un test de fertilité.

— Oui, bien sûr », a-t-il dit.

Elle a exploré l'écran, a tapé quelque chose ou appuyé sur une touche fléchée — il ne distinguait pas bien. « En juillet. » Elle a poursuivi quelques instants sa lecture, puis l'a regardé dans les yeux. « Comment va-t-elle ? En plein traitement ?

— Ça va bien, a-t-il répondu.

— Il est plutôt rare qu'on détecte quelque chose d'autre à l'occasion d'un test de fertilité. En général, ils ne vont pas chercher plus loin.

— Oui », a-t-il fait. Continue, pensait-il. Continue, je t'en prie.

Elle n'avait pas cessé de le dévisager. « Vous n'avez pas la moindre idée de ce dont je parle, à ce qu'il me semble ?

— Non. Oui.

— Désolée, mais je ne peux vous en dire davantage. Je crois que j'ai déjà trop parlé.

— C'est ma femme ! s'est-il exclamé.

— Oui. Et c'est bien pourquoi il est particulièrement étrange que vous ne sachiez rien. »

28

Brouillard. Le monde était immobile, il n'y avait presque aucun bruit, même l'eau du ruisseau semblait comme tamisée à travers un sas de gaze. Pourtant, elle travaillait dans le jardin. L'élagage du premier aulne était à présent terminé, et le deuxième avait déjà perdu quelques grosses branches. Elle prenait tout son temps. Quand elle sentait venir la fatigue, elle descendait avec précaution de la chaise et rentrait s'asseoir un moment devant la grosse cuisinière. Elle ne retournait dehors qu'après avoir bu une tasse de thé, mangé quelque chose et fumé une cigarette. Elle a débarrassé les branches de leurs rameaux latéraux et les a mises en tas près du mur du jardin, là où la pelouse était le moins large. Par un temps pareil, Dickinson, toussotant et soupirant, serait restée à l'intérieur et aurait écrit sur les jours clairs du printemps et la première abeille, s'est-elle dit. Le sciage se révélait de plus en plus facile maintenant qu'elle avait compris qu'il fallait laisser la scie faire le travail. Dans la porcherie, l'ampoule était allumée, la porte ouverte : il semblait y faire bon ; la lumière, dispersée par le brouillard, évoquait en elle l'image d'ânes et de bœufs autour d'une crèche. Continue à scier de cette façon-là, s'est-elle exhortée. Prends tout ton temps, dans ton petit monde et ses bruits étouffés. Tout en travaillant dehors, elle se représentait la table de la cuisine, et, dessus, la carte ainsi qu'un nouvel essai de plan pour le jardin, que sa pensée associait aussitôt à la journée de lundi durant laquelle elle irait acheter des crayons de couleur dans un magasin de Caernarfon. Et dans un autre, un téléviseur, car les soirées allaient être à présent terriblement longues et elle avait envie de se distraire en regardant telle ou telle émission sur le jardinage ou les objets anciens, ou cette série de la BBC consacrée à des gens qui, voulant quitter la ville pour vivre à la campagne, font appel aux bons services du présentateur.

Alors qu'elle transportait la énième branche jusqu'au muret du jardin, quelqu'un est passé par-dessus ce dernier dans un tourbillon d'air humide. On aurait dit un saut au ralenti, peut-être à cause du grand sac à dos que portait l'homme. Il a atterri sur le tas de branches, et, perdant l'équilibre, a glissé sur le côté. Toutes choses qui, paraissant elles aussi plus lentes qu'à l'ordinaire, lui ont fait penser à un gymnaste en train d'effectuer un exercice au sol. Se relevant avec peine, il a porté la main à son poignet gauche. Elle n'a pas bougé.

« Oh », a-t-il fait. Ce n'était pas un homme, mais un adolescent.

« Tu t'es fait mal ? a-t-elle demandé.

— Non, pas vraiment. Du moins… »

Lâchant la branche qu'elle avait à la main, elle s'est approchée de lui.

« Bradwen, a-t-il fait.

— Qu'est-ce que tu dis ?

— C'est mon nom. » Il lui a tendu la main.

Elle a mis sa main dans la sienne. « Émilie.

— C'est ton jardin ?

— Oui.

— Tu es allemande ?

— Qu'est-ce qui vous arrive à tous ? Personne ici ne perçoit la différence entre l'allemand et le néerlandais ?

— *Sorry.* » Il roulait les *r*.

« Peu importe. Mais c'est surprenant. » Elle tenait toujours sa main. Il avait un bonnet et louchait. Pas énormément, mais assez pour vous déconcerter. « Tu as mal au poignet ?

— Oui. »

Elle a enlevé sa main de la sienne. « Tu veux venir t'asseoir une minute ?

— Oui.

— Entre. Je prépare du café.

— Sam ! » a appelé le garçon.

Un chien a bondi par-dessus le muret. Comme son maître, il s'est retrouvé sur le tas de branches et, comme lui, il a glissé. Gigotant en tous sens, il s'est remis sur ses pattes.

« Un chien, a-t-elle fait.

— Sam, a dit le garçon. C'est mon copain.

— *Hello*, Sam ! »

Le chien a flairé et léché la main qu'elle lui tendait.

« Il t'aime bien », a déclaré le garçon.

Elle a pris l'animal par le menton en le regardant droit dans les yeux. « Je l'aime bien, moi aussi. » Le chien a dégagé sa tête.

« C'est beau, a-t-il dit.

— Café », a-t-elle fait.

Le garçon, qui avait déposé son sac à dos sous l'horloge murale, a ôté son bonnet, laissant apparaître une chevelure épaisse et noire dans laquelle il n'avait pas même passé la main. Le chien, couché contre la cuisinière, poussait de temps à autre un soupir de contentement. Elle avait préparé du café et allumé les deux bougies placées sur l'appui de la fenêtre au-dessus du plan de travail. Le soir descendait, la brièveté des jours avait quelque chose d'inquiétant. Elle avait coupé du pain pour le garçon et l'avait garni de fromage. « Merci, Emily », lui a-t-il dit lorsqu'elle a posé l'assiette devant lui, sur la table. Qu'est-ce que ça fait ? a-t-elle pensé en entendant prononcer son nom à l'anglaise. Il sera vite reparti. Voilà que le sandwich était englouti, ainsi qu'une deuxième tasse de café. Sans qu'il ait dit un mot. Il avait quitté ses chaussures de marche devant la porte d'entrée ; une odeur douce flottait dans la cuisine.

« Il faut que je reparte, a-t-il fait. La nuit tombe.

— Où vas-tu ?

— Il y a un Bed and Breakfast un peu plus loin.

— À combien d'ici ? »

Il a tendu le bras vers son sac et en a extrait une carte. Exactement la même que celle qu'elle avait enlevée de dessus la table, puis repliée et posée sur le plan de travail. Encore que, pour avoir été consultée beaucoup plus souvent, le papier de cette dernière, de rigide, était devenu mou. Il a déplié la sienne et a fait glisser son index dessus. Il avait des mains nerveuses, de larges pouces un peu sales.

« Deux ou trois miles.

— D'ici là, il va faire nuit noire, a-t-elle dit.

— Oui.

— Ils sont prévenus que tu vas chez eux ?

— Non, je n'ai pas encore téléphoné. Il a réfléchi un instant. En général, je le fais vers midi, quand j'ai déjà marché quelques heures. Pas aujourd'hui. Je ne sais pas pourquoi.

— Au besoin, tu peux dormir ici. Si tu veux. Il y a un divan dans le cabinet de travail. »

Le chien s'est mis à bâiller.

« Sam est d'accord, a-t-il dit. Il est bien au chaud.

— Marché conclu, alors.

— Tu vis seule ici ?

— Oui. »

Il a pris un bain pendant qu'elle préparait à manger. Le chien avait quitté sa place au chaud, et alors qu'elle avait gravi sans faire de bruit une partie de l'escalier, elle l'a vu, allongé devant la porte fermée de la salle de bains. Il a levé les yeux et l'a regardée avec attention. Elle a secoué la tête, est redescendue, le chien sur les talons. Étrange, cette aisance avec laquelle le garçon et le chien s'accommodaient à cette maison. Elle a remis quelques bûches dans le poêle de la salle de séjour. A remué la soupe dans la casserole. Le chien est allé se recoucher contre la cuisinière. Elle a ouvert une bouteille de vin rouge. L'horloge faisait entendre son tic-tac agressif, les oies gloussaient doucement.

29

« Je suis en train de cartographier un sentier de grande randonnée, a-t-il dit. De le créer, en fait. Au sud, il y a déjà le *Pembrokeshire Coast Path.* Et voilà que le nord veut aussi son sentier. » Il avait tiré un carnet de son sac. « Je note tout, la moindre chose que je vois, des points de repère. Il y a parfois des jours où je travaille en pure perte parce que ça ne mène nulle part. » Il s'était lavé les cheveux, et avait pris un tout autre aspect que celui qu'il avait jusqu'alors. Sa tête semblait comme nimbée d'une lueur.

« Cela va te prendre combien de temps ?

— Je ne sais pas. J'ai tout le temps.

— Comment ça ?

— J'ai arrêté mes études. J'en avais marre.

— Depuis quand es-tu sur ce projet ?

— Une semaine et demie. »

Il avait donné au chien des croquettes provenant d'un sac en plastique qu'il avait avec lui. En moins de deux, Sam les avait expédiées. Il y avait une casserole de soupe sur la table. Du pain, de la salade de betteraves, du beurre et du fromage.

« Je dois aussi discuter avec les exploitants agricoles, demander leur autorisation. Les exploitants et les propriétaires. Autrement dit, en parlant avec toi, je fais donc aussi mon travail.

— Le sentier suit sur presque un demi-mile mon allée d'accès.

— J'allais y venir. »

Elle lui a versé un autre verre de vin. Il avait lampé les deux premiers, et s'est remis aussitôt à boire. « T'as peur que quelqu'un d'autre ne vienne le vider ? lui a-t-elle demandé.

— Je bois ce que tu verses.

— Quel âge as-tu, au juste ?

— Vingt ans.

— Tu faisais quoi comme études ?

— J'ai oublié, c'était barbant.

— Tu ne veux pas le dire. »

Il a éclusé son bol de soupe. Au lieu de porter la cuillère à sa bouche, il rapprochait sa tête du bol. « Délicieux.

— Comment va ton poignet ?

— Aucun problème.

— Tu en veux encore ?

— Non, c'est bien. » Il s'est renversé en arrière, a levé les deux bras et s'est étiré, une main imprimant au poignet opposé un mouvement d'élongation. Son T-shirt défraîchi est remonté, il était troué à l'aisselle gauche. « Il n'y a rien à quoi tu puisses t'opposer, du reste.

— Quoi ?

— En fait, tu ne peux pas refuser. C'est ce qu'on appelle le *right of way*. Le sentier que j'ai suivi aujourd'hui existe déjà. Il figure même sur la carte. Tu ne peux empêcher personne de l'emprunter.

— Je n'ai encore jamais vu personne le prendre. Je suis la seule à utiliser ce sentier.

— Pour ça, c'était bizarre aujourd'hui. À un endroit précis, le sentier est apparu d'un seul coup, alors que je n'avais pas cessé de m'égarer jusqu'alors.

— Je l'emprunte pour aller au cercle de pierres.

— Le cercle de pierres…

— Oui, tu l'as traversé.

— Je n'ai rien remarqué.

— Il y avait du brouillard.

— Je prendrais bien encore un verre de vin. »

Il fallait qu'elle se lève pour aller chercher une autre bouteille. Le chien a immédiatement réagi. Il faisait chaud dans la cuisine, la fenêtre était embuée. Sentant à nouveau sur elle l'odeur de vieille femme, elle s'est mise à secouer la tête pour s'en débarrasser. Le garçon et bien sûr le chien avaient leur propre odeur, et elle n'avait pas remis le couvercle sur la casserole de soupe. Casserole, d'ailleurs, qui avait appartenu à la veuve Evans. Elle a débouché la bouteille. « Tu viens d'où ?

— Je suis natif de Llanberis. Et toi ?

— De Rotterdam.

— Connais pas.

— Pas plus que je ne connais Llanberis. » Elle s'est efforcée de reproduire à l'identique sa manière de prononcer le *Ll*.

Une fois qu'ils ont eu fini la seconde bouteille, elle en a eu assez. Elle était épuisée, avait besoin de paracétamol et voulait prendre un bain. Alors qu'il avait passé tout ce temps à table lavé de frais et vêtu proprement, elle était restée dans les habits avec lesquels elle avait jardiné. Elle l'avait, à plusieurs reprises, délibérément appelé Bradwen, pour s'habituer à son prénom, et, comme pour lui donner la réplique, il n'avait alors plus cessé de l'appeler Emily. Ou était-ce au contraire elle qui s'était mise à finir ses phrases en l'appelant par son prénom parce qu'il l'appelait sans arrêt par le sien ? Chaque fois qu'il était sur le point de prononcer ce nom d'Emily, elle s'attendait à entendre tomber de sa bouche des propos d'importance, peut-être à cause de ce regard bigle, derrière lequel elle pressentait plus de choses que s'il l'avait regardée normalement.

« Je vais allumer un feu dans la cheminée de ta chambre. Puis je prendrai un bain et j'irai me coucher.

— Bien, a-t-il dit.

— Il y a des livres ici. En anglais, pour la plupart.

— J'ai un livre à moi dans mes affaires. Est-ce que Sam peut dormir ici, lui aussi ?

— D'accord. Je vais lui installer une carpette par terre. »

Le chien était déjà dans le passage entre cuisine et séjour.

« Je vais d'abord le sortir un peu.

— À demain matin.

— Bonne nuit », a-t-il dit. Il a enfilé son manteau et a suivi le chien. Dès qu'il a eu refermé la porte, Sam s'est mis à pousser quelques aboiements furieux.

Elle est montée et a fait du feu dans la cheminée. Elle a regardé autour d'elle pour voir s'il y avait encore quelque chose à ranger et est allée chercher une housse de couette dans sa chambre. « Oui », a-t-elle dit en s'adressant au portrait de Dickinson, après avoir préparé le lit divan. « Oui, c'est une autre paire de manches. À tout à l'heure. » Puis elle est allée dans la salle de bains, a extrait deux comprimés de paracétamol d'une plaquette. Elle avait, en l'espace de quelques semaines, presque entièrement épuisé les cinq boîtes qu'elle avait achetées. La première chose qu'elle faisait le matin, c'était de prendre un analgésique. Elle a évité de se regarder dans le miroir, ce qui n'a pas été très difficile car il s'embuait de la vapeur du bain qu'elle faisait couler. Un peu plus tard, elle était étendue dans l'eau chaude, sans plus penser à rien. Elle a entendu le garçon et le chien qui montaient l'escalier. La porte du cabinet de travail s'est refermée. Le chien a aboyé, puis s'est tu aussitôt que le garçon l'a exhorté au calme. « Pas une autre fois », a-t-elle chuchoté à ses doigts de pied. « Et surtout pas maintenant, Émilie de Rotterdam. » Elle a frotté son ventre pendant quelques minutes, de ses deux mains, puis, presque étonnée, en a passé une dans ses cheveux : ils étaient très courts.

30

Elle s'est levée assez tôt le lendemain matin. La porte du cabinet de travail était fermée, il n'y avait aucun bruit dans la maison. Elle a fait du café, mis la table que, pour la première fois, elle avait recouverte d'une nappe. Le brouillard s'était dissipé pendant la nuit, un soleil maussade luisait. La vue de l'aulne et demi qui lui restait à élaguer l'a instantanément épuisée. Il allait partir, elle allait devoir s'y mettre toute seule. Elle s'est assise, posant ses mains près de son assiette vide. Il est arrivé, non d'en haut, mais de dehors, apportant l'odeur âcre des feuilles mortes. Le chien lui a fait la fête. Elle ne pouvait s'empêcher de voir dans ce garçon un gymnaste. Non de l'espèce musculeuse adepte des agrès, mais de ce genre plus gracile qui excelle au sol. Il a ôté son manteau, l'a suspendu au dossier de la chaise sur laquelle il s'est assis, face à elle.

« Bonjour, a-t-il dit.

— Bonjour.

— Je suis allé au cercle de pierres. C'en est un vrai. Ce segment de sentier va sans doute être intégré au tracé.

— Il y en a donc des faux ?

— Bien sûr. Même les paysans n'avaient parfois rien d'autre à faire.

— Tu as vu des blaireaux ?

— Non. On n'en voit que la nuit. Sam n'a rien senti non plus. »

Elle a retiré sa chaussette et, sous la table, a avancé vers lui son pied, relevé à l'oblique.

« Qu'est-ce que c'est ?

— Une cicatrice.

— Je le vois bien. Due à quoi ? » Tandis qu'il tendait la main en direction de son pied, elle a, pour la première fois depuis la morsure, senti les dents pénétrer dans sa chair. Sa main allait entrer en contact avec sa peau lorsqu'il l'a ramenée en arrière.

« Un blaireau. En plein jour.

— Impossible.

— Dis tout de suite que je mens. »

Il l'a regardée, de ses yeux étranges, légèrement fuyants. Question strabisme, ça avait été pire la veille au soir. L'effet du vin, probablement.

« Non », a-t-il répondu.

Prise de tremblements à la cuisse, elle a posé

son pied sur le sol et a remis sa chaussette. Elle a servi le café. « Bien dormi ?

— Oui. Avec le bruit du ruisseau. » Il a commencé à manger. Le chien était assis près de sa chaise, le fixant sans relâche, la tête penchée de côté. « Ça vient, Sam. »

Elle a beurré une tartine, l'a garnie de fromage, et l'a regardée. Elle a dégluti. « Tu repars ?

— Oui. »

Un peu de café, et ça irait mieux. Le garçon mangeait en silence, le chien suivait d'un œil envieux chaque bouchée de pain avalée. Bradwen a porté tour à tour son regard sur son assiette, au-delà de la fenêtre, et sur le chien. Il n'a jeté qu'un bref coup d'œil à la pendule murale. « J'ai l'intention d'aller jusqu'au Snowdon, aujourd'hui, a-t-il dit. Tu as une suggestion à me faire ?

— Une suggestion ?

— Oui : par où est-ce le plus beau pour y aller ?

— Tu peux faire ce trajet en une journée ?

— Sans problème. Je n'y monte pas. Je reste au pied.

— Je ne suis pas encore allée par là.

— Depuis combien de temps habites-tu ici ?

— Deux mois environ.

— En résidence temporaire ?

— Non. Permanente.

— Ouah ! » Il avait fini de manger et s'est frotté les mains, encore un peu sales, malgré le bain qu'il avait pris la veille au soir. « À toi, Sam, maintenant. » Il a versé des croquettes dans le récipient posé devant la cuisinière. « Je vais chercher mes affaires en haut et je pars.

— Bien », a-t-elle dit.

Dix minutes plus tard ils étaient au coin de la maison. L'herbe était mouillée, la porte de l'ancienne porcherie ouverte. Entassées contre le muret du jardin, les branches d'aulne brillaient. Le garçon lui a serré la main. « Merci beaucoup », a-t-il dit. Le chien suivait les fils barbelés, flairant et aboyait. Les oies se trouvaient à l'autre extrémité du pré.

« De rien. » Elle continuait à tenir sa main. Il n'y aurait rien eu d'étrange à ajouter quelques mots, mais elle ne savait que dire. Il avait mis son bonnet, bien qu'il ne fît pas froid.

« Je vais tenir Sam à l'écart de ces oies.

— Une fois au tournant, tu continues tout droit ; j'ai dégagé la *kissing gate* il y a quelque temps. »

Il a retiré délicatement sa main de la sienne. « *See you* », a-t-il dit. Il s'est mis en marche, a sifflé le chien, qui faisait à présent des allers-retours en courant le long de la clôture. Elle ne voyait plus que ses jambes, et par moments un coude. Homme et chien, homme aux jambes déliées poussant du pied devant lui un bout d'ardoise. Juste avant qu'il ne passe la *kissing gate*, Sam a accouru vers lui. Pas l'ombre d'un grincement, elle avait bien huilé les charnières.

Il était parti. Le chien a lâché un dernier aboiement.

Elle est allée dans le pré aux oies. Les volatiles sont venus vers elle. Quatre. Ça avait dû se produire durant la nuit où, nue, elle s'était mise à genoux et avait regardé les étoiles. Pendant toute une semaine donc, elle ne s'était pas occupée des oies. Elle a couru jusqu'à la maison, a pris sur le plan de travail le quignon de pain qui lui restait. Est revenue, toujours en courant, a déchiqueté le pain en petits morceaux qu'elle a lancés par-dessus la clôture en fil barbelé. Elle a observé l'abri qu'elle avait aménagé. Le grillage qui devait en recouvrir l'entrée était resté rabattu en arrière. Peut-être y rentraient-elles la nuit sans pour autant être en sécurité. Comme elle avait du pain dans les mains et qu'elle captait ainsi l'attention des oies, elle s'est souvenue du jour où elle avait essayé de les faire entrer dans l'abri : en nage, épuisée, couchée sur le flanc dans l'herbe, elle avait eu l'idée de les attirer avec du pain. Le lendemain, Rhys Jones était passé et c'était par sa faute qu'elle avait négligé les oies. Comment ai-je pu laisser faire ça ? s'est-elle demandé. Abandonner à leur sort des animaux dont je suis responsable parce que je pense qu'un type est un salaud ? Qu'est-ce qu'il fiche, d'ailleurs ? Nous sommes déjà en décembre, et c'est en novembre qu'on tue traditionnellement cochons ou agneaux dans les fermes. Qu'est-ce qui le retient ? Elle a suivi la clôture et est entrée dans le pré aux oies par le portillon. Les bêtes l'avaient suivie. Elle a éparpillé un peu de pain devant l'abri. Les oies l'ont dédaigné comme si elles se doutaient qu'on cherchait à se jouer d'elles. Elles sont restées à bonne distance. Elle a poussé un soupir, est revenue vers le portillon. Une fois qu'elle a eu rattaché celui-ci au moyen du bout de corde, les oies ont filé vers l'abri et se sont mises à se goinfrer de pain. « Nom de Dieu », a-t-elle dit à voix basse. « Sales bêtes stupides et butées. » Elle a regardé la trouée dans la rangée de chênes et la *kissing gate.* Est rentrée d'un pas lent. Dans la cuisine, tout l'attirail du petit déjeuner était encore sur la table. Elle a pris son assiette et l'a reniflée, puis a porté à ses lèvres sa tasse de café. Jamais la maison n'avait été aussi vide. Ne faisant ni une ni deux, elle a pris son sac et couru vers la voiture.

31

Il y avait de la musique dans toute la maison, un gros combiné radio-CD trônait sur le buffet de la cuisine. Juste derrière la porte d'entrée, le téléviseur attendait dans son carton d'emballage. Elle s'en occuperait plus tard. Sur la table se trouvaient des crayons de couleur et des feutres. Elle a fait la vaisselle, accompagnant de sa voix des chansons qu'elle connaissait, et l'esprit occupé par cette formule : *see you*, pas *goodbye. See you*, pas *goodbye.* Cela aurait pu être un vers de Dickinson, encore que celle-ci eût plutôt recherché une alternance entre mètres de huit et de six syllabes. Les petites distances qu'elle avait parcourues en courant durant la matinée lui faisaient l'effet d'un marathon. Laissant tomber dans l'eau de vaisselle la casserole dans laquelle elle avait fait chauffer du lait, elle a fixé les yeux au-dehors. Le cabinet de travail. Elle n'y était pas encore allée. Elle s'est vite essuyé les mains et est montée. À la position de la couette sur le divan, elle devinait la façon dont il s'était levé : il l'avait rejetée d'un seul coup sans la rajuster ensuite. Il me faut un peu de repos, s'est-elle dit. Je suis fatiguée. Elle s'est déshabillée puis étendue sur le divan. Dans le cabinet de travail, il faisait frisquet ; le feu était éteint depuis longtemps. La housse de couette frottait contre ses mamelons. L'odeur douce et celle, âcre, de feuilles mortes qu'elle avait sentie sur lui imprégnaient le bord supérieur de l'étoffe. Elle a remonté la couette sur sa tête et a passé les mains sur son ventre.

Un peu plus tard, après s'être rhabillée et avoir allumé du feu dans la cheminée, elle s'est mise à explorer la pièce. Les livres empilés sur la petite table de salon avaient-ils été dérangés ? Peut-être avait-il écrit quelque chose sur les feuilles de papier blanc posées sur la table près du recueil ouvert des poèmes de Dickinson ?

Elle ne se rappelait plus si c'était elle qui l'avait laissé ouvert à cette page. *A COUNTRY BURIAL*[1]. Ah, s'est-elle dit, si c'est là qu'il s'est arrêté de feuilleter et de lire, alors…

Elle s'est assise, a regardé par la fenêtre, car elle ignorait ce qui devait venir après cet « alors ». La mer était redevenue visible, au-dessus des cimes des arbres à présent presque nus. Mais loin, très loin. Elle s'est rappelé quelque chose, quelque chose de vague aussi, et de lointain, et s'est levée pour fouiller dans un carton de livres qu'elle n'avait pas encore défait. Elle était presque certaine que la biographie de Habegger était restée dans son bureau de l'université d'Amsterdam, et voilà pourtant qu'elle se trouvait dans ce carton. S'étant assise à la table de travail, elle a fait défiler les pages sous ses doigts. À la page 249 — le livre avait semblé s'ouvrir de lui-même à cet endroit —, un passage, « *since nothing is as real as "thought and passion", our essential human truth is expressed by our fantasies, not our acts*[2] », était souligné d'un épais trait rouge. Il se rapportait à un livre que Dickinson avait lu lorsqu'elle avait vingt et un ans, et qui était censé avoir contribué de façon décisive à sa formation, à l'instar de la toux d'un de ses arrière-grands-oncles, et de

1. « Un enterrement à la campagne. »

2. « Comme rien n'est plus vrai que "raison et passion", notre vérité essentielle en tant qu'être humain s'exprime dans notre imagination et non dans nos actes. »

toutes sortes d'autres événements insignifiants. Une demi-phrase dans un livre par trop volumineux rempli de suppositions et de spéculations tatillonnes. Ce Habegger avait beau n'être qu'un vieux bonimenteur, c'est cependant avec quelque appréhension, une sensation de vide à l'estomac, qu'elle a recopié l'extrait au bas de la page à laquelle le recueil de poèmes était resté ouvert, avant de refermer la biographie. Elle ne sentait pas qu'un vide, mais aussi une douleur localisée un peu plus haut que d'habitude, dans le cou, à l'occiput. Elle est allée avaler deux comprimés de paracétamol à la salle de bains. Elle allait bientôt devoir consulter le médecin, elle ne pourrait pas tenir très longtemps ainsi. Elle se demandait si elle en était capable. Hier encore, elle en était presque sûre.

32

L'après-midi, elle a enfoncé des cannes de bambou dans la pelouse. Elle avait trouvé, à la porcherie, une barre de bois solide d'à peu près deux mètres de long dont elle s'est servie pour mesurer : trois longueurs de barre dans la pelouse, sur une. Tendant un cordeau entre les cannes, elle a délimité un rectangle. Puis a commencé, lentement, à désherber, sans songer pour le moment à l'enlèvement des mottes de terre, mais en ayant calculé qu'il y avait là douze mètres carrés. De temps à autre elle se redressait, levant la tête vers le soleil. Tout à coup, un chien a pointé sa tête entre ses jambes.

« Il ne pouvait pas se passer de toi. »

Elle s'est retournée. Le garçon se tenait près de la porcherie, une épaule appuyée au mur. Le chien, qui à l'évidence n'était nullement surpris de se retrouver là, est allé fureter près du réservoir à mazout, avant de disparaître derrière la maison.

« Et maintenant qu'il t'a vue, voilà qu'il repart. » Il ne bougeait pas de là où il était. « Mais pas moi.

— Qu'est-ce qui s'est passé ?

— Rien. Je n'ai pas réussi à trouver un endroit pour la nuit. Tout est fermé ici à cette époque de l'année.

— Tu as fait tout le chemin jusqu'au mont ?

— Non. Autrement, je n'aurais pas pu être déjà de retour. » Il tenait un sac en papier en l'air. « J'ai apporté quelque chose de bon.

— De chez le boulanger de Waunfawr ?

— Oui. Il avait déjà fermé la seconde fois que je suis passé. Mais sa femme était encore occupée dans la boutique. Ils m'ont chargé de te saluer.

— Comment savaient-ils que tu venais ici ?

— Ils m'ont demandé. Ils m'ont demandé d'où je venais et où j'allais.

— Et tu le leur as dit ?

— Bien sûr. Pourquoi non ? La boulangère a même donné quelque chose à Sam. "Un chien pour la Hollandaise", a-t-elle dit. "C'est super." »

Le chien s'est mis à aboyer, probablement après les oies.

« Sam a fait tout le chemin devant moi. Comme s'il savait exactement où nous allions.

— Tu sais dessiner ?

— Ouais. Ça dépend quoi.

— Un jardin ?

— Ah, un plan ! Mais oui, pourquoi pas ? Si j'ai assez de papier.

— Tu sais brancher un téléviseur ?

— Je pense. » Il a jeté un œil au toit de la maison. « L'antenne est là. Il doit bien y avoir quelque part un câble qui sort du mur ou du châssis d'une fenêtre.

— Bêcher et te servir d'une brouette ?

— Évidemment.

— Préparer de l'agneau ?

— Aucun doute là-dessus. Avec de l'ail et des anchois.

— Tu peux rester un jour de plus. »

Il a acquiescé d'un signe de tête et s'est enfin affranchi du mur de la porcherie.

« Des anchois ?

— Comme ça, on n'a pas besoin de saler.

— Tu n'as pas pris de café depuis ce matin, je pense ?

— Non. Si jamais ils créent ici un itinéraire de grande randonnée, le guide devra préciser qu'il est moins adapté aux mois d'hiver. Ou même pas du tout. » D'un geste, il a désigné la porcherie : « Tu pourrais la transformer en Bed and Breakfast, a-t-il dit.

— Viens.

— Sam ! » a-t-il appelé.

Les vaches marron clair, qui, sans qu'elle s'en aperçoive, s'étaient regroupées près du mur du jardin, se sont dispersées quand le chien est arrivé en courant au coin de la maison. Le soleil était presque couché, elle avait fini sa journée.

33

Le mari a déplacé son pied. Le plâtre était lourd et encombrant, une chaise a vacillé. Il avait appuyé ses béquilles contre le mur. Le café était à moitié plein : beaucoup de couples, têtes tout près l'une de l'autre. Hommes devant une bière, femmes devant un verre de Coca, pour la plupart d'entre elles. Dans un coin était déjà dressé un arbre de Noël en plastique ; des branches de sapin ornées de guirlandes électriques étaient accrochées au-dessus du bar.

« C'est arrivé comment ? a demandé le policier.

— Un carton de livres. »

Ils ont bu une gorgée de bière.

« J'ai appris quelque chose qui, en fin de compte, m'incite fortement à la faire rechercher.

— Quoi ?

— Ah... ! » Le mari a porté à nouveau le verre à ses lèvres.

« La police ne te sera d'aucune utilité, a dit

le policier. Elle est partie de son plein gré. Il n'y a pas le moindre indice qu'elle soit retenue quelque part contre sa volonté.

— Qu'est-ce que je dois faire, alors ?

— Engage un détective privé.

— Un détective privé ? Ça existe vraiment ?

— As-tu seulement idée de la fréquence à laquelle les gens font appel à ce genre de professionnels ?

— Apparemment pas.

— Va voir sur Internet.

— Tu peux m'indiquer quelqu'un ?

— Non. Et si je pouvais, cela me serait interdit.

— Ça coûte cher ?

— Oui, plutôt. Mais ils obtiennent souvent des résultats rapides. »

Le mari a désigné du doigt le verre vide du policier.

« J'y vais. Tu peux à peine marcher. » Le policier s'est levé et est allé chercher deux bières au bar. Il a dit quelques mots au barman, ils ont ri, et il est revenu en slalomant entre les tables.

« T'es marié, au fait ? a demandé le mari.

— Non. Mais j'ai une liaison. Avec une connaissance de travail.

— Il t'est arrivé de… Il t'est arrivé d'avoir des aventures avec quelqu'un d'autre ?

— Naturellement. Rien de plus ordinaire pour nous autres. » Le policier l'a fixé droit dans les yeux. « Pourquoi te préoccupes-tu de savoir si j'ai des aventures ?

— Comme ça. D'homme à homme.

— Ça me déçoit. Ainsi, tu avais des copines ?

— Une copine, oui. Rien qu'une. Mais elle aussi avait des aventures.

— La belle affaire ! Vous autres, vous faites toujours tout un plat de ces histoires-là.

— Oui, peut-être bien. Les femmes ne sont pas comme les hommes.

— Tu parles ! Et en quoi donc ?

— Quand elles vous trompent, c'est qu'il y a à coup sûr quelque chose qui cloche.

— Et donc avec ta femme, ça clochait vraiment.

— Oui.

— T'as envie de *bitterballen*[1] ?

— Oui.

— J'en commande.

— Qu'est-ce qu'on fiche ici ?

— Comment ça ?

— Pourquoi continues-tu à me fréquenter ?

— Aart ! Une portion de *bitterballen* ! » a crié le policier.

Le barman a hoché la tête. De plus en plus de clients entraient, apportant avec eux l'humidité. Les vitres se couvraient de buée. Le mari a vidé son verre de bière.

« Et toi, pourquoi continues-tu à me fréquenter ? Je peux te retourner la question, non ? a dit le policier.

— Je t'ai trouvé sympa comme mec.

1. Boulettes ou croquettes de viande épicées, servies traditionnellement en apéritif aux Pays-Bas.

— Je le suis. Au fait, as-tu essayé de mettre la main sur cet étudiant ?

— Non. Je connais personne dans cette université. À quoi bon ? J'imagine qu'il n'y suit plus de cours.

— Parti ailleurs.

— Quelque part en Orient. Peut-être bien en Inde, histoire de se trouver lui-même ou de parvenir à la vérité.

— Ah, un de ces illuminés. Qui finissent sur un matelas par terre, dans un antre crasseux, une fois qu'ils sont à court d'Imodium. Pendant que dans la pièce d'à côté un gosse crie à longueur de journée.

— Oui. Peut-être. Merci.

— De rien.

— Ma belle-mère trouve étrange que j'aille boire des bières au café avec toi. Elle pense que tu aurais dû me coller en prison. Ce barman, il est des vôtres aussi ?

— Oui.

— Hum.

— Aart ! Remets-nous ça !

— Chez elle, il y a quelque chose que je n'ai jamais compris. Une réalité qui m'est toujours restée inaccessible. Je n'ai pas été vraiment surpris qu'elle soit partie, par exemple.

— Qu'as-tu appris ? Pour vouloir à présent la signaler comme disparue ?

— Elle est malade.

— Malade ?

— Peut-être très gravement malade.

— Et du coup elle a disparu, comme un chat qui va se réfugier dans un coin ?

— Oui, c'est possible. En tout cas, elle m'a quitté. Moi. Et ses parents. »

Le barman a posé deux verres de bière sur la table. « Les *bitterballen* arrivent », a-t-il dit, mettant un instant la main sur l'épaule du policier.

« C'est malheureux.

— Avec cet étudiant, ça a commencé à la fin de l'année universitaire passée. » Il a regardé autour de lui. « Peut-être parce qu'elle était malade.

— Celui à qui tu voulais couper la bite.

— Ah oui, pardon. T'étais au courant. Nous venions de parler de lui, alors.

— J'ai dit que c'était interdit. »

Le mari a regardé le policier. « C'est seulement maintenant que je me rends compte de ce que ça devait avoir de comique. Pour toi.

— Ça n'avait rien de comique du tout.

— Non, bien sûr. Mais j'étais en colère.

— Alors que tu ne vaux toi-même pas beaucoup mieux.

— Non. Je ne suis plus en colère. Et je cherche à comprendre pourquoi elle a fait ça. »

Une serveuse a posé une assiette de *bitterballen* entre eux.

« Attention, a-t-elle prévenu. C'est très chaud.

— Merci, a dit le policier.

— Ce n'est pas tant ce qu'elle a fait. Mais qu'elle l'ait fait. Que quelqu'un fasse des choses, des choses cachées, des choses dont on est — dont je suis, en l'occurrence — complètement exclu. »

Ils ont mangé chacun une *bitterbal.*

« En rentrant chez toi, va sur Internet, a dit le policier. Cherche un détective et passe-lui un coup de fil.

— Oui.

— Tu n'as vraiment aucune idée de l'endroit où elle est ?

— Non. À l'étranger, je pense.

— Pourquoi ?

— Combien de temps peut-on rester caché ici ?

— Elle est peut-être au coin de la rue, qui sait ? Plus on est près, plus on est loin.

— C'est vrai !

— Ainsi donc, ta belle-mère voulait te voir en prison.

— Oui. Elle pense d'ailleurs que tout est ma faute.

— Et ton beau-père ?

— Il dit "non", "oui" et "ah, toi alors" à sa femme. Il ne se fait pas tant de bile que ça. »

Ils ont mangé en silence le reste des *bitterballen,* noyant sous la bière le feu qui leur brûlait la langue.

« Si on allait danser en boîte ? a proposé le policier.

— Putain, arrête, mec !

— T'en as pour combien de temps ? »

Le mari a considéré son pied plâtré. « Trois semaines à peu près. C'étaient ses livres.

— Ah ! »

Il y avait encore plus de monde et de bruit

dans le café. Le barman a fait au policier des signes que le mari n'a pas compris. Celui-ci s'est levé, a pris ses béquilles. « J'y vais, avant que l'affluence ne m'empêche de sortir.

— Tiens-moi au courant.

— Je n'y manquerai pas. »

Ils se sont serré la main. Il s'est acheminé vers la porte, réglant au passage la totalité des consommations, et lorsqu'il s'est retourné, en quittant le café, il a vu le policier assis au bar. Le barman l'a suivi des yeux. Il pleuvait. Tout en clopinant jusqu'à l'arrêt du tram, il essayait de s'imaginer un détective. Sous le panneau de verre, une affiche montrait un patineur qui, torse couvert d'une simple chemise, faisait de la publicité pour du pain industriel. Un taxi filant à toute vitesse sur la voie du tram a éclaboussé son plâtre.

34

« Rotterdam, a dit Bradwen, c'est une belle ville ?

— Bof ! a-t-elle répondu. Pas vraiment. La ville est laide, en fait.

— C'est pour ça que tu es ici, maintenant ? »

Elle l'a regardé. Il émergeait du divan, cheveux en bataille. Jamais elle n'avait eu autant envie qu'à présent d'y passer la main. Elle avait déjà remarqué qu'il se mettait parfois à soupirer d'une façon particulière, et lorsque cela arrivait elle avait beaucoup de mal à s'empêcher de lui toucher la tête. Le chien semblait avoir copié ses soupirs. Il allait, bien sûr, lui poser des questions — la parole est la chose la mieux partagée. Peut-être lui fallait-il prendre les devants. « *Ach*, a-t-elle fait en versant le café.

— C'est un joli mot, je trouve, a-t-il dit.

— *Ach* ?

— Oui. Nous n'avons pas de mot de cette sorte pour dire "boucle-la".

— Mange », a-t-elle répondu.

Il a jeté en direction de Sam une tranche de pain qu'il avait mal coupée. Le chien semblait avoir trouvé une place fixe devant la cuisinière. Il a étalé, à grands mouvements, le beurre en couche épaisse. La radio diffusait les infos routières. Tout en mangeant, il a dessiné, au feutre noir et au feutre marron alternativement, de petits cercles sur une feuille de papier. « Qu'allons-nous faire aujourd'hui ? a-t-il demandé.

— Le jardin.

— Et la télé ?

— Ah oui, commence donc par là.

— Bien. » Il lui a tendu une tranche de pain. « Tu ne manges pas.

— Je ne mange jamais beaucoup le matin.

— OK. » Il s'est levé. « Je vais me brosser les dents. » Le chien l'a accompagné en haut.

Elle s'est mise debout et est allée devant la fenêtre de la cuisine. Le brouillard était de retour et il n'y avait pas un souffle de vent.

Beau temps pour travailler, et cependant il lui a fallu se cramponner au plan de travail pour ne pas vaciller. Elle a allumé les deux bougies disposées sur l'appui de la fenêtre tout en fredonnant au rythme de la radio. La cuisinière lui tenait chaud. L'eau circulait dans les tuyaux. Une fois le robinet fermé, à l'étage, un claquement sec et sonore s'est répercuté dans tout le système de canalisation. Le garçon et le chien sont redescendus. Elle l'a entendu ouvrir la porte d'entrée. « Va donc attraper des écureuils gris », a-t-il dit. Avant qu'il ne rentre dans la cuisine, elle s'est essuyé les joues d'un revers de main.

« Des écureuils gris ? a-t-elle demandé.

— Des immigrants, qui s'implantent ici.

— Comme moi.

— Oui, tu es aussi une immigrante.

— Et pourtant tu ne lances pas ton chien sur moi.

— Bien sûr que non ! » Il exhalait une forte odeur de dentifrice.

« Dans le séjour ?

— C'est ça, oui. »

Il a quitté la cuisine. Dans ses chaussettes, Rhys Jones avait paru ridicule ; Bradwen, lui, ne l'était pas. Il avait aux pieds ces chaussettes hautes de randonnée bleu et gris, marquées respectivement d'un *L* et d'un *R*. Elle l'entendait marcher dans la salle de séjour où elle laissait le lampadaire allumé toute la journée. Dehors, de lointains aboiements se faisaient entendre, provenant, à ce qu'il semblait, de l'autre côté du ruisseau. « Je l'ai ! » s'est-il exclamé.

Elle est entrée dans le séjour. Debout dans un angle, il tenait à la main l'extrémité d'un câble qui descendait du plafond.

« Encore un peu de suspense, le temps de savoir si le téléviseur dispose d'une prise adaptée. »

Elle avait besoin de s'asseoir. Le garçon dans la lumière jaune du lampadaire, tout content d'avoir trouvé le câble d'antenne. Le poêle à bois que, telle une Cendrillon, elle avait, au matin, fait redémarrer sans la moindre allumette, rien qu'en soufflant sur les braises. Elle l'a regardé sortir le téléviseur du carton et le poser à même le sol dans l'angle. Un genou à terre, l'autre fléchi, il s'est mis à trifouiller derrière l'appareil, son T-shirt légèrement remonté laissait entrevoir le bas de son dos au-dessus de la ceinture de son pantalon. « C'est bon, a-t-il dit. Il n'y a plus qu'à le brancher.

— Là. » Elle désignait du doigt la double prise qui alimentait déjà le lampadaire.

Il a branché le téléviseur, puis l'a mis en marche. Une image est apparue aussitôt : une mer démontée, des gens à bord de canots tanguant autour de ce qui semblait être l'aile d'un petit avion. « *Real Rescues*[1], a dit Bradwen. Tous les matins de neuf heures un quart à dix heures.

1. « Mission sauvetage » : série télévisée illustrant les sauvetages périlleux réalisés par des policiers britanniques.

— Super, a-t-elle fait. Arrête-le. »

Il a éteint l'appareil et s'est relevé. « Je me remets aux arbres ?

— Si ça ne te dérange pas. Je trouve ce travail très pénible.

— Non, ça ne me dérange pas, bien sûr. » Il l'a regardée.

« Tu vas aussi terminer ce sentier ?

— Oui. C'est mon boulot, on me paie pour ça.

— Mais pas demain ?

— Non, si tu en es d'accord. J'ai tout mon temps.

— Moi aussi, a-t-elle dit.

— On pourrait peut-être en parcourir un bout ensemble ?

— J'aimerais beaucoup gravir ce mont, un de ces jours. »

Il est allé à l'étage, est redescendu quelques instants après, vêtu de son manteau et de son bonnet. « Est-ce qu'il me faut une chaise de cuisine ?

— Oui, elle est encore sous l'arbre. J'ai oublié de la rentrer. » Elle n'a pas bougé du canapé, malgré son envie de se tenir près de lui, à la porte d'entrée.

Il a enfilé ses chaussures et est sorti en appelant le chien. Une vague d'air froid s'est engouffrée dans le séjour. Elle a allumé une cigarette.

Au bout d'un moment elle s'est levée pour ajouter une bûche dans le poêle. Puis elle s'est mise à balayer la cuisine. Une vieille bouilloire fumait doucement sur la grosse cuisinière. De temps à autre elle regardait au-dehors. Tantôt Bradwen sciait, monté sur la chaise, tantôt il portait une branche jusqu'au tas disposé contre le muret du jardin et disparaissait presque complètement dans la brume. Elle ne voyait le chien nulle part. Elle s'est demandé si Bradwen avait vu qu'elle s'était allongée sur le divan où il avait dormi.

35

Installée sur le canapé du séjour, elle regardait *Escape to the Country*[1]. Bradwen avait pris la voiture pour aller faire des courses. Elle avait Sam à ses pieds. En voyant à l'écran un couple d'agités dont la femme s'écriait « *I'll rather die than give up my cats*[2] », elle s'est mise à pleurer en silence. Le poêle à bois, la grosse cuisinière, le téléviseur et le poste de radio tout neufs, le garçon et le chien, le jardin. « Chien », a-t-elle dit, et Sam a levé la tête et léché le dos de sa main. Comment diable cette Dickinson avait-elle pu se replier toujours davantage, écrire des poèmes comme s'il y allait de sa vie, puis mourir ? Vie de l'esprit, vérité humaine — ou authenticité ? — exprimée à travers l'imagination et non par des actes. Elle a bu une gorgée de vin rouge. Toujours du rouge, comme s'il

1. « Retour à la terre » : émission télévisée quotidienne de la BBC dont les présentateurs proposent à une famille désireuse de quitter la ville pour la campagne des maisons et des cadres de vie susceptibles de correspondre à leurs rêves.

2. « Plutôt mourir que d'abandonner mes chats ! »

s'agissait là d'un cordial. Son oncle buvait chaque soir un verre de Pleegzuster Bloedwijn, vin rouge médicinal enrichi en fer et en calcium. Le fabriquait-on encore ? « *Watch the cat*[1] », a dit, à la télévision, la femme qui montait un escalier recouvert d'une moquette horrible sans caresser le chat couché sur l'une des marches ni manifester d'autre préoccupation à son égard. Elle supposait, tout au moins, que son oncle buvait chaque soir un verre du breuvage : elle ignorait évidemment ce qu'il faisait quand elle n'était pas là pour le constater. Elle s'est demandé ce que le garçon allait rapporter. Elle avait tenté de lui donner une liste de courses, mais il n'avait rien voulu savoir. Il avait également refusé l'argent qu'elle avait essayé de lui faire accepter. Elle a pensé un bref instant à son mari, se l'est représenté en un éclair : il nouait solidement les lacets de ses chaussures de course, se redressait et ouvrait la porte. Et pfuit ! Était-il à la maison en ce moment, en train de boire tranquillement une bière et de se dire : elle va revenir ? Elle a repris une gorgée de vin et allumé une cigarette. Ici, s'est-elle dit. Je suis ici. Maintenant. Pendant ce temps, l'Anglaise était dans un jardin donnant sur une prairie. « *I can imagine myself living here, dogs in the garden and a horse in the shed over there*[2]. » Conasse, s'est-elle dit.

1. « Attention au chat. »
2. « Je m'imagine vivant ici, avec des chiens dans le jardin et un cheval, là-bas, dans la grange. »

Sam a sorti la tête d'entre ses pattes et fixé la porte. Peu après, elle a entendu la voiture, un claquement de portière, des pas sur les débris d'ardoise. Je ne comprends pas comment j'ai pu tenir le coup toute seule ici pendant des semaines, a-t-elle pensé.

« Encore en train de fumer ? » Bradwen a repoussé le chien d'un coup de genou.

« Oui », a-t-elle répondu. À la vue de la porte ouverte, elle s'est mise à frissonner.

« C'est mauvais pour toi.

— Je le sais.

— Du poisson. J'ai acheté du poisson avec lequel je vais faire un plat délicieux. »

Du poisson, s'est-elle dit. Il faut que je passe au vin blanc.

Bradwen remuait le contenu d'une casserole posée sur la cuisinière. Sam avait eu ses croquettes et s'estimait satisfait : il ronflait doucement devant le poêle du séjour, couché sur le tapis. Elle a fixé des yeux le dos du garçon. Tout en traçant, l'air absent, de petits cercles sur la feuille de papier dont il s'était servi auparavant pour dessiner les siens. Avec un feutre bleu. Elle avait déjà mis la table. « Quel est ton nom de famille, au juste ? a-t-elle demandé.

— Jones.

— Tout le monde s'appelle Jones, ici ?

— Ouais. Et toi ?

— Je ne le donne pas », a-t-elle dit.

Il s'est retourné, a fait un sourire.

« Quelle importance ? a-t-elle dit.

— Aucune. » Il remuait tranquillement sa sauce. Elle s'est levée et, contournant la table, est venue près de lui. Il a dressé la tête, a trempé un index dans la sauce, le lui a tendu. Et elle, de le lécher, sans réfléchir. Elle a hoché la tête. Lui, de même, tout en continuant à remuer. À croire qu'il y avait des semaines qu'il faisait la cuisine ici. Elle a pris la boîte d'allumettes sur le rebord de fenêtre et a allumé deux bougies. Puis est allée chercher un chandelier dans le buffet, l'a posé au milieu de la table, et l'a allumé à son tour. En se rasseyant, elle a entendu le tic-tac hargneux de l'horloge murale.

« Un homme appelé Rhys Jones est venu ici, un jour, a-t-elle fait.

— Hum.

— Les moutons qui occupent la parcelle près de la route lui appartiennent.

— Tu loues cette maison ?

— Oui. Il avait passé toutes sortes d'arrangements avec la femme qui occupait les lieux avant moi. Il a englouti pas loin de la moitié d'un gros gâteau et il avait des trous à ses chaussettes. »

Le garçon l'a fixée d'un regard vide.

« Je le déteste. Il va revenir, avec un agneau.

— Je suis là, maintenant », a-t-il fait.

Oui, s'est-elle dit. Maintenant tu es là.

Bradwen a posé les casseroles sur la table et sorti du four le plat de poisson. « De l'églefin. »

Elle ne savait pas de quel poisson il s'agissait, mais peu lui importait, car ça sentait bon et elle allait s'efforcer de manger autant que possible. Attiré par l'odeur, Sam est accouru, s'est installé près d'elle, et non à côté de son maître. « Pourquoi les chiens font-ils ainsi ? a-t-elle demandé.

— Il sait que je ne vais rien lui donner. Te voilà transformée en femelle alpha, pour ainsi dire.

— Une femelle alpha ?

— Les chiens croient que nous sommes nous aussi des chiens.

— Je suis une personne, a-t-elle dit au chien. Une femme. »

Sam a penché la tête et pris la mine la plus triste qu'il pouvait. Bradwen a servi. Pommes de terre, brocoli, poisson et sauce. Et a aussi versé à boire. Du vin blanc. Il a levé son verre en disant : « À la santé de Rhys Jones.

— Pourquoi ça ?

— Il va nous apporter un agneau. On est en décembre. »

Une crampe lui tenaillait le ventre, il lui était impossible de le regarder dans les yeux. Elle a piqué sa fourchette dans le poisson, en a pris une bouchée. C'était tendre comme du beurre. Elle a mâché et avalé. Une deuxième bouchée a suivi.

« C'est bon ? a-t-il demandé.

— Succulent, a-t-elle dit en baissant la tête.

— Qu'est-ce qu'il y a ?

— *Ach.* »

Elle l'a entendu se lever, l'a vu du coin de l'œil écarter le chien avec son genou, a senti sur son dos une main, un avant-bras tout entier, a perçu l'odeur de son souffle. Elle a pressé sa tête contre l'abdomen du garçon. « Je suis bien contente que tu sois là », a-t-elle dit. Ses yeux, dirigés vers le sol impeccablement balayé de la cuisine, glissaient le long des jambes de pantalon de Bradwen. Un *L* sur une chaussette. Un *R* sur l'autre. Des pieds larges.

« Je suis là.

— Pourquoi es-tu là ? a-t-elle demandé.

— *Ach* », a-t-il dit, ou essayé de dire. Son *ch* gallois différait d'un *ch* néerlandais.

Redressant la nuque et passant un bras pardessus son épaule, elle lui a saisi la main. « Il faut que tu manges, a-t-elle dit. Ça va être froid. »

Bradwen l'a contournée pour regagner sa chaise, non sans avoir replacé près de l'assiette sa main à elle. Le regard quelque peu effaré de Sam allait de l'un à l'autre. Le garçon s'est assis, a pris son verre et l'a levé. « À décembre », a-t-il dit.

Elle a souri. « À décembre. » Elle a vidé son assiette, qu'elle a accompagnée d'un autre verre de vin. Comme c'était lui qui remplissait les verres, il buvait beaucoup moins goulûment.

« Je me mets à Emily Dickinson ce soir », a-t-il dit en étirant les syllabes du prénom.

Tout cela importait peu. Libre à lui de chercher à voir clair en elle. Peut-être qu'il ne s'appelait pas Jones. Peut-être se présenterait-il un moment où elle le lui demanderait, où elle aurait envie de le lui demander. Je ne crois pas avoir envie de savoir quoi que ce soit le concernant, s'est-elle dit. Il suffit qu'il soit là.

36

Deux jours plus tard, le soleil brillait. Après être restée un moment adossée contre le mur de la porcherie comme pour sentir la pierre claire absorber la chaleur, elle a dit : « Viens. » La fumée de sa cigarette montait droit dans l'air. Une légère vapeur flottait entre les troncs des arbres, au bord du ruisseau. Le garçon a posé la brouette pleine de débris d'ardoise. Il avait déjà enlevé toute l'herbe dans le rectangle de pelouse, et délimité son pourtour avec des branches d'aulne.

« Un café ? » a-t-il dit. Il avait tiré son bonnet vers l'arrière, de la sueur luisait sur son front.

« Non. On part faire une petite promenade. »

Il a regardé autour de lui. « Sam !

— Pas question de l'emmener. Il n'y a qu'à l'enfermer dans la maison.

— Je vais le mettre à la porcherie. Dans la maison, il casserait tout. Il ne supporte pas d'être seul. » Le chien a déboulé devant le réservoir à mazout. Bradwen l'a saisi par le collier et l'a traîné jusque dans la porcherie. « À présent, filons vite », a-t-il dit.

Elle s'est dirigée vers la *kissing gate* en suivant le mur du jardin.

« Pourquoi ne pas escalader le mur ?

— Je n'y arriverai pas.

— Tu n'es pourtant pas si vieille que ça ?

— Non, je ne suis pas encore si vieille que ça. As-tu une idée de l'âge que j'ai ?

— Je m'en moque. »

Ils ont passé la *kissing gate* et ont suivi le mur du jardin jusqu'aux poutres qui franchissaient le ruisseau. Les vaches marron clair paissaient de l'autre côté du pré, plus loin, en contrebas. Depuis la porcherie leur parvenaient des aboiements. Bradwen restait derrière elle, même quand le sentier était assez large pour pouvoir y marcher de front. Quelque part roulait une voiture. Elle ne pouvait déterminer d'où venait le bruit qu'elle faisait et qui lui rappelait le train à vapeur et le garçon assis à côté d'elle, sur une banquette de bois, dans ce train. Elle s'est juchée sur un *stile*, s'attendant à sentir, d'un instant à l'autre, une main sur sa main, un genou contre son mollet. Près du cercle de pierres, on sentait à nouveau l'odeur de noix de coco. Elle s'est demandé si elle provenait des fleurs d'ajonc. Elle s'est assise sur la grande pierre et, d'un geste, a signifié à Bradwen de venir s'installer près d'elle. Ce qu'il a fait.

« C'est ici, a-t-elle dit, que je me trouvais lorsque j'ai été mordue par le blaireau. »

Il s'est mis à renifler et à s'agiter.

« Tu ne me crois pas, hein ?

— Non.

— Ne bouge pas. » Elle a sorti un paquet de

cigarettes de la poche de son manteau et en a allumé une.

« On fait quoi, là ?

— Ne parle pas. »

Après une deuxième cigarette, elle a renoncé. « On y va, a-t-elle dit.

— Qu'est-ce qu'on a raté ? a-t-il demandé.

— Chaque fois que je suis ici, un blaireau sort sa tête de dessous ces buissons.

— Pendant la journée ?

— Oui, bien sûr. Tu ne crois quand même pas que je viens m'asseoir ici en pleine nuit ?

— Je n'ai encore jamais vu de blaireau. De blaireau vivant, en tout cas.

— Moi si. Je l'ai vu trois fois.

— Hum, a fait le garçon.

— Viens. »

Près du *stile* où elle avait auparavant espéré le contact d'une main, d'un genou, un flou complet s'est fait devant ses yeux. Tout s'est fondu ensuite en un magma violet foncé, et lorsqu'elle a recouvré ses esprits, elle était appuyée sur une traverse, et le garçon, serré contre elle, ceignait son ventre de ses bras. Elle a vu de l'herbe touffue, une clôture de barbelés rouillés, des troncs d'arbre, des poteaux à moitié pourris et de la boue. Elle a entendu gémir Sam, vaguement consciente qu'il devait probablement hurler très fort mais que la porcherie était encore loin de l'endroit où elle se trouvait. Un gazouillis fébrile parvenait à son oreille. Quel genre d'oiseau est-ce ? s'est-elle demandé. Je veux le savoir. Pas le temps, impossible. Il y avait dans l'air quelque chose d'aigre, une odeur qu'elle prenait récemment encore pour celle des feuilles tombées à terre, ou du bois — la planche sur laquelle reposaient ses mains. Elle sentait tout au long de son torse le corps du garçon qui semblait collé au sien. Il respirait dans son cou, ses bras étreignaient son ventre comme s'il avait peur que quelque chose ne vienne à tomber d'elle. « *There, there*[1] », répétait-il pour l'encourager à se calmer, usant là d'une tournure anglaise dont elle allait pouvoir dire, comme lui l'avait fait pour son *ach*, qu'elle ne lui connaissait pas d'équivalent dans sa langue. Elle ne savait pas s'il s'était rendu compte qu'elle était revenue à elle. Il faut que je mange, s'est-elle dit. Que je mange plus. Quelque chose a bougé dans un arbre et glissé jusqu'au bas d'un tronc. Un écureuil gris a traversé le sentier. Il s'est arrêté un instant, assis tout droit, ses fines pattes avant discrètement repliées sur sa poitrine. Il a paru la regarder, puis a fui en sautillant. Une petite bête comme celle-là irait-elle penser que je suis un écureuil un peu surdimensionné portant un autre écureuil sur son dos ? Un écureuil voit-il les hommes de la même façon que les chiens ? Comme elle ne se redressait pas, le garçon a été obligé de la tenir plus longtemps contre lui.

1. « Là, là. »

Elle a observé l'écureuil jusqu'au moment où, plus loin, il a grimpé dans un arbre. Tout s'est déroulé sans le moindre bruit. L'oiseau s'était tu. Il va falloir que je le congédie, s'est-elle avisée soudain. Il faut qu'il parte, ça n'est pas possible. « Je ne vais pas tomber », a-t-elle dit.

Le garçon l'a lâchée. « Tu viens de tomber.

— Je ne retomberai pas.

— Peux-tu l'escalader ?

— Je crois. » Elle a levé un pied et l'a posé sur la barre inférieure. Le pied du blaireau, s'est-elle dit. L'autre pied a suivi. Sentant qu'elle allait y arriver, elle a déplacé une de ses mains de la traverse de bois au poteau. Une fois de l'autre côté, haletant un peu et visage tourné vers lui, elle a vu les bœufs noirs qu'elle avait croisés sur son chemin le jour où elle était allée au plan d'eau. Aussi noirs que les cheveux de Bradwen. Son regard est passé de la chevelure aux yeux du garçon. Gris foncé. Elle ne parvenait pas à le regarder droit dans les yeux, jamais elle ne pouvait regarder dans ses deux yeux, un choix s'imposait toujours à elle entre l'un ou l'autre.

37

Bradwen cuisinait à nouveau. Il le faisait spontanément, semblant y trouver du plaisir. Pour le dîner, il avait préparé des spaghettis accompagnés d'une sauce qui, en tout cas, contenait énormément d'ail. « C'est bon pour la santé », avait-il dit. « Il faut que tu manges autant d'ail que possible. » Le vent s'était mis à souffler dans l'après-midi et il continuait à se renforcer : la radio avait diffusé un avis de tempête. Une branche de la plante grimpante battait contre la fenêtre de la cuisine. « Il faut couper ce rameau de *Chinese Wisteria* », a-t-il dit. Elle s'efforçait de faire bonne figure. Quelqu'un prenait des décisions, lui disait ce qu'il fallait faire, la tenait serrée contre lui — si besoin était. Avant même de servir le dîner, il lui a demandé où se trouvait le sécateur et est sorti en emportant une chaise de cuisine. Elle a juste entraperçu ses jambes à la lumière des deux bougies du rebord de fenêtre. Le chien était resté à l'intérieur, mais, debout devant la cuisinière, il dressait les oreilles et levait les yeux. *Chinese Wisteria* : avec un nom pareil, on ne peut pas dire que je sois plus avancée, a-t-elle pensé. Elle entendait le vent siffler dans la cheminée du séjour, le poêle à bois mugissait. Il y avait une bouteille de vin rouge débouchée sur la table.

« Il faut que tu partes… » a-t-elle dit lorsqu'il est rentré.

Ses cheveux étaient rabattus d'un même côté, il tenait dans sa main un rameau de glycine.

« … jusqu'au prochain Bed and Breakfast. Et ensuite, dans un autre, à une journée de marche.

— Pas question, a-t-il répliqué. Je vais te servir à manger et te verser un verre de vin.

— Demain, a-t-elle dit.

— Non, a fait le garçon.

— Sers, alors. Et verse à boire. »

Il a déposé la branche sur le sol et versé du vin dans deux verres. Durant le dîner il a été souriant. Il n'a rien dit, ne s'est pas départi de son sourire, a bu du vin, rempli les verres, a fini par passer une main dans ses cheveux, a sifflé doucement son chien, s'est frotté l'œil avec un doigt, a léché son couteau.

« Tu ne me prends pas au sérieux, hein ? a-t-elle demandé.

— Non. »

Elle a poussé un soupir. S'est efforcée à nouveau de faire bonne figure, chose beaucoup plus facile après un verre et demi de vin.

« Je reste, a-t-il dit.

— Nous verrons.

— Le jardin est loin d'être terminé et je suppose que tu veux que tout soit achevé avant une certaine date ?

— Qu'est-ce qui te fait dire ça ?

— Juste une impression.

— Moi aussi j'ai parfois des impressions.

— Ah bon ?

— Et ça me fatigue plutôt qu'autre chose. Tu ferais mieux de nous servir du vin. »

Le vent s'était mis à rugir autour de la maison, les bambous, en dépit de la taille qu'ils avaient subie, raclaient le mur de la cuisine, de temps à autre un choc ébranlait la fenêtre. Le chien, bien qu'endormi, était agité, ses pattes se contractaient et il geignait.

Bradwen lui a reversé à boire. « Il rêve, a-t-il dit.

— Au fait, qu'est-ce que tu penses de Dickinson ?

— Rien.

— Rien ?

— Je n'en ai pas lu une page. Je ne comprends rien à la poésie.

— Raison de plus pour t'en aller. »

Il s'est remis à sourire, ou plutôt a continué. « Un café ?

— Tu as un portable ? a-t-elle demandé.

— Oui.

— Il t'arrive de t'en servir ? Je ne l'ai encore jamais vu.

— Non. Je ne connais personne.

— Balivernes. »

Comme s'il avait compris, le chien s'est réveillé et a poussé un aboiement. Il s'est levé et, après être allé se poster à la limite de la cuisine et du séjour, s'est mis à haleter.

« À ta place, je me méfierais, a dit le garçon. Il attaque.

— Tu as un père et une mère ? »

Il a eu un instant d'hésitation. « Bien sûr.

— Tu les connais, donc. Tu dois bien leur téléphoner de temps en temps pour leur dire où tu es, comment tu te portes ?

— Je suis ici, en ce moment. »

Une terrible envie l'a prise d'empoigner ses deux seins devant lui pour tenter de se faire comprendre. Ça a failli, mais au lieu de cela — ses mains s'étant immobilisées en plein mouvement — elle a renversé son verre et s'est mise à pleurer. Le garçon n'a pas réagi, restant là où il était. Elle s'est levée, a gagné l'escalier en passant devant le chien qui lui a léché le dos de la main. Elle a préparé un bain, y faisant gicler un long jet de bain moussant — Native Herbs. Elle n'a pas fermé à clé la porte qui, excepté celle de l'entrée, était la seule à pouvoir l'être. Elle s'est déshabillée et étendue dans la baignoire. C'était en fin de compte là qu'elle se sentait le mieux : dans l'eau chaude, consciente de son corps qui paraissait sain et intact, surtout lorsque dehors la tempête faisait rage. Elle se représentait les allées du Garden Centre, les rangées de rosiers, et pensait aux abeilles à la fin du printemps. Viens donc, a-t-elle pensé.

38

La vitre tintait. Elle venait à peine de se dire que la dernière bourrasque avait été la plus violente lorsque les rugissements du vent ont redoublé. Elle s'est enfouie plus profondément sous la couette — porte entrouverte, bruits arrivant du palier —, s'est agrippée à son propre corps, étreignant ses seins à travers le fin tissu de sa chemise de nuit, glissant ses mains entre ses jambes, genoux repliés, comme pour s'arc-bouter. Une senteur bien anglaise de bain moussant aux herbes se dégageait. La tempête soufflait de la mer d'Irlande. Elle a secoué la tête pour chasser l'image d'un navire, de pintes de bière et de croquettes glissant sur le comptoir d'un bar, de tableaux qui piquaient du nez, de boules de roulette rebondissant sur une moquette rouge, d'un clown qui vomissait dans les coulisses d'une petite scène, au flanc du vaisseau. Elle a dégluti, et s'est imaginé Bradwen sur un carré bordé de bleu, à la surface duquel il ne se déplaçait qu'en ligne oblique. Il était en short, mais portait ses chaussettes *L* et *R*, qui retombaient un peu. En appui sur les mains, coudes au corps, veines du cou gonflées, il tournait sur lui-même. Sam, assis sur une chaise au bord du carré, aboyait chaque fois que son maître, en une sorte d'envol, faisait une culbute en l'air avant d'atterrir, jambes serrées, en plein centre d'un angle et de lever son bras tendu, exposant à la vue son aisselle. Couvrant le fracas de la tempête, un craquement s'est fait entendre. Ou plutôt un bruit de déchirure — de vieux bois se dégageant de la terre. Elle s'est rendu compte qu'elle avait cessé de songer au passé, que plus aucun souvenir de son mari, de l'étudiant, de son oncle, des soirs de réveillon aux douces senteurs de bougies Père Noël, n'occupait son esprit. Ah, s'est-elle dit, ayant à présent en tête ce Père Noël en bougie consumé jusqu'à la taille et la petite flaque de cire rouge fondue sur la nappe de papier décorée, près d'une assiette de rosbif coupé en fines tranches, accompagné de chou-fleur et d'une sauce au fromage. Sa mère aussi, qui ne pouvait pas, qui ne pouvait jamais profiter du repas vu qu'elle gardait l'œil scrupuleusement rivé sur la composition florale de circonstance qui trônait sur le poste de télévision. Et si je sortais de mon lit ? s'est-elle demandé. Si je descendais m'asseoir et fumer une cigarette près de la cuisinière ? Ou faire du thé ?

Elle s'est redressée d'un coup, a rejeté la couette sur le côté et s'est levée. Posant une main contre la vitre, elle a senti la pression du vent sur l'autre face. Durant un bref instant, elle n'a plus vu que du noir : elle s'était levée trop vite. Les lumières, au loin, vacillaient. Non, c'étaient des branches qui, fouettées en tous sens par le vent, dérobaient ou exposaient à la vue les lumières selon que la tempête se renforçait ou faiblissait. Elle a ouvert plus grand la porte et, s'appuyant lourdement d'une main sur la rambarde du palier, a gagné à tâtons l'escalier. En bas, dans le séjour, le poêle rougeoyait encore, une vague lueur vermeille éclairait le paillasson *WELCOME* de la porte d'entrée et les chaussures de randonnée du garçon, posées à côté.

Elle a allumé les deux bougies sur le rebord de la fenêtre et a mis à chauffer la bouilloire sur la plaque la plus puissante. Les bambous taillés raclaient le mur latéral, une porte battait quelque part — celle de la porcherie, comme elle a pu s'en rendre compte au bruit métallique du loquet vieillot. Il ne pleuvait pas, la vitre était sèche. L'eau s'est mise à bouillir, elle en a rempli un mug dans lequel elle a plongé un sachet de thé. Tandis que le thé infusait, elle a passé ses mains sur son front, ses tempes et son ventre. Rien. Il n'y avait rien d'apparent. Elle a pris le paquet de cigarettes sur la table et en a allumé une. Le thé était très chaud, elle s'est brûlé la langue, a juré tout bas. Aussitôt après avoir écrasé le mégot de la cigarette, elle en a rallumé une autre. La chaise sur laquelle elle était assise se trouvait entre la table et la cuisinière ; elle a tourné la tête pour voir l'horloge murale. Elle ne pouvait entendre son tic-tac aigu tellement le vent était déchaîné. Il était deux heures dix. C'étaient d'autres petits coups qu'elle avait perçus. Ils venaient du séjour et, au moment où le chien est apparu à proximité de la cuisine, elle a compris que c'était le bruit de ses griffes sur le bois de l'escalier. « Hé ! » a-t-elle fait. Le chien a baissé la tête et s'est approché d'elle à pas lents, d'un air contrit auquel elle ne parvenait pas à trouver de raison d'être. « Tu ne peux pas dormir non plus ? » a-t-elle dit. Sam l'a regardée avec attention, a flairé un instant l'odeur qui se dégageait de sa bouche, et a mis sa tête sur ses genoux. Les soupirs qu'il poussait faisaient trembler l'ourlet de sa chemise de nuit. Elle a écrasé sa cigarette et posé une main sur la tête de l'animal. « Où est ton maître ? » a-t-elle chuchoté. Le chien s'est mis à gémir tout doucement.

39

Le matin venu, pas un souffle. Bradwen se trouvait près d'un chêne abattu par le vent et dont la cime gisait en travers du ruisseau. Tirant sur une branche, il tenait de l'autre main la scie toute prête. Il avait déjà remis en place la porte de la porcherie que la tempête avait fait sortir de ses gonds. Ventre pressé contre la cuisinière, elle le regardait. Après avoir rempli au robinet le mug dans lequel elle avait, plusieurs heures avant, bu du thé, elle a donné de l'eau aux trois petites plantes à fleurs disposées sur le rebord de fenêtre. Sam courait à travers la pelouse, une branche dans la gueule. Les vaches, le long du mur du jardin, observaient, d'un air craintif et curieux. Du plat de la main elle a évacué du plan de travail quelques miettes de pain tout en reniflant autour d'elle. Cette odeur de vieille femme : était-ce celle de la cuisine ou la sienne ? La cafetière s'est mise à crachoter son eau.

« Je crois qu'il va neiger, a dit le garçon en entrant. Ça s'est refroidi.

— Hum, a-t-elle fait, sans se retourner.

— On va aller à la montagne.

— Ne dois-tu pas continuer à t'occuper de ton sentier ? »

Derrière elle s'est fait un bref silence. « Bien sûr.

— Pas maintenant ?

— Pas maintenant, non. »

Elle a poussé un soupir.

« Pour le moment j'ai d'autres choses en tête.

— Quel genre de choses ?

— Les parterres de roses. Un sapin de Noël. »

Elle s'est retournée, sans s'écarter de la cuisinière. « Un sapin de Noël ?

— Oui, c'est bientôt Noël. » Il était près de la table, son bonnet à la main. Ses cheveux noirs étaient plaqués sur son front, des débris de branches de chêne parsemaient le col de son manteau. Cette fois, les chaussettes *L* et *R* étaient rouge et bleu.

« Tu as besoin que je te lave des vêtements ?

— Non, ce n'est pas la peine. Mais j'ai du linge sale.

— Alors, tu iras bêcher pendant que moi je laverai. »

Il l'a regardée sans rien dire.

« Et à présent, un café sans doute ?

— Oui, volontiers. » Il s'est enfin assis.

« Où est le chien ?

— Il court çà et là près de la clôture des oies. Ça fait un bout de temps, déjà.

— Pourquoi ?

— Aucune idée.

— Tu y connais quelque chose, aux oies ?

— Non. »

Elle lui a versé un café qu'elle a mis devant lui, sur la table. « Un gâteau ?

— Avec plaisir. Tu ne prends rien, toi ?

— Non.

— Pourquoi ?

— Bradwen, a-t-elle dit. Arrête !

— Bien, a-t-il répondu. Mais tu n'as pas dit "*ach*", cette fois. »

Elle a souri et a posé un gâteau près du mug de café. Puis est allée jusqu'au buffet et a allumé la radio.

« Ouais, a dit le garçon, juste assez fort pour être entendu. C'est une autre façon de faire. »

Elle se tenait à la porte d'entrée, prête à lui demander ce qu'il avait à laver, mais la vue de son dos légèrement penché l'a retenue. Il bêchait, elle allait laver. Elle a gravi l'escalier, se hissant, de sa main gauche, jusqu'en haut de la rampe. Elle a commencé par aller s'administrer un paracétamol à la salle de bains, puis, franchissant le palier, est entrée dans le cabinet de travail où elle n'avait pas remis les pieds depuis quelques jours. Il y faisait frisquet, la fenêtre surplombant la table en chêne était entrebâillée. Le recueil des *Collected Poems* était ouvert là où elle l'avait laissé, l'annotation qu'elle y avait recopiée était un peu tremblée. Elle a posé trois doigts sur la page et porté son regard vers le jardin, en bas. Le garçon travaillait méthodiquement, il avait déjà retourné, sillon après sillon, une grande partie du rectangle prédélimité. La bêche était à présent fichée en terre, tandis que, debout devant la porte ouverte de l'ancienne porcherie, il plongeait ses yeux dans la cave à travers la trappe ouverte. De la vapeur montait de ses épaules, il avait posé son manteau sur le mur du jardin. Que voyait-il là ? *Be its Mattress straight*[1]. Depuis l'arrivée de Bradwen, elle avait à peine songé à Dickinson. Elle s'est avancée tout près de la cheminée sur le manteau de laquelle se trouvait un rectangle brun pourvu de quatre clips métalliques : quelque chose n'avait manifestement pas plu au garçon dans le portrait. Elle l'a remis du bon côté.

Elle est passée de la cheminée au divan, dont elle a rajusté la couette. Des habits formaient un tas derrière celui-ci : jeans, chaussettes *L* et *R*, un T-shirt, quelques sous-vêtements. Le sac à dos était contre le mur. Après un instant d'hésitation, elle a ramassé le tout à la va-vite puis a jeté un œil par la petite fenêtre du fond avant de quitter la pièce. Le chien continuait à courir de-ci de-là à proximité des oies, nez au sol, quant aux volatiles, ils se serraient les uns contre les autres, près de la cabane. Le ciel était d'un gris jaunâtre.

Dans la cuisine, elle s'est accroupie près de la machine à laver et y a introduit les vêtements du garçon un par un. L'odeur de vieille femme, qu'elle soit en suspension dans la cuisine, qu'elle émane de la machine à laver ou de n'importe où ailleurs, a été vite supplantée par la senteur aigrelette des chaussettes bleu et gris. Il faut qu'il s'en aille, s'est-elle dit. Mieux vaut aujourd'hui que demain. Pour remplir la machine, elle est allée défaire le lit de sa propre

1. Vers d'Emily Dickinson, extrait du poème qui sert d'épigraphe au roman. « Que le Matelas soit droit. »

chambre et a joint la housse de couette, le drap du dessous et la taie d'oreiller au linge déjà chargé. *Be its Pillow round*[1]. À la radio, Wham ! chantait *Last Christmas.*

40

Le garçon aux cheveux roux du Dickson's Garden Centre avait un tout autre air que la première fois où elle était venue. Il arpentait le parking, coiffé d'un bonnet rouge à pointe, n'assistant les clients que si besoin était. En voyant Bradwen sortir chargé d'un sapin, juste derrière elle, il n'a pas poussé plus loin dans sa direction. Elle l'a vu hésiter : il pouvait difficilement donner à croire qu'il allait aborder quelqu'un d'autre. Il neigeait un peu. Tous les employés de la jardinerie arboraient un bonnet pointu rouge, et jusqu'entre les petites tables du *coffee corner* se dressaient des sapins décorés. Des haut-parleurs diffusaient un chant de Noël. Les roses avaient été déplacées pour permettre l'installation d'étalages remplis de bougies et autres articles de Noël ; elle avait mis du temps à les retrouver. Après avoir choisi douze rosiers, elle s'en est remise à Bradwen pour l'achat d'un sapin, uniquement parce qu'elle se disait : il n'y aura alors qu'à le flanquer dans un coin, à le décorer, point final ! Il en a

1. « Et l'Oreiller ferme. »

choisi un en motte ; c'était pratique, affirmait-il, car on pourrait le replanter dans le jardin en janvier. Lorsqu'elle l'a vu trimballer l'arbre à travers les allées, elle s'est avisée qu'il fallait aussi des boules, des guirlandes et des lumières.

Les pots de rosiers cliquetaient sur le chariot, elle pouvait à peine les regarder. Elle avait mal à la tête.

« *All right ?* a demandé le garçon roux lorsqu'elle est passée devant lui.

— *Yes, I've got help today* », a-t-elle répondu en le regardant de biais. Elle a entendu le « *Hi mate* »[1], lâché par Bradwen sur un ton plutôt jovial, et qui, à n'en pas douter, signifiait quelque chose. Le garçon a détourné la tête et scruté le parking. Sam, qui était dans la voiture, s'est mis à aboyer nerveusement.

Sur le chemin d'accès, Bradwen a roulé très prudemment ; la neige y était épaisse. Sur son siège, les mains dans son giron, elle a compté les oies. Elles étaient encore là toutes les quatre, et elle voyait à présent, sous l'effet de la blancheur qui les entourait, combien elles étaient sales et comme l'orange de leur bec était éclatant. Les moutons paraissaient beaucoup plus noirs que d'ordinaire. Ce n'est qu'en posant les yeux devant elle, en direction de la maison, qu'elle a vu les traces de pneus.

1. « Ça va ? » « Oui, j'ai de l'aide aujourd'hui. » « Salut, mon pote ! »

« Il est venu quelqu'un », a-t-elle dit.

Cette fois, il n'y avait pas de petit mot sur la porte.

Combien de temps s'est-il écoulé depuis que j'ai donné pour la dernière fois à manger à ces bêtes ? s'est-elle demandé. Lorsqu'elle a porté, plus tard, quelques morceaux de pain aux oies, elle s'est aperçue, malgré la pénombre, que les traces de pneus passaient sur les terres et que les moutons étaient serrés les uns contre les autres, près de la clôture.

41

Au matin, la couche de neige avait doublé d'épaisseur. Les feuilles des rosiers, que Bradwen avait déposés près de la terre fraîchement retournée, étaient blanches.

« Il faut que j'aille à Caernarfon », a-t-elle annoncé après le petit déjeuner. Bradwen avait, comme d'habitude, beaucoup mangé. Elle venait d'apporter le café.

« On y va pour quoi ?

— J'y vais moi.

— Tu y vas pour quoi ?

— Ça ne te regarde pas.

— Tu as besoin que je t'y conduise ? » Il s'efforçait de ne pas paraître vexé.

« Non. »

Il s'est tu.

« Merci, a-t-elle dit.

— Qu'est-ce que je fais, alors ?

— À toi de voir. Tu ferais peut-être bien de téléphoner à tes parents. »

Humant l'air autour de lui, il a pointé, par-dessus son épaule, un pouce en direction de l'escalier, au-delà du mur : « Merci d'avoir lavé mes habits. »

Elle a allumé une cigarette. « Mets le poêle en marche dans le séjour, et fais du feu dans la cheminée de ta chambre, si tu le désires.

— Il ne reste plus beaucoup de bois.

— Quand y en aura plus, y en aura plus.

— J'installe le sapin ?

— Si tu veux.

— Où ? »

Elle a promené ses yeux dans la cuisine. Un coin était vacant près du buffet. Elle le lui a désigné du bout de sa cigarette. « Là ?

— Bon endroit. Comme ça, on le verra aussi depuis le séjour. Dans quoi je le mets ? »

Elle ne l'a pas regardé. Elle n'y arrivait pas. Dans quoi met-on un sapin en motte ? Elle a écrasé sa cigarette. « Il devrait y avoir ça dans la porcherie ou derrière. Je ne sais pas.

— Je trouverai bien quelque chose », a répondu le garçon.

Le chien s'est dressé maladroitement sur ses pattes, puis est venu vers elle et a commencé à lui lécher la main. Elle s'est mise à pleurer.

Le garçon n'a pas bougé de sa chaise. « Inutile de pleurer, a-t-il dit. Je ne sais pas pourquoi tu pleures, et si je te le demandais, tu répondrais "*Ach*", et on n'en serait pas plus avancés. Mais il ne faut pas que tu pleures.

— Non, a-t-elle dit en relevant le nez.

— Quand tu seras de retour de Caernarfon, quoi que tu aies à y faire, le sapin sera prêt et le poêle du séjour sera allumé. Je pars à Waunfawr dans un instant, et donc il y aura aussi du pain frais. Ce n'est pas que tu fasses grand cas de la nourriture, mais il y en aura. Et je ne vais pas téléphoner à mes parents, je ne vais téléphoner à personne, car à présent je suis ici. Cet après-midi, à cinq heures et quart, tu te mettras sur le canapé, tu allumeras la télé pour voir *Escape to the Country*, et pendant ce temps-là je ferai à manger. Du poisson. Tu en mangeras, tu boiras deux ou trois verres de vin, et peut-être qu'après le repas nous dessinerons ensemble un jardin ou nous regarderons un film. Pendant la période de Noël, la BBC diffuse toujours de beaux films. Ensuite, tu iras te coucher ; une heure avant, si tu le souhaites, j'aurai fait du feu dans la petite cheminée de ta chambre. Je peux aller, n'importe quand, chercher un stock de bois avec la voiture et la remorque. Et je peux même le payer. Notre chambre, à Sam et à moi, est à deux portes de la tienne. Nous sommes là. Nous attendons l'agneau que cet éleveur, Rhys Jones, t'a promis. »

Elle s'est assise. « Oui, a-t-elle dit. L'agneau. Hier, il était là.

— J'ai vu.

— Il a apporté du foin aux moutons.
— J'ai vu ça aussi.
— Je te prends toujours pour un gymnaste.
— Quoi ?
— Du genre de ceux qui font des exercices au sol.
— Je n'avais encore jamais entendu ça !
— À ta façon de marcher, d'être assis, de scier ou de bêcher. » Elle était sur le point d'allumer encore une cigarette, mais y a renoncé, car elle aurait dû la fumer, alors même qu'elle ne désirait rien tant que de prendre un bain. Un bain, et en voiture ! Elle s'est levée. « Tu dis très souvent "nous", lui a-t-elle fait remarquer.
— C'est parce que nous sommes ensemble ici.
— Je crois que c'est cela qui m'a fait pleurer.
— Tu mens.
— Oui. » Elle est sortie de la cuisine. Une fois dans la salle de bains, elle a extrait de la plaquette de paracétamol les trois derniers comprimés et les a avalés avec quelques gorgées d'eau froide.

Elle roulait très lentement ; les petites routes étroites n'avaient pas été sablées, et dans les descentes ses mains restaient solidement agrippées au volant. La route à deux voies menant à Caernarfon était sablée, mais la circulation, bien raréfiée, s'y faisait aussi à vitesse très réduite, comme si chaque conducteur avait pris en compte l'éventualité que d'un moment à l'autre la neige se remette à tomber. Il ne faut pas que je me complaise dans cette sécurité, s'est-elle dit. En allant me blottir près du poêle. En le laissant tout diriger. En me faisant lécher la main par ce chien. Elle s'est rangée sur une aire de stationnement au bord de la route, et est sortie de la voiture sans se couvrir de son manteau. Après avoir escaladé péniblement une barrière, parcouru un bon bout de chemin dans la neige, elle s'est retournée, considérant les empreintes de ses pas, puis la voiture. Elle frissonnait. Voilà, s'est-elle dit. Voilà où en sont les choses. Ses chaussures étaient trempées, ses doigts de pied transis. Une voiture vide, tout près de la route, des arbres nus, des collines, le froid. Un blaireau qui ne se montre plus ; un plan d'eau dans lequel je me retrouve immergée jusqu'à la taille, sans qu'il y ait dans mes poches aucun objet pesant. Une odeur de vieille femme dans mon corps. Voilà. Voilà où en sont les choses.

42

Cette fois encore, il n'y avait personne dans la salle d'attente, sur laquelle la porte d'entrée donnait directement. Pas de secrétaire : seule une sonnerie signalait que quelqu'un venait d'arriver. Elle s'est assise sur l'une des quatre chaises et a patienté. N'ayant toujours pas été conviée à entrer au bout de quatre ou cinq minutes, elle a allumé une cigarette. Elle n'entendait aucun bruit de voix de l'autre côté de la porte du cabinet de consultation. De temps à autre, des gens passaient devant la fenêtre et, mus par la curiosité, jetaient un œil à l'intérieur. Sur une table en formica se trouvaient un cendrier propre ainsi qu'une pile de magazines.

« Ah, la dame aux blaireaux. »

Elle a levé les yeux et poussé un soupir.

« Pourquoi faire aussitôt la farouche ? a dit le médecin. *I'm just kidding*[1]. Entre. »

Rien sur son bureau. Aucun papier susceptible de l'avoir tenu occupé. Elle était tellement habituée à voir les gens d'ici fumer presque partout qu'elle n'avait pas écrasé sa cigarette dans le cendrier posé sur la petite table de la salle d'attente. Elle a utilisé à cet effet celui, à moitié plein, du médecin. A jeté un regard sur la croix, que quelqu'un avait redressée.

« Cette coiffure te va bien. Juste un peu courte.

— Merci.

— Shirley est une coiffeuse très expérimentée. De plus, c'est la seule qui nous reste. »

Elle l'a regardé.

« Ainsi donc, le besoin s'est fait sentir ?

— Comment ça ?

— De revenir me voir.

— Oui.

— Que puis-je faire pour toi ?

1. « Je plaisante. »

— Il me faut des antalgiques.

— Tu peux t'en procurer en pharmacie, tu n'as pas besoin de moi pour ça.

— Je ne parle pas d'aspirine ou de paracétamol. » Ce dernier mot sonnait de façon étrange et elle n'était pas sûre qu'il existe en anglais. « De quoi parles-tu, alors ?

— C'est à vous de me le dire, je n'y connais rien.

— Assieds-toi donc là pour commencer. Je veux examiner ton pied.

— Mon pied n'a rien. Plus rien.

— S'il te plaît. »

Inutile de le contrarier, s'est-elle dit. Ça ne peut pas me faire de mal. Elle s'est assise sur la table d'auscultation et a ôté sa chaussure mouillée ainsi que sa chaussette. La peau de son pied était toute plissée. Je pourrais m'allonger. M'allonger, m'abandonner et voir ce qui arrive.

Le médecin lui a pris le pied. « Ça s'est bien cicatrisé. Tu as encore eu mal ?

— Non. Les cristaux de soude font des miracles. Vous aviez parfaitement raison. » Elle fixait le mur par-dessus l'épaule du médecin. C'est alors seulement qu'elle s'est aperçue — peut-être parce que la lumière l'éclairait sous un autre angle, ou parce qu'elle la regardait à présent sans focaliser son attention — que l'affiche de prévention du VIH montrait le torse d'un Noir. Non de face, mais de côté — et flou, un cul ferme. Elle comprenait à présent le « *Exit only* » figurant sur le bord inférieur. L'affiche devait déjà être ancienne et elle s'est demandé pourquoi cet homme-là avait pu placarder un truc pareil dans son cabinet de consultation. Pas vraiment le genre d'image propre à sensibiliser les patients dans une petite ville, s'est-elle dit.

Le médecin lui a pris la main et a appuyé deux doigts sur son pouls. « Hum », a-t-il fait. Plaçant ses mains de chaque côté de sa tête, il lui a relevé les paupières avec ses deux pouces, et lui a examiné attentivement les yeux. Puis il a passé une main sur son bras, et posé l'autre sur son genou. Si je ne fumais pas moi-même, a-t-elle pensé, son haleine empesterait. « Des maux de tête ? a-t-il demandé.

— Oui.

— C'est tout ?

— Non.

— Quoi d'autre ? » La sonnerie a retenti dans le cabinet. Il a jeté un œil vers la porte et a profité de ce bref intermède pour tousser sans mettre la main devant sa bouche.

Se laissant glisser de la table d'auscultation, elle s'est retrouvée, un court instant, debout contre lui, avant qu'il ne fasse un pas en arrière. Saillant sur son cou d'oiseau, la pomme d'Adam se hérissait de quelques poils de barbe. Pour quelqu'un qui posait une main sur son genou presque à la façon dont Sam y mettait sa tête, il était très prompt à battre en retraite. Elle s'est assise et a allumé une cigarette. Pour la première fois, elle se sentait la force de se mesurer à cet homme.

Le médecin, qui s'était assis à son tour, n'entendait pas demeurer en reste. Ils fumaient tous deux. « Tu te rends quand même bien compte que je ne peux pas prescrire comme ça des antalgiques puissants ? a-t-il dit.

— Je ne vois pas pourquoi.

— Il y a quelque chose qui s'appelle code déontologique.

— Vous ne vous en êtes pas beaucoup inquiété l'autre jour au salon de coiffure.

— Ah ! Tu trouves que je n'aurais pas dû parler de mes patients avec Shirley ? C'est autre chose que de prescrire sans raison des médicaments.

— Sans raison ? Qui a dit ça ? » Elle lui a envoyé une bouffée de fumée en plein visage.

Le médecin a fait de même. « Encore une fois : qu'est-ce qui ne va pas ?

— Je suis malade.

— Malade de quoi ?

— Je ne sais pas.

— N'es-tu pas sous traitement ? Aux Pays-Bas ?

— Bien sûr que si.

— Alors pourquoi ne veux-tu pas dire ce que tu as ?

— Ça ne vous regarde pas.

— Je suis médecin. J'ai des règles à respecter et une conscience.

— Je suis une patiente occasionnelle. Il se peut que je reparte demain aux Pays-Bas. Cette histoire de blaireau était un incident. Je suis une touriste.

— Où as-tu mal ?

— Partout. Parfois, c'est comme si j'avais une rage de dents dans tout le corps.

— Une rage de dents ?

— Comme si vous alliez chez le dentiste en ayant mal, et en croyant savoir d'où ça vient. Et que le dentiste s'attaque en fait à une tout autre dent, ce qui vous étonne — et pourtant la douleur a disparu le lendemain.

— Hum.

— Et mon nez sent des choses.

— Je ne vois là qu'un signe de bonne santé.

— Non, des choses qui ne sont pas là. Ou des choses que je m'imagine et dont je sens ensuite l'odeur pour de bon. »

Le médecin n'a pas réagi. « Si je te prescris ces médicaments… »

Elle l'a regardé, essayant de deviner ce qu'il allait dire. « Je suis une touriste, a-t-elle répété. Si je suis ici, c'est par hasard. J'aurais aussi bien pu aller consulter à Bangor.

— Je ne peux accéder à cette demande.

— Vous faites quoi, là ? a-t-elle dit en désignant d'un geste le cendrier qui était, à présent, plus qu'à moitié plein.

— Pardon ?

— Vous êtes assis en train de fumer à en crever sous une croix et une affiche montrant le cul d'un Noir. Vous vous êtes même permis des plaisanteries à ce sujet. Y a pas quelqu'un qui vous dit “stop” ? »

Il a fixé le mur. « Je ne vois pas très bien…

— Ça vous fait rien, cette tabagie ? C'est donc sans importance ? »

La pomme d'Adam faisait le Yo-yo. « Ma femme s'en plaint. » Il s'est raclé la gorge, puis s'est mis à tousser.

« Mais vous ne vous laisserez pas arrêter par elle.

— Non. Il y a quelqu'un qui vous arrête, vous ?

— Non. Je suis seule. Absolument seule. Vous avez fait une fiche concernant ma visite de l'autre fois ?

— Bien sûr.

— Détruisez-la. Oubliez ma présence ici. » Elle ne le quittait pas des yeux. « Il y a mon nom dessus ?

— Non.

— Qu'est-ce qui y figure, alors ? »

Le médecin lui a rendu son regard. Puis, tirant sur sa cigarette, consumée presque jusqu'au filtre, il a fixé le cendrier. Le bruit d'une chaise que quelqu'un déplaçait leur est parvenu très distinctement de la salle d'attente. Il a jeté le mégot dans le cendrier, sans l'éteindre. Puis a ouvert un tiroir et, après avoir farfouillé dedans, en a sorti une fiche qu'il a pliée lentement, deux fois, avant de la réduire en morceaux qu'il a fait disparaître dans une corbeille à papier. Il a pris un stylo et s'est mis à rédiger une ordonnance. « Tu sais où se trouve la pharmacie. Je vais te donner ça, mais je ne veux plus jamais te voir ici.

— Ce qu'il y a de plus fort. »

Sans lever les yeux, il a froissé le morceau de papier et a établi une nouvelle ordonnance. La lui a tendue. « Je ne te connais pas », a-t-il dit.

Il y avait une femme dans la salle d'attente. Une femme aux cheveux décolorés et tirés en chignon. Clairsemés, sous la lumière du néon. Elle feuilletait un très ancien magazine. « *Hello, love* », a-t-elle dit.

Shirley, a-t-elle pensé. Si l'on m'avait obligée à lui trouver un prénom, c'est celui-là même que j'aurais choisi. « Bonjour !

— Ne fais pas tant de cérémonies ! Elle te plaît, cette nouvelle coiffure ?

— Vous dites ?

— Tes cheveux ? Ils te plaisent, comme ça ?

— Qu'est-ce qu'ils ont, mes cheveux ?

— Je les ai pourtant coupés pas plus tard que l'autre jour ?

— J'ai toujours porté mes cheveux ainsi. »

La coiffeuse en est restée bouche bée.

« Consultation gratuite ? a-t-elle demandé.

— Tu dis ?

— Excusez-moi, je vous ai prise pour quelqu'un d'autre. » Elle a ouvert la porte, s'est dépêchée de sortir. Une fois sur le trottoir enneigé, elle s'est acheminée à pas prudents vers la pharmacie. Il n'y avait presque pas de lumière dans le salon de coiffure, seul un des quatre miroirs entourés de petites lampes était éclairé. La porte n'était pas entrouverte. Dans la devanture de la parfumerie d'en face, une grande pancarte annonçait la liquidation totale du magasin et une remise de cinquante pour cent sur tous les articles. *Un jour viendra où il ne restera plus que des blaireaux ici ; les gens quittent déjà d'eux-mêmes cette petite ville* : elle entendait la voix de l'homme qu'elle ne connaissait plus. *À moins tout simplement qu'ils ne meurent, c'est possible aussi, bien sûr.* La pharmacie était ouverte, il y avait même des clients devant le comptoir. Ici, on ne bradait pas la marchandise.

Le jeune homme chargé de la servir a longuement examiné l'ordonnance, puis a levé les yeux : il allait probablement lui demander pourquoi le nom du patient faisait défaut. Elle l'a dévisagé de la même façon qu'elle avait dévisagé juste avant la coiffeuse ; il est parti dans l'arrière-boutique. Après qu'on lui a eu remis le petit sac en plastique contenant ses médicaments, elle est revenue vers le parking en marchant de l'autre côté de la rue. Elle s'est avisée que dans l'esprit du garçon elle avait, en effet, toujours porté les cheveux ainsi. Il ne lui connaissait pas d'autre coiffure. Le chien non plus d'ailleurs, qui semblait la considérer comme sa congénère. Dans la vitrine d'un magasin de sport de plein air — celui où elle avait acheté la carte — étaient exposées des têtes de mannequin homme portant des bonnets. L'un d'eux, de marque Patagonia, bleu pastel, était rehaussé sur le pourtour d'un camaïeu de bleus passant graduellement du très clair au très foncé, à l'instar d'un code-barres. Il lui a fait penser au mont, à ce que le garçon lui avait dit le matin précédent. Elle l'avait bien entendu. Simplement, elle n'avait pas réagi. Elle est entrée dans le magasin, a acheté le bonnet, l'a fait emballer dans du papier cadeau par un vendeur qu'elle n'a pas quitté des yeux tandis qu'il se débattait, bien maladroitement, avec un rouleau d'adhésif. Elle commençait à avoir chaud et a senti trembler un muscle de sa jambe droite. Le bonnet coûtait cher. Qu'importe, a-t-elle pensé, inutile de m'inquiéter pour ça. Elle a dit au revoir au vendeur qui l'a regardée l'air surpris. Ce n'est qu'une fois dehors que les choses se sont éclaircies dans sa tête : elle l'avait apparemment salué en néerlandais, lui adressant un « *Tot ziens* » ; pourtant, elle était sûre de lui avoir dit « *Goodbye* ». Au-dessus de l'arche des remparts de la ville, l'horloge indiquait onze heures et quart.

43

Le garçon n'était pas dans la maison. Elle a déposé le bonnet sous le sapin qui était dressé dans le coin proche du buffet et garni de guirlandes, de lumières et de boules. Il avait été installé dans une bassine en zinc lestée de débris d'ardoise qui assuraient sa stabilité. Après avoir monté d'un pas lent l'escalier, elle a poussé la porte de la salle de bains et a mis les comprimés sur la tablette fixée au-dessus du lavabo. Elle en a tout de suite pris un, sans lire la notice. Le médecin n'avait pas mégoté sur la quantité. Les tubes de pastilles pour la toux se trouvaient également sur la tablette ; ils n'avaient pas été ouverts. Elle s'est assise sur le siège des W-C. La crampe qu'elle avait ressentie dans la voiture est revenue. Une fois. Puis une autre. Dès qu'elle s'apprêtait à détacher une feuille du rouleau de papier toilette, elle était obligée de ramener sa main vers elle. « Eh ben ! » a-t-elle dit d'une voix douce, coudes sur les genoux, tête inclinée vers le sol carrelé. Quand son derrière a été essuyé, elle s'est fait couler un bain — le second de la journée, auquel elle a de nouveau ajouté une bonne dose de Native Herbs. Le bain moussant avait une senteur âpre. Une senteur bien réelle. Elle s'est déshabillée et s'est assise dans l'eau très chaude. En pensant au monologue du garçon, à tout ce qu'il lui avait débité, sans avoir jamais l'ombre d'une hésitation, comme s'il y avait réfléchi par avance et qu'en coulisses un plan était déjà prêt. Elle essayait de percevoir l'effet du comprimé dans son corps en imaginant le trajet effectué par ses composants actifs depuis son estomac, avec l'espoir que ceux-ci se fraieraient rapidement leur chemin jusqu'à son crâne. Et s'est rendu compte, alors qu'une agréable léthargie gagnait peu à peu tous ses membres, que ce serait bientôt la Nouvelle Année.

« *Hello !* » Ça n'était pas Bradwen, ne serait-ce que parce que dans sa bouche cette salutation aurait pris une forme interrogative. Rhys Jones. Déjà derrière la porte — et elle, dans son bain. La porte ouvrait directement sur l'escalier. Dès qu'on pénétrait dans cette maison, il paraissait tout à fait naturel de monter à l'étage. Il fallait qu'elle sorte du bain, elle n'avait pas fermé à clé. L'eau a fait un gros plouf. Le comprimé avait agi, c'était bien son corps qui émergeait du bain, mais avec un poil de retard. Elle n'avait pas entendu arriver de voiture. Elle a pris la serviette suspendue par un crochet à la porte, et l'a pressée contre ses seins. Il a frappé. Assez fort. « *Go away*[1] », a-t-elle dit. Durant le silence qui a suivi, elle a approché sa tête du panneau de bois. Elle a cru percevoir sa respiration et, en même temps, elle a entendu la femme du boulanger en train de dire quelque chose. *Et si elle avait vécu plus longtemps, jamais elle ne l'aurait laissé manger autant de gâteaux.* Si seulement elle avait été en ce moment à la boulangerie, tout habillée, chaussures de marche aux pieds. Dans la baignoire, l'eau s'apaisait. Elle était très claire.

« J'attendrai à la cuisine. »

Elle a eu un brusque mouvement de recul : sa voix résonnait dans le bois de la porte. Elle l'a entendu descendre l'escalier. Elle n'a pas enlevé le bouchon de la baignoire, car le gargouillis produit par l'évacuation de l'eau aurait été trop bruyant. Elle s'est séchée lentement puis rhabillée tout aussi lentement. Crampes au ventre qui

1. « Allez-vous-en ! »

n'étaient pas vraiment douloureuses, absence de pression derrière les oreilles et, dans la tête, sensation d'engourdissement. Avant d'ouvrir, elle a jeté un œil, par la petite fenêtre, au chemin d'accès enneigé. Où était donc Bradwen ? Les oies étaient serrées les unes contre les autres devant la cabane. Devant, jamais dedans. Stupides bêtes.

Rhys Jones était assis sur la chaise de cuisine la plus proche du sapin, et tenait dans ses mains le bonnet dans son papier cadeau. Quelque chose dans son aspect détonnait, il n'était plus le même.

« Qu'est-ce que vous faites ?

— Je suppose que ce n'est pas pour toi que tu déposes un cadeau sous le sapin.

— Et alors ?

— Je me suis dit que c'est pour moi que tu as acheté ça.

— Quoi ?

— Qui d'autre passe te voir ? » Il serrait le paquet dans ses mains. « On dirait des chaussettes.

— Reposez ça.

— Ce n'est pas pour moi ? »

Je pourrais m'emparer d'un couteau, se disait-elle. Ou, à la limite, de la grosse casserole. « Non.

— Tu vis toute seule ici, pas vrai ? N'est-ce pas ce que tu as dit à l'agent immobilier, quand tu as signé le contrat de location temporaire ? » Il a insisté sur le mot « *provisional* ».

« Monsieur Jones…

— Appelle-moi Rhys…

— Monsieur Jones, ayez l'amabilité de remettre ce paquet à sa place.

— C'est ça, c'est ça, continue de faire ta revêche. » Il s'est levé et a remis le bonnet sous le sapin. Il s'est redressé, s'est retourné et a gagné la salle de séjour. La porte d'entrée s'est ouverte.

Elle a regardé tout autour d'elle. Pour le moment, la cuisine était sûre. Les trois plantes à fleurs sur le rebord de fenêtre, la cafetière sur la cuisinière, le sapin de Noël. Elle a tout de même jeté un œil dans le grand compartiment du panier à couverts. La porte d'entrée s'est refermée. Rhys est entré dans la cuisine, portant une cagette en plastique. Tandis que, tête baissée, elle fixait les pieds de son interlocuteur, elle s'est avisée de ce qui avait changé dans son apparence : ses cheveux touffus et gras étaient beaucoup plus courts, pour la première fois elle avait vu ses oreilles.

« De l'agneau », a-t-il dit. Il a posé la cagette sur la table.

Elle a regardé dedans. Quelques morceaux de viande, de couleur plutôt sombre. Elle a porté une main à son cou. « C'est un agneau entier ?

— Non, un demi.

— Une moitié ?

— En fait, j'avais l'intention de ne t'en donner qu'un quart, mais dessus il ne te serait pas resté grand-chose. J'ai été généreux. » Et, comme pour montrer que cette « générosité » ne devait pas se borner à une affaire de cagette, il lui a, en disant ces mots, mis la main au panier.

Elle n'a pas empoigné cette main ; c'était celle dont le pouce avait l'ongle fendu. Aussi calmement que possible, elle a fait un pas de côté, échappant ainsi à sa prise, puis est passée de l'autre côté de la table, se retrouvant de la sorte face à lui. « Remportez-moi ça.

— Ce n'est pas assez bon pour toi ?

— Qu'est-ce que vous cherchez ?

— Je suis venu t'apporter deux gigots d'agneau. À titre absolument gratuit.

— Je n'en veux pas. La viande d'agneau me dégoûte.

— C'est bien dommage. Mais je les laisse ici. J'ai rempli mes obligations.

— Vous pouvez partir, alors.

— Tu as un tout autre air que la dernière fois, a-t-il dit.

— Vous pouvez partir.

— Tu es allée au salon de coiffure ? Chez Shirley ? »

Elle avait les mains appuyées au dossier d'une chaise. Shirley. Le médecin, l'homme qu'elle avait en face d'elle, le couple de la boulangerie. Ils se connaissaient tous. Seul Bradwen faisait exception. Où était-il donc passé ? Certes, comme il avait commencé par décorer le sapin, il risquait de ne pas rentrer avant un bon moment. Elle a regardé l'heure à l'horloge.

Presque midi et demi. Il faut que je m'occupe, s'est-elle dit. Peu importe à quoi. Elle est allée dans le séjour, a ouvert la porte du poêle et, après avoir jeté deux bûches dans le feu qui couvait, s'est mise à les remuer avec le tisonnier. Elle se rendait bien compte qu'elle se tenait penchée en avant, dos tourné vers Rhys Jones. Elle se sentait forte.

L'éleveur de moutons l'avait suivie. Il était étalé sur le canapé, un bras sur le dossier. « Je n'ai pas droit à un café ? a-t-il demandé. Dame aux blaireaux ?

— Qu'est-ce que vous dites ?

— Je dis "dame aux blaireaux".

— Vous n'aurez pas de café. Vous pouvez partir, à présent. » Elle est restée près du poêle sans reposer le tisonnier dans le panier à bois.

« Mon ami de l'agence immobilière a téléphoné. »

Elle fixait les chaussettes de Rhys Jones.

« Ils ont retrouvé un parent éloigné. Il habite en Angleterre. Le contrat de location ne sera pas prolongé. »

Elle a fait passer le tisonnier dans son autre main.

« Comme mon ami est un chic type, et qu'il est bien conscient que d'ici au 1er janvier le délai est très court, tu as jusqu'au 5 janvier pour plier bagage. Par contre, nous viendrons faire un tour le jour de l'an pour vérifier l'état des lieux.

— Pas de problème !

— Non ?

— Non. Rien dans ce tas de vieilleries n'est à moi. Je n'ai pas besoin de camionnette pour déménager. » Elle a regardé par la fenêtre, comme si elle sentait intuitivement qu'à ce moment précis Bradwen allait franchir le mur du jardin. Cette fois, il n'a pas sauté, il a grimpé. Sam, lui, a sauté, et s'est retrouvé près des branches d'aulne et de chêne : il avait manifestement retenu à quel endroit précis elles étaient. Bizarre qu'il arrive par là, a-t-elle pensé. Le garçon a traversé la pelouse enneigée et s'est arrêté au bord de la section qu'il avait bêchée. Elle s'est demandé s'il pouvait la voir. Avec son unique fenêtre, le séjour était assez sombre, mais le lampadaire était allumé, comme toujours. Bradwen a donné un ordre au chien, Sam est revenu vers lui et s'est assis contre sa jambe. Des rosiers le dérobaient en partie à la vue. Pourquoi ce garçon reste-t-il là ? s'est-elle demandé. Voit-il depuis cet endroit la voiture de Rhys Jones ? Et alors ?

« Il te restera suffisamment de temps pour venir à bout des gigots.

— Je ne mange pas d'agneau.

— Comme tu veux. La veuve Evans adorait la viande d'agneau. Ça l'a conservée jusqu'à quatre-vingt-treize ans. » Il a levé les yeux. « Qu'est-ce que t'as à rester debout ? Viens donc t'asseoir sur le canapé.

— Il est temps de vous en aller. Vous avez rempli vos obligations, et transmis le message que vous aviez à transmettre.

— Je ne t'ai pas encore raconté comment la veuve Evans avait trouvé la mort.

— Ça ne m'intéresse pas. Je ne connaissais pas cette femme.

— M'est avis à moi que ça t'intéressera. »

Du coin de l'œil, elle a vu que Bradwen n'avait pas bougé. Elle a hoché la tête en se demandant si l'homme installé sur le canapé pouvait réellement avoir des idées aussi frustes. Lui, veuf ; elle, sans attaches, apparemment. *What's holding us back*[1] ? Le garçon a remué le bras. Réagissait-il là à son mouvement de tête à elle ? Elle a levé le tisonnier, sans très bien savoir ce qu'elle entendait signaler par ce geste. « Cigarettes, a-t-elle dit.

— Quoi ?

— À la cuisine. C'est là que sont mes cigarettes », a-t-elle répondu, énervée de ne pas aller simplement les chercher à la cuisine, sans rien dire. La cuisine de la maison qui jusqu'au 5 janvier était sienne. Elle est allée à la fenêtre, a fait signe à Bradwen qu'elle allait sortir, a posé le tisonnier sur la table et allumé une cigarette. Après quoi, elle a gagné tout droit la porte d'entrée qu'elle a ouverte. C'en était trop pour Sam. Se levant d'un bond, il a couru vers elle en aboyant. Le garçon a laissé faire, il n'a pas rappelé le chien.

Rhys Jones s'est élancé du canapé à une vitesse incroyable. « Sam ? » a-t-il dit.

1. « Qu'est-ce qui nous retient ? »

Faisant un léger écart, le chien s'est précipité vers Rhys Jones et lui a sauté dans les bras.

Rhys Jones en a vacillé.

Elle a regardé Bradwen. Puis son regard est passé de Bradwen à l'éleveur de moutons dont les yeux paraissaient un peu plus humides que d'ordinaire.

Et Sam, de renifler, de lécher et d'aboyer.

44

« *Hello, dad*[1] », a dit Bradwen.

Sans répondre à ce salut, Rhys Jones a posé le chien à terre. « *Stay*[2] », lui a-t-il signifié. Ses sabots étaient sur le pas de la porte, pointes tournées vers l'extérieur ; il ne lui restait plus qu'à les mettre. Ce qu'il a fait, s'appuyant d'une main au chambranle pour garder l'équilibre. Le chien, haletant d'excitation, levait les yeux vers lui. Jones n'a pas regardé Bradwen ; il a descendu le petit sentier couvert de débris d'ardoise jusqu'à sa voiture qui était garée à proximité, pare-chocs avant presque à touche touche avec l'ancienne porcherie. Il a ouvert une portière. « Sam ! », a-t-il appelé. Le chien — qui, nerveux, la tête de côté, avait essayé de guetter au-delà du coin de la maison — a filé

1. « Bonjour, papa. »
2. « Pas bouge ! »

vers la voiture et, d'un bond, a sauté dedans ; il était manifestement coutumier du fait.

Entre-temps, elle était sortie à son tour, en chaussettes. Une sorte de triangle s'était formé. Rhys Jones près de la voiture, Bradwen à proximité du futur massif de roses, et elle à côté de la porte. Il ne faisait plus vraiment très froid, un dernier reste de neige tombait goutte à goutte d'une ou deux feuilles de rosier.

« Ces chaussettes sont donc pour toi ? » a dit l'éleveur. Ce n'était pas réellement une question, il avait fait le tour de la voiture et déjà ouvert la portière côté conducteur.

« Des chaussettes ? » a fait le garçon.

Son regard est passé du garçon à l'homme, puis de l'homme au garçon. Si Bradwen est un gymnaste, s'est-elle dit, Rhys Jones est un judoka qui a raccroché il y a vingt ans sans plus entretenir ensuite sa condition physique. Elle tirait à longues bouffées sur sa cigarette, et la fumée qu'elle rejetait était épaisse dans l'air humide. Rhys Jones s'est mis au volant et a fait démarrer la voiture. Sam était à son côté, vigilant, regardant droit devant lui, langue pendante. Un chien de berger. Heureux. Près de son vrai maître — le mâle alpha. Elle a compris soudain pourquoi le chien s'était si souvent installé près d'elle, pourquoi il avait, dès le premier jour, si facilement quitté son poste devant la porte de la salle de bains : elle était, aux yeux de Sam, l'égale du garçon. La voiture noire — c'était bien, de fait, un pick-up — est partie en marche arrière, disparaissant de son champ de vision. Elle s'est représenté la tablette surplombant le lavabo et, dessus, la première boîte de comprimés. Elle désirait en reprendre un : de même qu'elle avait eu auparavant l'impression de voir son corps émerger du bain avec un léger ralenti, tout, dehors, lui faisait également l'effet d'être déphasé d'un quart de seconde. Et elle voulait que cela se prolonge.

Shirley, le médecin, le boulanger et sa femme, Rhys Jones et Bradwen. Sans chien, derrière des pots de rosiers frêles et dégouttant d'eau, bretelles de son petit sac à dos serrées sur la poitrine, le garçon était complètement démuni. « Viens », lui a-t-elle dit, une fois que le bruit de la voiture n'a plus été perceptible. Si elle ne l'avait pas appelé, il serait, sans doute, tout simplement resté sur place. Elle a jeté sa cigarette et l'a empoigné. Le sac à dos faisait obstacle ; faufilant ses mains pardessous, elle a pressé Bradwen sur sa poitrine. Il sentait incroyablement bon. Laissant glisser ses mains, elle a serré son bas-ventre contre elle.

« Des chaussettes ? » a-t-il répété, lui effleurant le cou de son souffle chaud. Il la tenait légèrement enlacée.

« Cet homme ne sait pas de quoi il parle », a-t-elle dit. Elle voyait le chêne, gisant à terre tel un chandelier renversé, à branches inégales. Si l'arbre restait là, il allait, au fil du temps, se transformer en un deuxième pont de mousse. Une odeur de pain frais est venue évincer celle du garçon.

45

Le mari déplaçait sa jambe. Telle était l'impression qu'il avait à présent. Auparavant il déplaçait son pied, mais depuis quelques jours le plâtre s'était alourdi et la jambe était pataude. Incapable de conduire, il avait pris le tram de la ligne 4 jusqu'au quartier De Pijp, où il avait donné rendez-vous au policier dans un bar de la Van Woustraat. Il était bien content de ne pas devoir aller tout seul chez ses beaux-parents. Entre le bar et leur domicile, le trottoir n'avait pas été déneigé, ni même sablé ; à plusieurs reprises, le policier lui a évité une chute.

La télé retransmettait une compétition de patinage sur glace. La voix des commentateurs n'était plus, à volume réduit, qu'un fond sonore incompréhensible. Le patineur qu'il avait vu précédemment sur une affiche publicitaire pour une marque de pain, à l'arrêt du tram, concourait sur longue distance. Son beau-père avait fait du thé car le policier le préférait au café. Près du téléviseur était dressé un sapin de Noël multicolore. Ses beaux-parents, qui s'accrochaient aux vieilles traditions, n'allumaient les bougies de l'arbre que le 24 et le 25 décembre. Sur le rebord de fenêtre, le bougeoir triangulaire était allumé, projetant des reflets orangés sur une amaryllis blanche.

« Comment ont-ils réussi à découvrir ça ? a demandé le père.

— Aucune idée. “C’est une information confidentielle”, m’a dit la femme qui a téléphoné.

— Une femme ?

— Oui.

— Le pays de Galles. Qu’est-ce qui a bien pu l’amener là-bas ? Qu’est-ce qu’il a donc, ce pays de Galles ?

— Un endroit où l’on parle anglais, on aurait pu évidemment s’y attendre.

— Et qu’est-ce que tu as à voir là-dedans ? »

Le policier a lancé un regard au mari avant de répondre au père. « Il n’est pas en état de conduire, a-t-il dit en désignant le plâtre. Il me reste pas mal de jours de congé. Il faut que je les prenne avant la fin de l’année, si je ne veux pas les perdre.

— Vous partiriez quand ?

— La semaine prochaine.

— À Noël ?

— Oui. C’est Noël partout.

— Et ta femme ? Et tes enfants ? Qu’est-ce qu’ils en pensent ?

— Oh, ils trouvent ça très bien ! Ils sont habitués à ce que je sois de service.

— Hum, a fait le père.

— Incroyable, a dit la mère.

— Qu’est-ce qu’il y a ?

— Ce Kramer est une bête. Même qu’il va encore accélérer.

— T’as entendu ce qu’on a dit ?

— Évidemment. Je ne me suis jamais vraiment fait de mauvais sang.

— Moi si. » Le père a resservi une tasse de thé à chacun. « Le soir, j'étais obligé de prendre de la valériane, a-t-il dit au policier. Autrement, je n'arrivais plus à récupérer.

— C'est un truc bien, a répondu le policier. J'en prends aussi, parfois.

— Ah bon ? » S'adressant au mari : « Tu es entré en contact avec elle ?

— Non, je ne vois pas comment j'aurais pu, a dit le mari. Impossible de la joindre sur son portable.

— Mais tu as son adresse ?

— Oui. Si on veut. J'ai le nom d'une maison.

— Tu peux lui écrire, alors ?

— Je peux, oui. » Le mari a jeté un œil sur l'écran. « C'est vraiment incroyable qu'ils aient réussi à la retrouver.

— C'est leur métier », a fait le policier.

Le mari s'est levé. « Je vais aux toilettes », a-t-il dit, et, béquilles en main, il a gagné le petit couloir en clopinant. Une fois dans les W-C, il a rabattu le couvercle et s'est assis péniblement. Il aurait fallu, en fait, qu'il laisse la porte ouverte afin d'avoir assez d'espace pour son pied. Dans le séjour, il n'arrivait pas à penser à sa femme, et il fallait qu'il décide de ce qu'il dirait à ses beaux-parents. S'il allait ou non le leur dire. Des gens étranges, totalement insaisissables. À preuve, son beau-père qui venait de raconter au policier qu'il prenait de la valériane pour dormir. Sa belle-mère qui tenait sur ses genoux un cahier dans lequel elle notait les temps réalisés à chaque tour de piste. Imprévisibles. Il s'est demandé de quand datait la dernière lettre qu'il avait écrite, mesurant du même coup tout ce qu'avaient d'archaïque stylo, papier, enveloppe, timbre, boîte aux lettres. Son aisselle était un peu irritée : c'est par là qu'à trois ou quatre reprises le policier l'avait agrippé. Il a ouvert puis refermé le robinet du lave-mains. De toute façon, il n'arrivait pas, ici non plus, à penser à sa femme. Il lui était impossible de se l'imaginer dans une maison en pleine campagne.

Durant les deux mois qui venaient de s'écouler, beaucoup de choses avaient changé. Il ne lui semblait même plus étrange d'être seul. Après quelques jours passés sans bouger de chez lui, pied sur un tabouret, une bière à portée de main, il avait téléphoné au cabinet médical. On n'avait rien voulu lui dire. Il avait tempêté, après quoi on l'avait mis en relation avec son médecin traitant. Affichant un calme glacial, celle-ci était également restée muette. Il lui avait aussi demandé les résultats des tests de fertilité — ce qu'il avait complètement oublié de faire durant sa visite. Cette fois encore, l'information était confidentielle. Juste avant qu'il ne raccroche, elle s'était enquise de l'état de son pied. Cela l'avait fait s'esclaffer, et il pouffait encore en lui raccrochant au nez. Il n'avait rien appris. Il ne savait même pas quoi dire exactement à ses beaux-parents. Il s'est levé à grand-peine.

« Tu en as mis du temps ! a dit la mère.

— Eh oui. » Il désignait le plâtre.

« Nous sommes très heureux. Vraiment très heureux. Qu'elle ait été retrouvée, a dit le père.

— On devrait ouvrir une bouteille pour fêter ça, non ? » a proposé la mère. À la télévision, la compétition de patinage était terminée, il y avait de la pub. Le son était coupé, elle avait posé son cahier sur le rebord de la fenêtre.

« Bien sûr. Sers-toi donc un verre de blanc, a dit le père. La bouteille est au frigo ; il faut la finir. Et pour nous les hommes ? Un petit coup de genièvre ?

— Super ! » s'est exclamé le policier.

Les hommes, s'est répété le mari. *Un petit coup.* « Mettez-m'en un aussi.

— Coupe-nous donc de la saucisse sèche, a dit le père en s'adressant au dos de sa femme. Ça t'a coûté cher ?

— Oui, a répondu le mari. Très cher. »

Le père l'a regardé. Le mari s'attendait à ce qu'il propose de participer aux frais engagés pour rechercher sa fille. Au lieu de cela, le père a fixé son attention sur le policier. « Comment se fait-il que vous ne l'ayez pas incarcéré ? lui a-t-il demandé.

— Parce que c'est vraiment un chic type. »

« Tu m'as mal renseigné », a dit le policier. Ils s'en retournaient vers la Van Woustraat en empruntant le même trottoir glissant. Après deux petits verres, cela paraissait beaucoup plus facile.

« Je sais, a répondu le mari. C'est un drôle de couple.

— Ce genre de chose n'est pas anodin.

— Qu'est-ce que tu veux dire ?

— Que je pourrais commencer à me poser des questions quant à la véracité de tout ce que tu as déclaré par ailleurs.

— Tu n'es quand même pas dans la police judiciaire ?

— Non, je ne suis qu'un simple administratif. Mais aussi un être humain. »

Les béquilles du mari ont glissé sous lui, il lui a fallu poser son pied plâtré par terre. Il n'est pas tombé à la renverse ; le policier l'avait déjà solidement agrippé.

« Jamais on ne peut savoir exactement ce que quelqu'un pense ou ressent, a dit le policier en l'aidant à se redresser. Jamais.

— Tu veux manger un morceau ? a demandé le mari. Je n'ai rien chez moi.

— OK, a dit le policier. Il y a un snack turc un peu plus loin. Pour ton pied, ça ira.

— Tu peux t'absenter comme ça ? Qu'en pense ta femme ? Tu ne vas pas manquer à tes enfants ? »

Le policier a souri.

J'aurais besoin d'une sorte d'épaulette, s'est dit le mari. Mais pour mon aisselle. Un coussinet d'aisselle. Il avait retrouvé la bonne allure et enfonçait vigoureusement les béquilles dans la neige. Je pourrais envoyer une carte, en courrier prioritaire. Ringard, mais c'est le seul moyen.

46

Elle déchiquetait du pain et jetait les morceaux aux oies. Trois d'entre elles mangeaient, la quatrième la surveillait. La neige avait pratiquement disparu, une vapeur montait de la terre. Entre les troncs de chêne du petit bois, derrière la cabane des oies, il faisait déjà sombre. Quelques moutons se tenaient autour de bottes de foin, les autres, pour la plupart, broutaient. « Étrange, a-t-elle dit. Dans les premiers temps, les oies disparaissaient très vite, et voilà qu'il en subsiste quatre depuis déjà un bon moment. »

Le garçon est resté coi.

« Elles ne sont à personne. Supposons que je parte maintenant…

— Je suis encore là, moi.

— Oui, a-t-elle dit lentement. Tu es encore là. »

Le garçon s'est raclé la gorge.

Elle a porté son regard à gauche : du bois de chênes venait un bruit qu'elle avait déjà entendu, mais qu'elle n'a, sur le coup, pas reconnu. Jusqu'au moment où le grand oiseau rouge-brun s'est envolé d'une branche.

« *A kite !* a dit Bradwen.

— Un oiseau », a-t-elle fait.

Après avoir survolé les terres à faible hauteur, il a disparu, comme la première fois, au-dessus du faîte de la maison, qui semblait lui tenir lieu de tremplin. Les oies en étaient tout agitées.

« *A red kite.* »

Elle ne parvenait pas à saisir. Elle savait que ce mot *kite*, qu'il venait d'utiliser par deux fois, désignait quelque chose d'autre. Mais la seule image qu'elle lui associait était celle d'un cerf-volant. Il fallait qu'un déclic se produise dans sa tête, que, sans en avoir l'air, l'anglais de Bradwen devienne son anglais à elle, pour qu'elle puisse tout bonnement comprendre ce qu'il disait. « *Vlieger*[1] », a-t-elle dit, en néerlandais.

— Quoi ?

— *Vlieger.* Je ne comprends pas ce que tu dis.

— Je ne comprends pas ce que tu dis. »

Elle commençait à sentir battre sa tempe gauche. Elle cherchait à dire « *kite* », elle en était sûre, sa langue se relevait bel et bien vers son palais, légèrement à l'arrière, mais pourtant elle ne faisait que chasser l'air entre sa lèvre inférieure et ses dents du haut. Sa langue se détendait, pas vraiment par simple indocilité, venant s'immobiliser au point de contact entre ses dents et son palais. Bradwen s'est mis à proférer des sons, à parler de façon incompréhensible ; elle le regardait en face, ne lâchant pas son œil bigle, dans l'espoir qu'il parviendrait à lui expliquer les choses autrement qu'avec des mots et des sons.

1. Le quiproquo repose sur la double signification du mot anglais « *kite* » : « cerf-volant » (en néerlandais « *vlieger* ») mais aussi « milan ».

« *There, there.* » Cela, elle le comprenait. Les bras du garçon autour de son ventre, comme s'il avait de nouveau peur que quelque chose ne vienne à en tomber — elle en avait aussi l'expérience. Son souffle dans son cou. Les oies feignaient de ne rien voir, plus blanches que dans la neige, leur bec, tirant sur le brun, avait perdu cet orange éclatant d'alors. Faites-moi donc, pour une fois, le plaisir de rentrer, s'est-elle dit. Les moutons étaient presque invisibles. Ses mains serrant la barre supérieure du portillon. Comme pour résister à la contre-pression exercée par le garçon. Quiconque serait passé à ce moment sur le sentier aurait pu croire qu'il la violait. Est-ce qu'en anglais les cerfs-volants devaient ce nom de *kite* à ce grand oiseau brun ? s'est-elle demandé. Et le milan ? Royal ou pas ? Il n'est pas en train de me violer, il prend soin de moi, a-t-elle pensé. C'est un gentil garçon. Un beau gymnaste. Et il devrait être parti depuis longtemps.

« J'ai besoin d'un comprimé, a-t-elle dit.

— Quelle sorte de comprimé ?

— Ce que le médecin m'a prescrit ce matin.

— À Caernarfon ? »

Elle arrivait de nouveau à tenir debout. Et à lui parler normalement.

Le garçon lui a frotté le ventre avec ses avant-bras ; elle sentait encore son souffle sur son cou. Ce n'était plus un garçon comme un autre, mais un fils.

« Il y a une chose que je veux savoir, a-t-elle dit.

— Oui ?

— Comment se fait-il que cet après-midi, ou ce matin, je ne me souviens plus, tu... » Je ne m'en souviens vraiment plus, s'est-elle dit. Peut-être sommes-nous déjà au jour d'après ? Elle a regardé la terre fumante. Sinon, où serait passée cette neige, en si peu de temps ?

« Oui ?

— Alors nous ne sommes pas le jour d'après ? Pourquoi es-tu arrivé du côté du ruisseau et du mur du jardin ?

— J'ai fait un détour par le cercle de pierres.

— Dans quel but ?

— Juste pour voir. Il y avait de la neige, j'aurais pu trouver des empreintes de pattes.

— Et alors ?

— Rien. »

Pas de blaireaux. Pas de renard. Pas de chien. Dommage que Sam ne soit plus là. S'il n'était pas parti dans la voiture de l'éleveur de moutons, il aurait pu s'appuyer contre ses jambes, ou au portillon de la clôture, à portée de ses mains. Qu'il aurait léchées. Les mains de la femme alpha.

47

Acheter, écrire et expédier une carte n'a pas été une mince affaire. Rien que pour choisir, déjà... Au Bruna du coin, sept présentoirs pivotants en étaient remplis. Il y avait foule dans le magasin, ce qui l'a obligé à faire usage de ses béquilles — « Attention, Josje, ce monsieur veut passer » — pour les atteindre. Le moindre détail avait sa signification ; dans n'importe quelle illustration elle pourrait toujours lire quelque chose. En définitive, il lui a fallu décider entre un hippopotame et un chien. Il a extrait du présentoir la carte où figurait le chien, avant tout parce qu'elle ne s'était jamais attachée à un animal domestique, et que l'hippopotame risquait d'être mal interprété. Une carte neutre. Il était en train de payer lorsqu'il a pensé aux timbres et aux autocollants « *priority* ».

L'étudiant. Elle lui avait elle-même raconté les choses, très calmement. Un dimanche soir, ici, dans cette salle de séjour. Il venait de rentrer d'une course de fond et n'avait pas encore pris sa douche. Une histoire finie depuis longtemps, avait-elle dit. Ajoutant aussitôt que c'était là la véritable raison de son licenciement. Durant la course, il avait humé les premières senteurs de l'automne, et s'était réjoui à la perspective de prochaines épreuves sous la bruine. Les courses d'automne. En sueur, poitrine dilatée, il était resté dans la salle de séjour et s'était montré aussi calme en recevant l'aveu qu'elle avait été sobre en le lui faisant. Il savait désormais qu'il y avait autre chose dont elle n'avait rien dit. Durant une semaine, ils s'étaient évités, puis elle avait disparu. Deux jours plus tard, un espace vide, dans le séjour, avait attiré son attention. Après avoir parcouru les différentes pièces et constaté qu'il manquait d'autres objets, il avait découvert, dans un tiroir du bureau de sa femme, un certain nombre de petits papiers sur lesquels figuraient ces mots : « *Our "respected" Lecturer Translation Studies screws around. She is in no way like her beloved Emily Dickinson. She is a heartless bitch.* » Il était parti à sa recherche, passant chez ses beaux-parents, avant de se rendre, en voiture, à l'université. Là, il avait déniché, dans un coin, un billet similaire, et avait alors acquis la certitude que le texte avait été placardé dans tout le bâtiment. Une fois dans son bureau, qui, bien qu'inoccupé, n'était pas fermé à clé — des gens d'un naturel confiant, ces universitaires ! —, il avait fini par se faire une idée de cet étudiant — un garçon dont il ne connaissait même pas le nom, et qui, s'étant probablement trouvé céans, y avait peut-être tombé le froc jusqu'aux chevilles. Il avait été secoué par cette image. Pas par l'image de sa femme, non ; par ce garçon. Sans vraiment se rendre compte de ce qu'il était en train de faire, il avait déchiré quelques livres avant de les flanquer sous un bureau. Au moyen d'une boîte d'allumettes trouvée dans un plumier, il avait mis le feu à ces livres. La situation devenant incontrôlable — il sentait sur son visage la chaleur des flammes —, il avait ouvert la porte et crié : « Au feu ! » Il était certes en plein désarroi, mais pas pyromane.

Il a longuement regardé le chien de la carte. Ce n'était pas l'animal qui allait lui dire quoi écrire. Un groupe de cyclistes est passé — des jeunes filles qui gloussaient en zigzaguant sur toute la largeur de la chaussée, portables en joue. Dans le petit parc, à la lisière du quartier où il habitait, des perruches à collier poussaient des cris stridents. Être seul chez soi n'était pas désagréable. Un verre de vin rouge était posé devant lui, sur la table basse. Il se sentait plus tranquille, davantage à son aise. Au sortir du Bruna, il était allé, clopin-clopant, jusqu'au kiosque du fleuriste, où il avait acheté un gros bouquet de tulipes jaunes. Pas Noël, mais le printemps. Les courses du printemps étaient belles, elles aussi, et il allait dès à présent s'y consacrer. Il se voyait quitter la maison seul, y revenir, seul encore. Pas de « salut ! » ni de « ciao ! » ; pas de soupirs. Il avait déjà écrit l'adresse et collé deux timbres sur l'enveloppe. Sur le coup, dans le magasin, il n'avait pas prêté attention à la distinction entre courrier intérieur et courrier à destination de l'Europe. Lui restait à écrire le texte. Que souhaitait-il lui dire ? À parler franc, pas grand-chose. « Je viens », a-t-il écrit, avec, au-dessous, son nom. Il a vite glissé la carte dans l'enveloppe et a cacheté celle-ci. Puis il a posé son verre de vin et téléphoné au policier.

48

Elle s'est rendu compte, en voyant avec quelle aisance Bradwen utilisait une fois de plus les plaques et le four de la grosse cuisinière, que celle-ci devait lui être familière depuis longtemps. Quant au gigot qu'il y avait mis à cuire avec de l'ail et des anchois comme annoncé, il n'aurait qu'à le manger tout seul. Rien que d'y penser, elle en était malade. Où avait-il déniché cette boîte d'anchois ? L'avait-il achetée avant de venir ? Elle a allumé une cigarette. Il avait dû voir le paquet sous le sapin. Peut-être se réjouissait-il à l'idée qu'un cadeau l'attendait, tout comme elle couvait autrefois des yeux les présents apportés par saint Nicolas en attendant d'être autorisée à prendre le sien et à l'ouvrir. Elle tuait alors le temps en regardant par la fenêtre, l'air indifférent. Elle a passé sa langue sur ses lèvres : il y avait quelque chose d'étrange dans le goût de la cigarette. Tant qu'elle gardait le silence, il ne pouvait rien faire.

« On plante les rosiers demain ? a-t-il demandé.

— Oui, pourquoi pas ? »

Il s'est assis à la table, l'air un peu perdu.

« On peut aussi attendre un petit moment, a-t-elle dit.

— Ça a dû être Sam », a fait le garçon. Mains légèrement jointes, il frottait tour à tour ses pouces l'un contre l'autre.

« Quoi ?

— Les renards flairent la présence d'un chien. »

Elle essayait de se reporter en arrière. Dix oies, huit oies, sept oies. Elle se revoyait à genoux, dans le noir, tandis que de petits morceaux d'ardoise lui entraient dans les chairs. Il en restait cinq, alors. Ou quatre. Mais Bradwen et le chien n'étaient pas encore là. À moins que ? « Tu connais le boulanger et sa femme ?

— Oui.

— Pourquoi ne l'as-tu pas dit ?

— Tu ne me l'as pas demandé.

— Il n'y a pas de boulanger à Llanberis ?

— Si. Même qu'autrefois, déjà, mon père disait qu'il n'en avait que pour les touristes. Qu'il faisait des petits pains dont personne ne voulait. *Fancy stuff*[1].

— Tu n'as plus ta mère alors ? »

Le garçon a courbé la tête. Il a considéré ses pouces et a passé ses ongles au creux des jointures de ses autres doigts.

Je ne voulais absolument rien savoir à son sujet, s'est-elle dit. Il suffisait qu'il soit là. Mais il fallait aussi qu'il parte. Et je sais à présent que c'est un orphelin de mère, et un fils. Qu'il a quitté son père en emmenant le chien. Elle se sentait épuisée. Elle ne voulait rien connaître du pourquoi et du comment, ne pas en entendre parler. « Sers-nous à boire », a-t-elle dit d'une voix forte.

1. « Des trucs fantaisie. »

Le garçon a pris la bouteille qu'elle aurait aussi bien pu prendre elle-même et a rempli deux verres. Elle a levé le sien, il a fait de même. Elle l'a regardé, il lui a rendu son regard. La cuisine sentait la viande. Elle a haussé les sourcils.

« À l'agneau, a dit Bradwen.

— Non, a-t-elle répondu.

— Aux roses ?

— Oui. » Elle a bu.

L'odeur d'agneau n'était pas aussi incommodante qu'elle s'y était attendue, et un verre et demi de vin a suffi à noyer la légère sensation de nausée qu'elle éprouvait. Ils ont à peine parlé pendant le repas. Le garçon mangeait beaucoup de viande, et, la voyant disparaître dans sa bouche, elle s'imaginait un agneau à la croupe musculeuse, éclatant de vigueur et de vitalité, cabriolant dans les prés vallonnés. Elle a saisi pourquoi Bradwen était si sec — sec et fort : solide comme la viande qu'il mangeait, et qu'il avait probablement consommée durant toute son enfance. Elle a surpris les regards qu'il jetait de temps à autre au cadeau qu'il supposait être une paire de chaussettes. Il ne l'exhortait plus à se nourrir davantage. Il a mangé et bu, et, oubliant un instant que le chien n'était plus là, s'est mis à siffler tout bas.

Elle a hoché la tête. « Non », a-t-elle fait. Elle était exténuée. « Il n'est plus là. »

Quand il a eu fini de manger, il s'est levé de table pour débarrasser.

« Laisse, a-t-elle dit. Je ferai ça dans une minute. Jette donc d'abord un œil sous le sapin. »

Sans feindre l'étonnement, il s'est précipité vers le cadeau, s'en est saisi et a regagné la table. « Des chaussettes », a-t-il murmuré. Cela sonnait comme un reproche ; on aurait dit qu'il repensait au moment où il était tombé sur son père. Il a posé le paquet sur la table, a défait le scotch qui le maintenait fermé, puis a déplié le papier d'emballage. Il a pris le bonnet dans ses mains, l'a regardé — il louchait un peu plus qu'à l'ordinaire. Puis il l'a enfoncé sur ses cheveux noirs.

Elle a bu une gorgée de vin et l'a suivi des yeux tandis qu'il se levait de sa chaise et, contournant la table, venait se mettre à genoux tout près d'elle. Elle savait ce qu'il allait faire avant même que, à l'instar de Sam, il se mette à lécher sa main libre. Elle a d'abord fixé sa tête bleu pastel, son cou où, dépassant du bonnet, rebiquaient des mèches bouclées, et, de là, son regard s'est porté sur les bougies du rebord de fenêtre, qui étaient presque entièrement consumées. Dans le plat en faïence restait encore un gros morceau d'agneau. Elle cherchait à se rappeler si elle connaissait des formules de commandement en anglais. Que lui fallait-il dire ? « *Down*[1] ! » peut-être ?

1. « Couché ! »

49

Elle s'est réveillée pendant la nuit. Le ruisseau bruissait jusque dans la chambre : elle avait légèrement entrouvert la fenêtre avant de se coucher. Était-ce là ce qui l'avait tirée du sommeil ? Le vent avait-il tourné ? Elle se sentait toute ballonnée, comme si elle avait mangé la moitié d'une casserole de pommes de terre et une pleine assiette de panais. Un bruit sourd lui est parvenu de la salle de bains. Bradwen était sur le siège des W-C. Elle s'est mise à grand-peine sur le côté, a écouté le ruisseau, se représentant l'eau qui se déverse jour après jour dans la mer, l'eau de mer qui s'évapore, l'eau douce séparée d'avec le sel, les nuages qui sont poussés vers les terres, la pluie qui tombe sur la montagne, l'eau qui alimente le ruisseau. Quelques instants après, elle a compris que le garçon n'était pas assis sur les toilettes, mais probablement à genoux devant. *Retching*[1]. Elle s'est redressée, a rejeté la couette sur le côté. Il faisait froid dans la petite chambre. Elle n'avait pas simplement l'impression d'avoir des ballonnements mais se sentait mal en point. Si mal en point qu'elle pouvait à peine se mettre debout. Le palier était éclairé et la porte de la salle de bains grande ouverte. Elle y est allée en s'appuyant d'une main sur la balustrade. Brad-

1. « En train de vomir. »

wen n'avait pas allumé la lumière. Il n'était pas agenouillé mais sur ses jambes, penché juste au-dessus de la cuvette des W-C que ses mains agrippaient de chaque côté. Son dos nu ressemblait à celui d'un animal malade, incurvé mais puissant, voûté et pourtant tendu à bloc. Un gymnaste. Elle ne l'avait jamais vu ainsi. Elle a posé sa main droite sur le haut de son dos, et, sans exercer aucune pression, a passé celle-ci d'une épaule à l'autre en effleurant sa nuque. « *There, there* », a-t-elle dit. Sentant une ondulation se former sous sa paume, elle a mis sa main gauche sur son ventre aux muscles contractés, que son imagination lui représentait à ce moment plus tanné. Son petit doigt était posé sur l'élastique du slip du garçon. On aurait dit qu'elle agissait à sa place, s'employait seule à le délivrer de ce qui devait être évacué. Tandis qu'il vomissait et crachait, elle a senti le corps du garçon se détendre. Elle n'avait jamais eu cette sensation auparavant. C'est en le tenant ainsi, d'ailleurs, qu'elle parvenait elle-même à se tenir sur ses jambes.

« Dire qu'à présent la viande de ton père te rend malade », a-t-elle dit.

Il s'est remis à tousser et à cracher. « La viande ? a-t-il fait.

— Je n'en ai pas mangé.

— Qui me dit que ce n'est pas ta main ? »

Elle a regardé sa main posée sur l'épaule du garçon. Non, a-t-elle pensé, c'est l'autre, la gauche, celle qui est encore sur son ventre.

Une main infectée ? Le garçon s'est redressé, a essuyé sa bouche, se libérant d'elle du même coup. Faisant un pas sur le côté, il a ouvert le robinet et a commencé à se brosser les dents. La lumière venant du palier n'était pas assez forte pour qu'elle puisse voir distinctement son visage dans la glace.

« *Only kidding*, a-t-il dit, après s'être rincé la bouche.

— Oui, bien sûr », a-t-elle répondu.

Ils étaient face à face, ou plutôt côte à côte. Il lui a pris la main, l'a portée à sa bouche. « *Only kidding* », a-t-il répété, avant de la lui embrasser. « À demain. » Il est sorti de la salle de bains et a fermé derrière lui la porte du cabinet de travail.

Elle n'arrivait pas davantage à bien distinguer son propre visage dans le miroir. Elle a léché le dos de sa main gauche : c'était son odeur à elle. Elle a avalé un comprimé. Quelques instants plus tard, de retour dans son lit, le bruissement du ruisseau lui a paru plus sirupeux, et lorsqu'elle s'est à nouveau représenté le cycle de l'eau, tout était infiniment plus vaste, plus bleu, plus blanc, plus mouillé. Elle a mis ses mains sur son ventre. Ainsi avait-elle, malgré tout, le garçon auprès d'elle, pour ainsi dire, et elle a même cru sentir toute sa peau irradiée par la tension qu'il lui avait communiquée. Comme il lui aurait été facile de laisser sa main descendre encore un peu, de poser son autre main sur la poitrine de Bradwen, de le tirer en arrière contre elle — l'occiput du garçon pressé sur son épaule, sa gorge sans défense, son odeur mêlée d'aigreurs. Donner et prendre, s'est-elle dit, au moment où dans le cycle imaginaire qu'elle se représentait un nuage allait se répandre en pluie sur la montagne. Lui derrière moi, moi derrière lui. Il faut qu'il s'en aille, mais pas complètement. « *There, there* » et « *ach* », il ne m'en faut guère plus.

Elle s'est laissé porter par le flux sirupeux du ruisseau, ses pensées se sont alanguies, elle s'est presque endormie. Elle a juste eu le temps de penser au plaisir qu'il y avait à dormir. À se détacher de toutes choses. À être délivrée de ce qui oppresse ceux qui ne dorment pas, de ce qui les effraie, de ce qu'ils voient se dresser devant eux, telle une montagne.

50

« Ça devait venir des anchois », a dit Bradwen, appuyé sur un râteau rouillé qui n'avait plus qu'une moitié de manche et avec lequel il était en train d'égaliser la terre préalablement bêchée. Il était un peu plus pâle que d'habitude, peut-être à cause du nouveau bonnet. Son vieux bonnet était vert foncé. Il le portait encore plus tôt dans la matinée, alors qu'il buvait son café. « C'est une boîte de conserve que j'avais trouvée dans un placard de cuisine. Elle y était peut-être depuis trente ans, qui sait ? »

Elle était adossée au mur de l'ancienne porcherie. Le soleil brillait, le vent soufflait à peine. Plus aucune trace de neige ni d'hiver. Comme avant, elle sentait la chaleur émanant de la pierre claire, comme avant, la fumée de sa cigarette montait droit dans l'air.

« Elle l'aurait donc achetée longtemps avant ma naissance. Ça fait drôle. »

Elle a tourné la tête. Il n'y avait pas de vaches de l'autre côté du mur du jardin. Tout semblait solitaire. Une bande d'oiseaux noirs et bruyants — elle n'a même pas cherché à les identifier, vu le trop grand nombre de possibilités : corneilles ou freux, choucas, corbeaux… — volaient d'arbre en arbre, comme s'il leur suffisait d'une minute pour s'apercevoir que telle ou telle cime ne leur convenait pas.

« Ou est-ce que ce genre de chose, une fois dans l'huile, se conserve indéfiniment ? »

Il avait commencé à ratisser le deuxième rectangle. La terre, d'un brun clair, n'était manifestement pas très grasse. Aucun nuage ne menaçait. Les oies, invisibles de l'endroit où elle se trouvait, caquetaient doucement. Enjouées et sans crainte. Elle écoutait Bradwen, mais tout ce qu'il disait ne parvenait pas jusqu'à elle. Peut-être était-il content de ne plus souffrir de nausées, et d'avoir pu, un instant auparavant, prendre un gâteau sec avec son café ? Elle ne ressentait aucun besoin de répondre. Il travaillait, suait, se sentait en forme et plein de vie. Elle tirait sur sa cigarette, qu'elle tenait entre les doigts de sa main gauche, celle-là même qu'avant de parvenir à la théorie des anchois il jugeait — par plaisanterie ou pas — responsable de ses vomissements. L'odeur de vieille femme recommençait ou continuait à flotter autour d'elle, même ici en plein air, au frais, en dépit de la fumée de cigarette. Elle a jeté le mégot et ouvert la porte de la porcherie. Il ne restait plus beaucoup de bois ; le tas avait diminué sans qu'elle s'en soit aperçue. C'était le garçon qui s'occupait du poêle et de la cheminée depuis quelque temps. Tout comme il se chargeait d'aller jusqu'au Tesco et à la boulangerie de Waunfawr. À l'exception de sa visite chez le docteur, elle n'avait plus quitté la maison. Au début, elle s'était tenue dans un petit monde clos. Puis elle était sortie — elle s'était fait couper les cheveux, avait ressenti le mal du pays près des armoires frigorifiques du Tesco, était allée à la boulangerie et dans l'eau du grand réservoir — et voilà que le monde était à nouveau circonscrit. Le mal du pays avait décru, devenant presque imperceptible. Le jardin, le pré aux oies, la maison. Son lit. La tablette de la salle de bains, sous le miroir. Les boîtes de comprimés. Toute une vie en quelques mois. Jusqu'au 1er janvier. Car ce n'était ni son jardin, ni sa maison, et, sous le miroir, pas sa tablette. Elle n'était qu'une touriste, une passante de fortune. Une étrangère, une Allemande selon la plupart des gens d'ici.

« Je vais les planter », a annoncé Bradwen.

Elle a fixé des yeux les dalles verdâtres du

sol de la cave. Elle s'est imaginé un instant que c'était Bradwen et non le chien qui avait pris place dans le grand pick-up noir du rustre éleveur de moutons. Que Sam était en train de fouiner çà et là autour de la maison.

« Je voudrais aussi un arceau », a-t-elle dit. À présent que les rosiers étaient en pleine terre, ils semblaient réduits à peu de chose. Ils paraissaient bien plus grands dans leurs pots. « Ici, en bordure du sentier, en guise de portique ouvrant sur le sentier transversal. Et il faudra que tu achètes deux rosiers spéciaux. Des rosiers qui peuvent grimper.

— Des *ramblers*, a dit le garçon.

— C'est comme ça qu'on les appelle ? Prends la voiture et va au Dickson's Garden Centre.

— Maintenant ?

— Pourquoi pas ? Je vais te donner de l'argent.

— OK. »

Elle a sorti cent livres de son porte-monnaie et lui a tendu les billets.

Durant son absence, elle a soulevé le couvercle de la poubelle et après avoir farfouillé dedans a trouvé la boîte d'anchois vide, toute graisseuse. Elle est allée jusqu'à la fenêtre qui surplombait le plan de travail, et a pu lire sans trop de difficulté l'inscription qui figurait sous la boîte : *Best before : June 1984*[1]. Le garçon avait donc raison.

1. « À consommer avant juin 1984. »

Elle a levé les yeux. D'une cheminée invisible, cachée parmi les chênes, de la fumée montait, comme en un jour torpide de juin — une fumée provenant d'un fourneau, et non d'un poêle ; des bourdons et des abeilles valsaient devant la fenêtre de la cuisine, des papillons voltigeaient, passant d'une rose rouge à une jaune, le mur du jardin avait deux pierres de hauteur en plus ; sur un tracteur d'un rouge mat, un paysan faisait les foins, et, au bord du ruisseau, les aulnes étaient ronds et touffus. Elle avait un chignon et portait un tablier, était peut-être déjà veuve, à moins que le paysan juché sur le tracteur et à qui elle s'apprêtait à porter quelque chose dans une corbeille d'osier ne fût M. Evans. Elle pressait son ventre contre le bord de l'évier, se disant qu'elle pourrait fort bien ajouter de la bière fraîche dans le panier, deux bouteilles, de quoi alanguir quelque peu Evans, le disposer à aller s'allonger un moment sous un chêne, en laissant l'herbe à sa vie d'herbe. Étendu à l'ombre avec elle. Chauds. Dépouillés de leurs habits.

Elle a jeté la boîte dans la poubelle, s'est lavé les mains sous un jet d'eau glaciale. Elle a mis ses chaussures de marche sans en nouer les lacets. Puis elle est montée.

51

Il avait de nouveau retourné le portrait d'Emily Dickinson contre le mur. Elle l'a remis en place en soupirant. Depuis des semaines le garçon couchait dans la plus belle pièce de la maison, la seule à avoir des fenêtres d'un côté comme de l'autre. « *Dual aspect*[1] », n'auraient pas manqué de dire d'un air satisfait les chasseurs de maisons d'*Escape in the Country*. « *So light and bright and airy in here*[2] *!* » Depuis des semaines, le recueil de poèmes était ouvert sur la table en bois de chêne, avec, posés près de lui, les feuilles blanches, un crayon et un stylo. Dans le bouquin bien trop gros de Habegger, le poème n'était pas mentionné une seule fois, et encore moins commenté. Elle s'était du jour au lendemain mise en rage non seulement contre ce vieux cancanier de biographe, mais aussi contre Dickinson. Une femme despotique qui se terrait dans sa maison et son jardin. Qui à travers tout ce qu'elle faisait ou ne faisait pas n'avait cessé de signifier tacitement qu'elle voulait être ignorée, et qui cependant, mourant de peur que l'affection qu'elle témoignait aux autres — dans des lettres le plus souvent — demeurât sans réponse, sollicitait partout l'approbation, tel un enfant pleurnicheur. Un bout

1. « Double exposition. »
2. « C'est si lumineux, si clair, si spacieux, ici ! »

de femme qui se faisait elle-même toute petite, qui avait dû être terrorisée, signait ses lettres « *Your Gnome* », et qui, restée craintivement dans sa chambre durant l'office célébré à l'intérieur du grand hall d'entrée en souvenir de son père mort, avait toutefois laissé sa porte ostensiblement entrouverte, entendant ainsi accaparer l'attention. « Sans même que je l'eusse touchée, elle s'était approprié toute mon énergie. Je me réjouis de ne pas habiter près de chez elle », avait écrit l'un de ses correspondants. Une femme qui, telle une vierge, s'était mise à porter des vêtements blancs. Elle venait seulement de découvrir que c'était cette rage qui l'avait incitée à entreprendre une thèse où elle se proposait de soumettre à un examen critique la masse des poèmes qu'elle considérait comme surestimés. Presque un règlement de comptes, en somme. « Ça n'est pas bon, a-t-elle murmuré. Pas bon du tout. »

Elle a pris la biographie et les *Collected Poems* et les a emportés en bas, faisant retentir les marches de bois de l'escalier sous ses pesantes chaussures de marche. Avant de sortir de la maison, elle a flanqué la biographie à la poubelle, par-dessus la boîte d'anchois vide. Continuer à s'enrager à propos de Dickinson, comme elle le faisait ici et maintenant, était encore pire. Elle a posé le volume de poèmes sur la table, s'est assise sur une chaise et a solidement noué ses lacets.

Elle a traversé le ruisseau en s'efforçant de ne pas penser à la distance qu'elle avait à parcourir. Traçant pas après pas son chemin. Elle avait pris, sur le tas près du mur, une branche d'aulne qui lui arrivait un peu au-dessus de la taille. Elle la projetait devant elle, prenait appui dessus, la projetait de nouveau en avant. Pour les *stiles,* elle a dû davantage solliciter ses mains ; ce n'est qu'après avoir posé un pied à terre de l'autre côté qu'elle a lâché le poteau ou la planche supérieure. Le bois de chênes était silencieux, des troncs et des branches couverts de mousse s'élevait une légère vapeur. Aucun animal nulle part. Ni vaches, ni moutons, pas même d'écureuils gris. Elle se doutait que les écureuils ainsi que tous les animaux sauvages à fourrure hibernaient. Elle commençait à se réchauffer. Du col de son épais manteau montait une odeur bien connue. Celle de la veuve Evans.

Parvenue au cercle de pierres, elle a eu envie de s'asseoir, mais a décidé de poursuivre sa route. Les pierres étaient sèches, les lichens crustacés gris pâle et jaunâtres. Une très vague odeur de noix de coco flottait à l'entour des ajoncs. Elle a suivi la digue naturelle, entre les touffes d'herbe rêche. Aucune trace des grands bœufs noirs, pas un cri d'oiseau. Elle était absolument seule. Elle semblait même ne pas être là. Elle a traversé la prairie, en direction du réservoir d'eau, frappant au passage la pierre dressée avec sa branche d'aulne. L'eau n'avait plus cette fois le poli d'un plateau d'argent qui vient d'être astiqué ; une brise presque imperceptible la plissait. Au loin, elle surgissait, écumante, du petit bâtiment en brique. À la pensée qu'elle s'était trouvée elle-même dans ce bassin, il n'y avait pas si longtemps, qu'elle y avait vu son corps cassé en deux sous l'effet de la réfraction de la lumière, ainsi que de minuscules bulles d'air accrochées aux poils de son pubis et des petits poissons tout près de ses orteils, elle a frémi. Elle est allée jusqu'au gros bloc de pierre sur lequel elle avait déposé ses vêtements l'autre fois, s'est assise et a allumé une cigarette. Une voiture passait sur une route invisible. Elle a remué l'eau avec son bâton, faisant ainsi naître des vaguelettes qui se sont déployées au travers des plissements provoqués par le vent. Elle en a suivi une jusqu'au moment où elle s'est brisée sur la rive opposée. Alors qu'elle s'apprêtait à tirer une bouffée de sa cigarette, elle s'est aperçue que sa bouche ne se fermait plus. Prise de panique, elle a relevé son menton en le comprimant avec sa main, sans pour autant réussir à aspirer la fumée. Elle avait la même impression que lorsque, s'étant fait extraire une dent de sagesse à la mâchoire supérieure par un stomatologue, un trou qui communiquait avec ses fosses nasales l'avait privée du vide dont on a besoin pour fumer. Elle a jeté la cigarette dans l'eau et a inspiré à fond par le nez plusieurs fois, ce qu'elle n'arrivait à faire qu'en pressant sa langue contre le voile de son palais. Sa langue fonctionnait encore et au bout de quelques instants elle a réussi à fermer la bouche. Elle s'est levée, a senti ses genoux vaciller, et, s'appuyant pesamment sur le bâton, a pris la direction de la pierre dressée. Elle s'y est reposée un peu, regardant les arbres qui bordaient la prairie onduleuse, une main sur le dessus de la roche froide.

Avant d'attaquer la montée, elle s'est imaginé le tracteur rouge mat, et, juché dessus, un Evans avec son sourire de paysan matois. Des chaînes, des ornières dans l'herbe. Mme Evans — pas encore veuve alors — l'avait peut-être assisté lorsqu'il avait dressé la pierre, déposant au bord de l'eau un panier d'osier où elle avait mis des sandwichs, deux poires et une bouteille de limonade. Peut-être avaient-ils ri, couru et s'étaient-ils roulés dans l'herbe.

Elle n'avait pas cherché à savoir quoi que ce soit, avait résisté à la tentation d'aller se renseigner sur Internet. Elle était partie. Tel un vieux chat qui veut qu'on le laisse tranquille. Non qu'elle ait un jour expérimenté la chose elle-même : il n'y avait jamais eu de chat dans l'étroit logis du quartier De Pijp. Son oncle avait des chats. « S'ils sont partis, ils sont morts », avait-il dit, ce sur quoi la tante avait hoché la tête. Elle a de nouveau regardé l'eau, derrière elle, et a pensé à lui. Pourquoi ne se trouvait-il donc jamais personne dans des moments pareils pour dire : « Allez, vas-y ! » ? Pourquoi tout le personnel de cuisine s'était-il acharné, comme un seul homme, à le tirer du plan d'eau, à lui enfiler des vêtements secs, à placer ses souliers sur le four ? Pour lui donner la possibilité de construire son meuble mural ? « *Wall unit*[1] », s'est-elle dit en continuant son chemin.

Vers le moment où elle est arrivée, pour la deuxième fois, au cercle de pierres, la lumière avait changé. Les fleurs d'ajonc étaient d'un jaune plus foncé, l'herbe rêche d'un autre vert. Elle s'est assise sur la grosse pierre et s'est risquée à mettre dans sa bouche une cigarette, alors que ses mains tremblaient et qu'elle avait fait tomber le briquet après l'avoir allumée. Un grand silence régnait encore. Dame aux blaireaux sans blaireaux, s'est-elle dit. Elle sentait s'alourdir ses jambes, se raidir son dos, s'alanguir ses bras. Il ne se montrait pas, peut-être hibernait-il. Les blaireaux ne sont-ils pas des sortes d'ours miniatures ? Elle a parcouru d'un pas lent le dernier bout de chemin avant la maison, s'attardant longuement sur les poutres qui traversaient le ruisseau pour regarder dévaler l'eau. Elle bouillonnait en écumant. Une eau claire et glacée.

1. « Élément mural. »

52

Bradwen avait déjà fixé l'arceau en terre. Elle est restée un instant derrière le mur, là où il l'avait franchi d'un bond quelques semaines plus tôt. Un bel exploit : le mur lui arrivait à hauteur de poitrine. N'était-ce pas lui qu'elle entendait, là, sifflotant doucement, content de lui ? Le saut de Sam était encore plus extraordinaire. Elle a pris le sentier menant à la *kissing gate* proche de l'ancienne porcherie. Le trajet du cercle de pierres à la maison n'avait pas complètement dissipé les lourdeurs dans ses jambes et la raideur de son dos. Contre un mur latéral, deux rosiers grimpants se dressaient dans leurs pots ; l'un d'eux avait une fleur.

Bradwen s'est retourné. « Regarde, a-t-il fait.

— Très bien. Formidable. J'arrive tout de suite. » Elle a posé la branche d'aulne contre le mur près de la porte et est entrée dans la maison. Dans la salle de bains, elle a vidé, en les secouant les unes après les autres, les boîtes de médicaments de toutes les plaquettes qu'elles contenaient, a avalé un comprimé avec quelques gorgées d'eau, puis est redescendue. Elle a ouvert la porte du poêle du séjour, et a jeté les boîtes au feu. Elle n'est ressortie de la maison qu'après avoir constaté qu'elles s'enflammaient et brûlaient bien. Elle pensait à l'ordonnance, voyait la feuille de papier glisser sur le comptoir de la pharmacie. Tout devait être enregistré, archivé quelque part, mais c'était sans importance, car seuls le nom et l'adresse du médecin étaient indiqués, mais pas son nom à elle, et encore moins son adresse. Le soleil avait disparu, des lueurs rougeoyaient au-dessus du pré aux oies. D'ici une demi-heure, la nuit allait tomber, peut-être quelques minutes plus tard que la veille, trop peu pour que la différence soit perceptible. Dans quelques jours, c'était Noël.

« Tu as envie de les planter ? a demandé Bradwen.

— OK. »

Le garçon est allé à la porcherie et y a pris les pots. Il en a extrait les rosiers en tirant sur les branches. Il avait déjà creusé deux trous qu'il avait remplis en partie de terreau ; le sac se trouvait sous l'arceau, dans le sentier couvert de débris d'ardoise. « Prends garde de ne pas te piquer ! »

Elle a fait descendre le premier rosier grimpant dans un trou, et était sur le point de se mettre à genoux.

« Laisse-moi faire. » Il était déjà accroupi. Il a comblé le trou avec du terreau, s'est relevé et l'a tassé vigoureusement avec ses chaussures.

« Tu n'es pas qu'un gymnaste, a-t-elle dit, tu es aussi un jardinier.

— *Ach*, bien sûr que non, tout le monde peut faire ça. Tu es allée marcher ?

— Oui.

— Tiens. » Il lui tendait quelques bouts de fil vert. « Si tu attaches celui-là, je planterai l'autre. »

Elle a fixé deux branches à l'arceau, répétant l'opération de l'autre côté quand Bradwen a eu fini de mettre le second rosier en terre. La rose, d'un blanc terne — plus un bouton qu'une fleur —, vacillait sur une branche bien trop frêle mais qui n'a pas cassé. Le garçon est rentré dans la maison, pour en ressortir un instant après avec une grande casserole. Ce n'est qu'au moment où elle l'a vu, tenant la casserole inclinée près d'un rosier tandis que de l'eau en giclait, qu'elle a compris ce qu'il était en train de faire. Il a jeté la casserole dans l'herbe et, mains sur les hanches, a poussé un soupir de satisfaction. « C'est l'heure de ton émission favorite », a-t-il dit.

« *This ticks all the boxes*[1] ! » s'exclamait une bonne femme aux allures d'enfant gâtée. Elle et son mari — autre enfant gâté — disposaient d'un budget de huit cent mille livres, mais restaient bredouilles dans leur chasse aux maisons. Lui voulait du « *contemporary* », elle des « *character features* »[2]. Réglez ça entre vous, nom de Dieu, et arrêtez de nous casser les pieds, a-t-elle pensé. « *This doesn't do it for me,* disait le mari. *Not at all*[3]. » Elle a gémi. Bradwen lui a apporté un verre de vin blanc, sans faire de commentaire. Ce n'est que lorsqu'il a été tout près

1. « Celle-ci correspond à tous mes critères ! »
2. « Du contemporain », « de l'ancien ».
3. « Ça ne me convient pas. Pas du tout. »

d'elle qu'elle l'a vu. Il était entré à pas de loup, n'ayant aux pieds que ses chaussettes *L* et *R*. Du poisson, s'est-elle dit. Il s'occupe bien de moi. Le garçon est ressorti de la pièce. Il n'avait pas ôté le bonnet neuf. La chaleur du poêle faisait rougeoyer le côté droit de son visage.

S'affaissant un peu, elle a appuyé sa tête contre le dossier du canapé. Bien qu'il soit à présent question, à la télé, d'un *typical Victorian hallway*[1], elle s'est imaginé le salon de coiffure de Shirley : Rhys Jones agitant ses battoirs pour dissiper la fumée de cigarette, le médecin dans sa cape de coiffure bleu cobalt, les yeux injectés de sang sous l'effet du tabac et une moue étrangement lubrique aux lèvres, la coiffeuse qui éclate d'un rire tellement strident que les tendons de son cou et de sa nuque saillent de façon obscène sous sa peau et que ses seins ballottent, les magazines maison-jardin-cuisine et leurs courges vertes. Et la porte de s'ouvrir devant le boulanger en personne, qui a bien besoin lui aussi de se faire couper les cheveux ; sa femme Awen le pousse à l'intérieur, sa permanente est un peu raplapla et avachie, alors que dans quelques jours c'est Noël ! Il y a maintenant affluence au salon de coiffure, un border colley lèche un des pieds de la table à journaux, sous laquelle il est couché. Un autre chien s'est peut-être déjà mis là il n'y a pas si longtemps. Le téléphone sonne, Shirley décroche et dit, stupé-

1. « Vestibule typiquement victorien. »

faite : « *Yes, he is here, are you gifted with something paranormal*[1] *?* » Rhys Jones lui prend des mains le récepteur, converse quelques instants avec son ami de l'agence immobilière, lui assure avec un sourire que cette femme va quitter la maison, lui raconte du même coup qu'il l'a pelotée, qu'elle a un beau cul, et qu'elle ne demandait pas mieux que de répondre à ses avances, dommage qu'elle s'en aille sans que personne sache où. Chose étrange, on ne coupe ici les cheveux à personne, on ne fait ni shampoing, ni séchage, tous sont assis, parlent, fument. Le mot « *badger*[2] » revient régulièrement et tous éclatent alors de rire, sauf la femme du boulanger et le chien. Les chiens ne rient pas, et celui-ci a l'air de chercher à se mettre toujours davantage à couvert de la gent humaine. Près de la porte se trouvent des cagettes en plastique contenant de gros morceaux de viande, des filets de sang clair s'écoulent sur le carrelage. Shirley demande à l'éleveur comment va son fils, ce qu'il fabrique en ce moment, Rhys Jones blêmit, siffle son chien pour le faire sortir de dessous la table, et manque de s'étaler dans la flaque de sang qui s'est formée près de la porte. Son chien lèche le sol. « *Enjoy your lamb*[3] », fait l'éleveur avant de claquer la porte derrière lui. Voilà que dans le salon de coiffure retentissent des « Emily,

1. « Oui, il est ici ; vous êtes extralucide ? »
2. « Blaireau. »
3. « Régalez-vous avec l'agneau. »

Emily », qui sortent d'on ne sait quelle bouche. Le médecin a l'air surpris, et, tel un mauvais acteur, demande de qui il est question.

Bradwen se tenait à côté du canapé. « Le repas est prêt », a-t-il dit, pour la seconde fois peut-être.

À la télévision, une équipe de grosses têtes était en train de participer à un quizz. *Eggheads*, les nommait-on ici. Crânes d'œuf — des intellos, des forts en thème, tels que ceux ou celles qui font leur doctorat sur Emily Dickinson, par exemple.

53

Le garçon avait garni de bougies neuves les supports disposés sur le rebord de fenêtre. La table était, elle aussi, éclairée par une bougie. Le recueil des poèmes de Dickinson, fermé, se trouvait près de son assiette. Dans celle-ci, il y avait, cette fois encore, de l'églefin, avec de la purée de pommes de terre et du fenouil. Nourriture incolore.

Elle s'est assise, l'a regardé. S'est mise à penser à la soumission avec laquelle il avait travaillé pour elle durant l'heure et demie écoulée. Tassant la terre, arrosant. « Pourquoi n'es-tu pas parti ? a-t-elle demandé.

— Qui aurait fait à manger ?

— Je sais faire la cuisine, moi aussi.

— Qui aurait planté les rosiers ? Fait les courses ? Entretenu le feu dans les poêles ?

— Pourquoi ? »

Le garçon l'a fixée des yeux. Le bonnet lui allait très bien, même à table.

« Tu as rentré la casserole ?

— Non, a-t-il répondu.

— Pourquoi ? a-t-elle répété.

— Est-ce que je te pose des questions ? a-t-il dit. Regarde plutôt sous le sapin. »

Elle a tourné la tête. Il y avait un paquet. Avant de se lever pour le prendre, elle a bu une bonne gorgée de vin. Elle est restée un instant près du sapin, le cadeau de Bradwen à la main.

« Des chaussettes », a-t-elle murmuré.

Le garçon a pouffé de rire. « Cette femme ne sait pas de quoi elle parle. »

Elle a déchiré le papier d'emballage. Il lui avait tout simplement acheté un bonnet. Un bonnet incroyablement laid, sur lequel étaient appliquées des petites fleurs dont les couleurs, multiples, juraient presque toutes avec le violet qui leur servait de fond. Un bonnet de hippie, pourvu sur les côtés de ses deux inévitables cordons. Elle a dégluti — heureusement qu'elle se trouvait de biais par rapport à lui. Elle a de nouveau dégluti avant de mettre le bonnet sur sa tête. Il était juste à la bonne taille. « C'est exactement ce qu'il me fallait », a-t-elle dit en se retournant pour regagner la table.

Bradwen la regardait d'un air réjoui et mangeait.

Elle a bu et donné de petits coups de fourchette dans son poisson.

« Qu'y a-t-il entre toi et cette Dickinson ? a-t-il demandé en désignant, avec la cuillère de service pleine de purée, le recueil de poèmes.

— Ah oui, c'est ce que je voulais te demander, moi aussi.

— Comment ça ?

— Pourquoi retournes-tu toujours son portrait ?

— Ces petits yeux de fouine !

— C'est une photo.

— Et alors ? *She gives me the creeps*[1]. Et toi ?

— C'est à cause de mon travail que je me suis intéressée à elle. »

Le garçon mastiquait. « Hum.

— Elle avait aussi un chien.

— Ah bon ?

— Oui. Carl*a.* » Elle a pincé ses lèvres entre pouce et index de telle façon qu'elle avait la bouche en cul de poule. L'animal s'appelait Carl*o,* elle avait ce nom bien en tête et s'était d'ailleurs emportée à ce propos en lisant la biographie de Habegger, parce que celui-ci n'en faisait mention en tout et pour tout que quatre fois. C'était un terre-neuve, une espèce d'énorme bête hirsute — elle avait même cherché une photo de ce type de chien ; son nom était Carl*o.* Un petit bout de femme angoissée, n'ayant pour seul ami qu'un gros chien — et Habegger n'en avait cure ! Comme elle continuait à se pincer les lèvres, elle a fait une nouvelle tentative : « Carl*a.*

1. « Elle me donne la chair de poule. »

— Un bichon, a dit le garçon.

— Non, un très gros chien. » Elle a passé le dos de sa main sur son front chaud et a vidé son verre de vin. « Ressers-moi. »

Bradwen, obéissant, a pris la bouteille. « Drôle de nom pour un gros chien.

— Oui. » *Funny name for a big dog.* Elle savait que cette phrase signifiait quelque chose mais ne parvenait pas à la transposer totalement en néerlandais. Elle voulait monter. Objectif : la tablette sous le miroir. Et pas un, mais deux comprimés. Elle s'est levée. Elle est passée dans le salon et a gravi l'escalier. Le garçon ne s'est pas manifesté. Sans allumer dans la salle de bains, elle a trifouillé parmi les plaquettes de comprimés, et s'est hasardée à se regarder dans le miroir, à contre-jour. Elle avait par bonheur un horrible bonnet sur la tête, un accessoire de carnaval qui ne pouvait être pris au sérieux. « Carl*o*, a-t-elle dit, o-o-o. » Elle voyait s'ouvrir et se refermer sa bouche ; floue, blafarde. L'odeur de la veuve Evans était, bien sûr, dans la place, comme si celle-ci était sortie de son bain depuis dix minutes et s'était essuyée, appuyant de temps à autre une main sur le bord du lavabo. Elle a expédié les deux comprimés avec une seule gorgée d'eau. Quand elle s'est redressée, les cordons du bonnet ont oscillé gaiement.

« Tu ne fumes pas ! » a dit le garçon. Il avait débarrassé la table, vidé dans la poubelle la nourriture qu'elle avait laissée dans l'assiette. Il faisait la vaisselle.

« Quoi ?

— La dernière fois que je t'ai vue fumer, c'est ce matin, pendant que je ratissais. »

Elle a regardé autour d'elle. Le paquet de cigarettes n'était pas sur la table. Elle s'est levée lentement, s'appuyant sur le haut du dossier avant de se mettre en mouvement.

« Tu peux t'en passer, tu sais », a-t-il dit, sans se retourner.

Elle a pris son manteau, posé sur la chaise proche du buffet. Elle a senti le paquet de cigarettes dans une poche mais n'a pas trouvé le briquet dans l'autre. Étant près du buffet, elle a allumé la radio. De la musique. Il y avait quelque chose qu'elle voulait faire, qu'elle devait faire. Elle s'est mise à réfléchir. À en juger par le bruit, Bradwen s'attaquait aux couverts. Elle entendait aussi, venant du séjour, le crépitement du bois en train de brûler. La radio marchait à faible volume. Quelque chose. Elle s'était débarrassée des boîtes de comprimés. Tout en songeant, elle a vu le briquet glissant de sa main, l'a entendu rebondir avec un bruit sec sur la grosse pierre puis atterrir dans l'herbe. « Lance-moi donc ces allumettes », a-t-elle dit.

Le garçon a pris la boîte sur le rebord de la fenêtre et d'un geste ample l'a lancée dans sa direction. Elle a tenté de la saisir au vol mais, soit qu'elle ait tendu sa main beaucoup trop lentement, soit que le mouvement de la boîte ait été trop rapide, celle-ci est allée heurter le buffet avant de s'échouer sur le sol de la cuisine, tout près du sapin. Elle s'est baissée et est tombée. Dans l'instant, il était auprès d'elle.

« Ne t'en fais pas, a-t-elle dit. Ce n'est rien. »

Il l'a relevée en la tirant par une main.

Elle s'est assise à la table et a enfin allumé la cigarette. C'était horrible, presque répugnant. À croire qu'elle avait à nouveau quatorze ans, qu'elle fumait sa première cigarette, une Camel sans filtre que son oncle lui avait donnée. Ce devait être l'une des dernières fois où on l'avait laissée passer quelque temps chez lui. Elle a toussé, puis a réessayé. Se pouvait-il qu'une chose à laquelle on avait pris plaisir durant des années devienne soudain répugnante ? Bradwen était resté tout près, à ses côtés. La seule idée d'un nuage de fumée pénétrant dans sa bouche et sa trachée et descendant dans ses poumons lui inspirait un tel dégoût qu'elle n'a même pas réussi à aspirer. Elle a écrasé la cigarette.

Le garçon a toussoté. « Un café ? a-t-il proposé.

— Non. » Elle a vidé son verre, s'est levée et est passée dans le séjour. Elle a mis la télévision en marche, s'est assise sur le canapé. Elle l'a entendu éteindre la radio et se remettre à la vaisselle. Devant ses yeux ce n'étaient que mouvements et bruits, mais tous décalés d'une seconde. Un large fossé, ou plutôt un canal. Dessus, un bateau et deux hommes qui relevaient des nasses. L'une d'elles contenait une anguille. Ils la secouaient pour la vider. Les prises avaient diminué de quatre-vingt-quinze pour cent depuis qu'on avait remplacé les vannes de bois des écluses, disait le pêcheur. Dans le pré en bordure du canal, un seul mouton paissait. Elle s'est levée tout de suite et est retournée à la cuisine.

« Un café, cette fois ? a dit le garçon.

— Non. » Elle est allée jusqu'au congélateur, l'a ouvert, en a sorti les morceaux de viande qu'elle a remis dans la cagette en plastique qui était restée sur le sol, tout près.

« Qu'est-ce que tu fais ? »

Sans lui répondre, elle a pris la cagette et l'a emportée dans le séjour. Le garçon se tenait aux aguets. Comme un chien. Oreilles dressées, regard vigilant, attendant un ordre. Il lui a fallu poser la cagette par terre pour pouvoir ouvrir la porte d'entrée. Bien qu'il n'y ait pas un nuage, il ne faisait pas froid. Un ciel immense s'élevait au-dessus du jardin et de la maison. Ses premiers mètres ont été éclairés par la lumière qui provenait de la fenêtre de la cuisine. Une fois sortie de cette bande de lumière, elle s'est arrêtée un instant pour habituer ses yeux à l'obscurité. Le ruisseau bouillonnait et les débris d'ardoise crissaient sous ses pas. Extirpant l'un après l'autre de la cagette les morceaux d'agneau congelés, elle les a jetés dans l'eau avec toute la force dont ses bras étaient capables. Chacun d'entre eux était aussi lourd qu'un bloc de pierre et, tels des blocs de pierre, ils allaient reposer au fond du ruisseau. Tenant négligemment la cagette vide d'une main, elle a fixé l'eau sombre, dans laquelle l'immense ciel se faisait petit à petit de plus en plus visible. Arrêter de fumer, s'est-elle dit, il faut être en bonne santé pour le faire. En regagnant la maison, elle a vu s'éclaircir le bouton de rose blanc. Elle avait la tête chaude. Le bonnet était peut-être en laine véritable. De la laine de mouton.

Une fois la porte refermée derrière elle, elle a entendu des bruits sourds, venant d'en haut. « Qu'est-ce qui se passe ? » a-t-elle crié dans la cage d'escalier. Elle s'est essuyé les pieds.

Bradwen est sorti du cabinet de travail. « Je suis en train d'aménager la nouvelle chambre. »

Il lui était difficile de regarder en haut, juste après être restée un moment les yeux fixés vers le bas.

« Tu dormiras désormais devant la cheminée. Il faut encore que je l'allume.

— Et toi alors ?

— Sur le divan. Comme d'habitude.

— *Godnogaantoe*[1] », a-t-elle murmuré en néerlandais. Ce n'était que maintenant, après avoir passé des mois dans cette maison, qu'elle se rendait compte que le poêle du séjour et la cheminée à l'étage partageaient le même carneau. « Après Noël, t'es parti ! a-t-elle dit.

— Je ne pensais pas », a-t-il fait en descendant l'escalier.

1. « *Bondieudbondieu.* »

54

Elle s'est réveillée parce que le garçon a mis deux bûches dans la cheminée et qu'il a dû souffler un bon moment pour faire repartir le feu. Il a regagné le divan sans bruit. Il avait auparavant entrouvert les deux fenêtres. Impossible, sans cela, de tenir le coup dans le cabinet de travail.

« C'était vraiment autre chose ici, quand il y avait Sam », a-t-il dit.

Elle n'a pas répondu. Elle fixait le plafond.

« Ces chiens-là ne sont pas du genre à dormir une nuit d'affilée. Ils ont la bougeotte. Sam venait me renifler, il glapissait.

— Il allait même en bas.

— Pour ça, non. Il restait tout le temps ici. »

Elle a tourné la tête dans sa direction en soupirant. Il était à moitié enfoui dans sa couette, mains sous la nuque. « Quelle heure est-il ?

— Je n'en sais rien. Dans les trois heures, non ? »

Tout son corps semblait lesté de choses lourdes : béton, plomb, poutres en chêne. Elle ne voulait même pas essayer de se tourner sur le côté. Elle songeait à la nuit où il avait vomi, pénétrée de l'idée que, durant le temps où ses mains étaient restées au contact de la peau du garçon, une partie de la tension accumulée dans le corps de celui-ci s'était communiquée à elle. « Toi aussi, tu as la bougeotte.

— Juste un peu, là. Le feu était presque éteint. »

Non. Son corps lui-même *était* ces choses lourdes. Le ventre : du béton. Les jambes : des poutres en chêne. Le sang : du plomb liquide.

« Quel est ton vrai nom ? » a demandé le garçon.

Elle a réfléchi un instant. « Émilie. »

Sans le moindre effort, Bradwen s'est tourné sur le côté, posant sa main droite sous sa joue, se grattant de la gauche la poitrine. À la clarté du feu, ses yeux flamboyaient.

« Comment se prénommait la veuve Evans ?

— Je ne sais pas. Pour moi, c'était Mme Evans.

— Tu es venu souvent ici ?

— Autrefois, oui.

— Tu as aussi connu M. Evans ?

— Non. J'avais deux ou trois ans quand il est mort.

— Tu sens encore son odeur ?

— Quoi ?

— Sens-tu encore l'odeur de Mme Evans, ici, dans la maison ? »

Il a soulevé sa tête. « Non.

— Moi si. » Le ruisseau se faisait, ici aussi, distinctement entendre. D'autant plus distinctement que la fenêtre ouvrant sur le chemin d'accès était plus proche de l'eau que celle de sa chambre. C'était un bruit différent, comme s'il s'agissait d'un autre ruisseau. Ou d'une autre maison.

« Combien de temps..., a-t-elle dit après une longue pause, combien de temps crois-tu que l'odeur du chien va subsister dans le pré aux oies ?

— Assez longtemps, je suppose.

— Hum. » Dans la cheminée, le bois crépitait. Elle sentait la chaleur au-dessus de sa tête. *Autrefois,* a-t-elle pensé. Que signifie un mot comme celui-là lorsqu'on a vingt ans ? Quelque chose lui est soudain revenu en mémoire. « Comment pouvais-tu ne pas connaître le cercle de pierres ?

— Je le connaissais, bien sûr.

— Tu m'as dit que non.

— Pas du tout. J'ai dit que je n'avais rien remarqué. Il y avait du brouillard, ce jour-là.

— Et tu m'as demandé comment on allait jusqu'au mont Snowdon.

— Non. Pas “comment”. Je t'ai demandé si tu avais une suggestion concernant l'itinéraire à suivre. Si tu savais par où c'était le plus beau.

— Tu mens ou quoi ?

— Non, je ne mens pas. Et toi ?

— Oui. Je ne fais que ça. »

Le garçon a pouffé de rire. Sa poitrine se soulevait.

« Ton père voulait me raconter comment elle a trouvé la mort.

— Ah oui ?

— Mais j'ai refusé de l'entendre.

— Ah bon ?

— Je souhaitais être débarrassée de lui le plus vite possible. »

Il s'est remis à pouffer.

« Toi, je veux bien t'écouter », a-t-elle dit, quoiqu'elle se soit soudainement sentie presque incapable de garder les yeux ouverts.

Le garçon a quitté le divan, traînant avec lui sa couette. « Fais-moi une petite place. »

Elle s'est exécutée, plaquant ses bras le long de son corps sur la couette. Il s'est étendu près d'elle, à moitié enfoui sous la sienne, tête à hauteur de ses seins. Il y avait là comme une espèce de soumission, qui lui rappelait la nuit durant laquelle Sam était descendu et avait posé sa tête sur ses genoux.

« C'est moi qui l'ai trouvée, a-t-il dit.

— Toi ?

— Mon père t'a dit autre chose ? »

Elle a réfléchi un instant. « Il a fait comme s'il savait tout. » Son anglais sortait péniblement, c'était un gros effort que de traduire.

« Vrai de vrai. Je l'ai laissé découvrir son corps après moi. Une concession que je lui ai faite. »

Le garçon parlait. Elle faisait tout ce qu'elle pouvait pour s'accrocher, s'efforçant de ne rien perdre, de ne pas se laisser distancer, car il suffisait de peu de chose pour ne plus saisir qu'une suite de sons dans ce qu'il disait. C'était l'été — l'été dernier, a-t-elle pensé — et il voulait revoir Mme Evans, pour la dernière fois peut-être, car elle avait alors plus de quatre-vingt-dix ans. Il était venu de Bangor à bicyclette, sans croiser d'autre cycliste. Ici, les gens ne se déplaçaient pas à vélo, encore qu'il y ait, près de la gare de chemin de fer, une agence qui en louait aux touristes — lesquels n'y venaient d'ailleurs pas. De part et d'autre du chemin d'accès, l'herbe des prés était très haute. C'est ce qui l'avait fait penser à son père, qui ne s'était manifestement pas ou pas encore acquitté de ses obligations en matière de fauchage. Ça, c'était lui tout craché.

Sam ne l'accompagnait pas ; il l'avait laissé chez lui. Quand elle lui a demandé où ce « chez lui » se situait, il a répondu : « Liverpool. » Était-ce là qu'il faisait ses études ? Oui, à la Hope University — mais pas un mot à mon père. Depuis Bangor il y avait environ vingt-cinq kilomètres, il ne savait pas si Sam était capable de les faire dans la roue d'un vélo. Et l'on ne pouvait, bien sûr, pas exclure le risque que son père soit dans les lieux le même jour au même moment. Son père dont il avait volé le chien. Elle aurait pu l'interrompre à ce point du récit : elle sentait la chaleur monter en elle, à cause du feu et parce qu'il lui parlait de l'été, mais l'énergie lui manquait pour ouvrir la bouche. Il avait vu les oies, serrées les unes contre les autres, tout près de la petite cabane en bois. Il n'avait trouvé personne dans la maison, ni d'ailleurs sous les aulnes têtards bordant le ruisseau, au pied desquels la veuve aimait s'asseoir par les journées chaudes. Il avait posé son vélo contre le mur latéral de la porcherie. Les oies, agitées, cacardaient. Il était allé vers elles. Elles lui rappelaient ces bandes d'excités frénétiques qu'on voit s'agglutiner autour d'une victime de la route. Il avait escaladé la clôture, les oies s'étaient dispersées : elle gisait là, à l'endroit abandonné juste avant par les volatiles. Couverte de morsures. Il ignorait si des oies pouvaient attaquer ainsi, mais s'imaginait que c'était plutôt l'œuvre d'un renard ou d'un rapace. D'un *kite*. Pas d'un cerf-volant, s'est-elle dit sur le moment, mais d'un milan, et elle a ouvert les yeux, voyant alors le plafond du cabinet de travail, et non des oies et une vieille femme morte, dans un pré, en été. Il n'avait jeté qu'un coup d'œil. Sa robe avait été relevée, c'était, à ses yeux, ce qu'il y avait de plus horrible. Il avait quitté le pré en courant. Peu de temps avant, il avait eu faim et, tout en pédalant, s'était réjoui à la pensée des énormes parts de gâteau, fabrication maison, qui devaient l'attendre : la veuve Evans était une pâtissière hors pair. Il avait conscience qu'il fallait téléphoner à quelqu'un. Il avait repris sa bicyclette, et avait roulé vers la route. Là, près de la barrière qui restait toujours ouverte, il avait appelé son père, tout en sachant que celui-ci serait absent à ce moment-là. Faisant de son mieux pour modifier son timbre, il avait, d'une voix grave, laissé un court message sur le répondeur. Il était revenu à Bangor, avait rendu la bicyclette de location et pris le train. Changement à Chester, destination Liverpool Lime Street Station, terminus. La jeune fille qui occupait la chambre d'étudiant voisine de la sienne lui avait dit que le chien n'avait pas cessé de glapir, et l'avait prié de le lui confier désormais lorsqu'il se préparait à partir seul quelque part.

Une jeune fille, s'est-elle dit. Et, l'interrogeant : « Est-ce qu'on va revoir ton père ici ?

— Je ne crois pas. Il a récupéré son chien, et tu n'as pas répondu à ses avances. »

Le garçon l'avait, sans qu'elle le remarque, rejointe sous sa couette ; elle avait dû perdre pendant un moment toute sensibilité dans son bras gauche. Elle a laissé faire : ce corps plein de choses lourdes avait encore une certaine endurance. Du garçon émanait une sorte de courant : sa poitrine brasillait ; dans sa main, un feu couvait ; son souffle était aussi chaud que celui d'un chien joyeux de vivre. Qu'aurait-elle ressenti, si elle n'avait pas porté sa chemise de nuit ? Elle a voulu l'enlever, mais le feu l'avait alanguie ; en outre, on était au plus profond de la nuit ; elle était fatiguée, harassée. « Tu peux… ? » a-t-elle dit en soulevant légèrement sa tête de l'oreiller.

Il a compris. Quelques instants plus tard, ils étaient étendus, côte à côte, en sous-vêtements, tels deux adolescents pudiques. Elle sur le dos, lui sur le côté et toujours un peu plus bas : le nez contre son bras à elle, les bras contre sa hanche. Des bras pleins d'une tension qu'elle sentait irradier. Le ruisseau mugissait. Au moment précis où le bruit de ce flux d'eau allait faire le lit du sommeil, il a dit : « Nous irons jusqu'au mont. Après-demain, jour de Noël. Le train circule. »

Bien, a-t-elle pensé. Jusqu'au mont, ça devrait encore pouvoir aller. « Tu passes à la boulangerie, demain ? Pour acheter du pain de Noël ? Transmets-leur mes salutations. À tous deux, les plus chaleureuses salutations de la Hollandaise. »

Le garçon a émis un bruit d'arrière-gorge. Il s'est endormi. La trouvait-il vieille et laide ? Sentait-il une odeur sur elle ? Elle a soupiré et fermé les yeux. Ne pas y penser. Pas maintenant.

55

Le garçon était parti à la boulangerie. À pied. La maison lui appartenait jusqu'à ce qu'il soit de retour avec du pain frais. Ensuite, il devait encore aller au Tesco acheter des victuailles pour Noël. La radio était allumée. Elle était assise à la table de la cuisine, bonnet sur la tête. Devant elle, le volume des *Collected Poems*, ouvert aux pages 216-217. ~~*Spreid ruim dit bed*~~ et ~~*Spreid dit bed breeduit*~~[1], avait-elle écrit, puis barré.

1. « Fais ample ce lit » et « Fais bien ample ce lit ». (Nous donnons ici une traduction française rendant compte des dif-

Il manquait une syllabe dans cette première traduction du vers initial, et il y avait une allitération dans la deuxième, ce qui n'était pas le cas dans l'original. Elle avait fini par opter pour *Spreid dit bed met zorg*[1]. Elle avait aussi barré sa traduction du deuxième vers, ~~*Spreid het met ontzag*~~[2], qui était devenu *Spreid het ademloos.*[3] Elle avait traduit les troisième et quatrième vers sur une feuille volante, qui, par ailleurs, était couverte de mots divers : ~~*Oordeelsdag*~~, par exemple, et ~~*schitterend*~~, ~~*eerlijk*~~, ~~*rechtvaardig*~~[4]. Le rythme est primordial ici, avait-elle pensé. Elle a retranscrit ces quatre vers sur une troisième feuille et s'est mise à regarder à travers la fenêtre. Les petites plantes à fleurs continuaient à fleurir. Le Dickson's Garden Centre faisait dans la qualité. À la radio, l'inamovible répertoire des rengaines de Noël s'enchaînait ; après chaque série de trois, une voix calme annonçait les titres. Elle achoppait sur les premiers vers du second quatrain : elle ne comprenait rien, rien de rien, à cet étrange impératif : *Be its Mattress straight / Be its Pillow round.* Elle avait très vite barré ~~*Wees het harde matras*~~ sur l'un des brouillons, tout comme ~~*Wees het kussen, zacht en rond*~~[5]. En réexaminant ces deux vers, elle s'est aperçue qu'il y avait une

férences de sens entre les versions néerlandaises, sans tenir compte des remarques sur la versification.)

1. « Fais ce lit avec soin. »
2. « Fais-le avec respect. »
3. « Fais-le en retenant ton souffle. »
4. « Jour du jugement », « éclatant », « juste », « équitable ».
5. « Sois le matelas dur / Sois l'oreiller, doux et rebondi. »

syllabe de trop dans le premier et deux dans le second.

Il fallait absolument qu'elle aille prendre l'air dehors : l'odeur de la veuve Evans se faisait trop forte. Elle n'a pas mis son manteau. Ne pas sortir sans manteau, c'est bon pour les gens bien portants qui ont peur d'attraper un rhume, s'est-elle dit. Elle s'est arrêtée sous l'arceau de roses, et a regardé le nouveau sentier d'ardoise qui allait se perdre dans la pelouse. Ça n'allait pas. Il fallait quelque chose au bout. Le sentier devait conduire quelque part. À un pilier peut-être, surmonté d'un gros pot. Le ruisseau murmurait, le chêne abattu gisait, immobile, elle n'arrivait pas à imaginer que les aulnes allaient bourgeonner tant leurs moignons semblaient sans vie. Au coin de la maison, elle a pris sur le côté. Les oies picoraient dans l'herbe. Il y en avait toujours quatre. Elle s'est demandé si les renards hibernaient eux aussi. Repus et endormis dans leur terrier, le museau incliné entre leurs pattes avant, soupirant de satisfaction de temps à autre ? S'étant aperçue qu'elle se mettait à formuler en syllabes rythmées tout ce qui se présentait à son esprit, elle a pressé ses mains contre ses tempes, et a supprimé, dans la pensée qui venait de la traverser, l'article « le » devant le mot « museau », remplaçant du même coup « soupirant » par « poussant un soupir ». Il n'y avait pas de vent, pas le moindre souffle. Les oies l'ont vue et se sont mises à glousser doucement. Elle s'est appuyée contre le mur épais. Pensent-elles que je suis moi aussi une oie, comme le chien pensait que j'étais un chien — à en croire Bradwen ? Non, je ressemble à une dinde, s'est-elle dit en tirant les cordons du bonnet violet.

Quelques minutes plus tard, elle était de retour devant la table de la cuisine. Sans plus se préoccuper de ce qu'elle avait écrit sur les feuilles de papier, elle a parcouru la section *NATURE*. Au bout d'un moment — elle n'était pas si loin de la fin —, les lettres ont commencé à se télescoper, ce qui perturbait de plus en plus sa lecture. Elle n'a pas rencontré une seule fois le mot « oie », pas plus au singulier qu'au pluriel. Comme elle s'y attendait. Partout, ce n'étaient que *bees*, *butterflies* et *robins*[1]. Elle a reniflé, a refermé le livre et l'a repoussé. Puis s'est hissée péniblement dans l'escalier, a extrait un comprimé de sa plaquette, est redescendue et s'est servi un verre de vin blanc. Elle a ingurgité le comprimé avec le vin. Lorsqu'elle a entendu des pas sur les débris d'ardoise, elle éprouvait déjà à nouveau l'agréable sensation du flou.

Il allait déposer le pain, ils parleraient peut-être encore un peu de la liste de courses à établir, et il repartirait. Elle lui ordonnerait de partir. Comme à un chien. Il irait faire des achats superflus. Puis, après un second comprimé

1. « Abeilles », « papillons », « rouges-gorges ».

peut-être, elle s'emploierait aux préparatifs : porter du pain et de l'eau dans l'ancienne porcherie, des coussins et des habits, tailler en pointe l'extrémité inférieure d'une bougie avec un petit couteau bien aiguisé et l'enfoncer dans le goulot d'une bouteille vide — placer une boîte d'allumettes à côté. Cette nuit, il pourrait dormir auprès d'elle, sa tête un peu plus bas que la sienne, ses larges pouces sur ses seins, si toutefois il osait.

Bradwen est entré. Il a posé son sac à dos sur la table et a enlevé son bonnet. « Eux aussi te saluent bien ; la femme du boulanger a demandé quand tu allais toi-même repasser. »

Elle a secoué la tête.

« Tu bois du vin, là ?

— Un verre.

— Elle est membre d'un club de lecture. Elle a dit que ce serait sympa si tu te joignais à eux.

— Un club de lecture ?

— Oui. Elle m'a même donné le titre du livre qu'elle lit en ce moment. »

Elle l'a regardé. Ses cheveux qui restaient collés à son front, et dans lesquels, comme d'habitude, il ne passait pas la main. Ses yeux gris ; le strabisme qui faisait de lui un être presque impénétrable. Il avait changé, vraiment changé depuis que le chien n'était plus là. C'est sa faute, s'est-elle dit. Je l'ai congédié plusieurs fois. De l'eau ! L'idée lui est venue soudain à l'esprit : il faut aussi de l'eau. Du vin, rien que du vin, ça ne suffit pas. Tout en complétant la liste de courses posée sur la table, elle a essayé de se représenter le visage de Rhys Jones et celui de son ami l'agent immobilier. Non pas la face, joviale en apparence, du second, quelques mois plus tôt, ou le masque médusé du premier, il y avait de cela six ou sept jours, mais les mines surprises qui seraient les leurs dans à peu près une semaine. Elle n'y est qu'à moitié parvenue car elle n'avait pas le moindre souvenir de l'homme de l'agence. D'un petit coup d'ongle, elle a éjecté une cigarette de son paquet puis l'a allumée avec une allumette. Instinctivement, elle a tiré une grosse bouffée et n'a pas réalisé ce qu'il lui arrivait : c'était tellement horrible que, sans prendre le temps de porter la main à sa bouche pour en ôter la cigarette, elle l'a carrément crachée. Celle-ci s'est échouée sur une des feuilles qu'elle avait utilisées. S'avisant qu'elle ne faisait rien pour l'enlever, le garçon l'a récupérée et a pressé son pouce sur le papier qui roussissait. Il est allé ensuite jusqu'à l'évier, a éteint la cigarette sous le robinet et l'a mise à la poubelle.

« Est-ce que la veuve Evans fumait ? » a-t-elle demandé après avoir bu une gorgée de vin. Il lui a fallu de nouveau déglutir un bon coup pour réprimer une nausée imminente.

« Non. » Le garçon est resté devant l'évier.

« Il faut que tu ailles faire les courses.

— Tu m'accompagnes ?

— Non. J'ai des choses à faire. »

D'un geste, il a désigné la table. « Tu étais en train de travailler ?

— Tu ferais aussi bien de ne plus être là.
— Qu'est-ce que tu veux dire au juste ?
— Je veux dire ce que je dis.
— Tu t'obstines, hein ? »

Elle a voulu le regarder dans le blanc des yeux, mais n'a pas pu car il avait la fenêtre, la lumière dans le dos. « Tu ne pourras pas prétendre que je ne t'ai pas prévenu », a-t-elle dit.

Il est resté, un instant encore, fesses contre l'évier, puis s'est mis à sortir le pain du sac à dos. « Sam me manque. À part ça, c'est tout. »

Elle reniflait. Son échappée au-dehors avait, en dépit de l'absence de vent, dispersé l'odeur de vieille femme, mais voilà que celle-ci se dégageait à nouveau de ses habits, remontant par ses épaules. « Va-t'en », a-t-elle dit.

Il a pris la liste de courses. « Pourquoi faut-il que j'achète autant d'eau ?
— L'eau du robinet commence à me dégoûter.
— Tu peux me donner un peu d'argent ? »

56

Le bateau allait appareiller avec du retard. Une des hélices était en cause. On avait annoncé par haut-parleur que des plongeurs s'employaient à faire le nécessaire, mais aucune précision n'avait été donnée quant à la nature du problème rencontré. Le mari et le policier en étaient à leur deuxième whisky. À bord régnait une intense animation. Partout, de faux sapins de Noël, des guirlandes électriques, des Anglais tapageurs et de placides Néerlandais. Sur une petite scène, un quidam divertissait les passagers. Tous deux étaient installés à une table ronde rivée au sol, près d'une baie vitrée sur la face extérieure de laquelle dégoulinait la pluie et qui offrait à la vue une immense étendue d'installations pétrochimiques violemment éclairées. La voiture du policier était enfouie quelque part au-dessous d'eux, parmi des centaines d'autres. Soir de Noël. Vent de force 5 à 6, soufflant du nord-ouest.

« Nous n'y serons jamais à neuf heures, a dit le mari.

— Peu importe, a répondu le policier. Nous avons le temps, après tout ?

— Oui. » Il a pris une gorgée de whisky. Le policier était allé jusqu'au comptoir du bar, tout étincelant de laiton, et en avait rapporté les deux tournées. « Un beau whisky écossais, avait-il dit. Single malt. » Il avait un goût fumé, tourbeux. Le policier était un connaisseur, le mari, lui, ne buvait quasiment pas d'alcools forts. Maintenant qu'il se trouvait là, lui revenait en mémoire une traversée qu'il avait faite longtemps auparavant, avec un camarade de lycée. Ils avaient bu du gin-tonic, parce qu'ils allaient en Angleterre. Son ami avait passé toute la nuit à vomir dans les toilettes communes d'une coursive ; il avait, quant à lui, conjuré sa nausée en se frottant pendant des heures le sternum, étendu sur le dos, immobile sur la couchette étroite d'une cabine sans hublot, deux parfaits inconnus occupant, près de lui, des lits superposés. Il n'avait, alors, pas encore rencontré sa femme. Il la connaissait à présent, et buvait du whisky, une boisson d'adultes, se disait-il, mais tout aussi propice, voire plus, à vous donner l'envie d'être en Angleterre. Son sac de voyage, dans le coffre de la voiture à des dizaines de mètres plus bas, contenait un gâteau marbré, confectionné par sa belle-mère. C'était une tradition : quand ils partaient en voyage, elle leur donnait un gâteau marbré, qu'il leur fallait manger sur leur lieu de destination, que celui-ci soit un camping ou une chambre d'hôtel. À croire qu'il s'agissait là de vacances tout à fait ordinaires et qu'elle n'avait même pas remarqué que son gendre, au lieu de voyager avec sa fille, était en compagnie d'un policier. Il regardait l'homme assis près de lui. Celui-ci venait de prendre une gorgée de whisky tout en regardant une jeune rouquine que l'animateur avait fait monter sur la scène et à qui il mettait un chapeau, et faisait rouler le breuvage dans sa bouche avant de l'avaler. Même sans son uniforme, il avait encore l'allure d'un policier. Peut-être était-ce dû au fait qu'il savait à quoi il ressemblait en uniforme.

« J'appréhende, a-t-il dit.

— Il n'y a pas tellement de vent, a répondu le policier.

— Non, pas la traversée.

— Ah, ça.

— Oui, ça. Je voudrais que ce ne soit qu'un voyage comme n'importe quel autre.

— Tu n'as qu'à te l'imaginer. » Le policier sirotait son whisky, et semblait parfaitement à l'aise.

Le mari a regardé vers la petite scène, sur laquelle un clown était apparu. Une odeur de friture se répandait dans la grande salle. « Je vais bientôt aller me coucher, a-t-il dit.

— Très bien », a répondu le policier.

La cabine ne ressemblait en rien au cagibi proche de la salle des machines qu'il se souvenait avoir occupé il y avait plus de vingt ans. De part et d'autre d'une baie vitrée, deux lits, et, au-dessus de chacun d'eux, une peinture. Une entrée dans laquelle se trouvaient une penderie et un W-C équipé d'un lavabo. Le mari s'est assis sur un des deux lits et a introduit une aiguille à tricoter entre son plâtre et le bas de sa jambe. Le policier s'est déshabillé, a plié soigneusement ses vêtements avant de les poser sur une petite banquette. Puis a filé aux W-C. La cabine vrombissait et trépidait avec le bateau. On aurait dit que celui-ci ne demandait qu'à partir, mais qu'il en était empêché par une résistance. La mer, sombre et froide. Se gratter avec une aiguille à tricoter ne soulageait guère le mari. Il a entendu le policier se racler la gorge et cracher, ouvrir le robinet, puis tirer la chasse d'eau. Il s'appelait Anton.

Quelques heures après, le mari s'est réveillé. Le bateau faisait route, montant et descendant. Quelque part, dans ses entrailles, l'alarme d'une voiture hurlait sans désemparer. Au moindre mouvement — roulis ou tangage — il bandait ses muscles, comme pour le contrecarrer et empêcher ainsi le navire de sombrer. Était-ce ce camarade de lycée qui lui avait fait croire qu'on pouvait éviter une nausée en se frottant le sternum ? Au plafond, l'ampoule dispensait encore de la lumière : quand on actionnait le commutateur pour l'éteindre, elle se transformait en fait en une espèce d'éclairage d'urgence. Le policier, endormi, respirait d'un souffle égal, une main sur sa poitrine nue. C'était en quelque sorte un homme accompli, dans ses actes comme dans sa façon d'être. Et même dans ses cheveux noirs, qu'il portait très courts. Le mari, impatient de quitter le bateau, espérait que le matin n'allait pas tarder, et qu'ils seraient bientôt à Hull, tout en sachant qu'ils devaient avoir tout juste quitté Rotterdam. Il ne consultait pas son téléphone portable qui, lui servant de réveil, était posé près de son lit sur une tablette. Il se frottait le sternum, inspirant et expirant à fond. Incroyable solitude que la sienne, dans cette cabine, sous cette lumière certes faible, mais qui vous imposait sa présence, en compagnie d'un homme endormi, tandis qu'à intervalles réguliers les manteaux, sur leur patère, oscillaient en un mouvement de va-et-vient qui les déportait de la cloison avant de les rabattre contre elle. Libre à lui de quitter la cabine. Il se pouvait que le bar soit encore ouvert. Peut-être le clown était-il encore en scène ? Il imaginait le trajet qu'avait effectué sa carte, probablement par avion. *Je viens.* Et après ? se disait-il. Quand le jour a commencé à poindre, il n'a pu voir, à travers la fenêtre, que de l'eau grise.

Le bateau est arrivé à Hull avec un retard de quatre heures. Étrange atmosphère que celle de la matinée ; les passagers n'étaient pas censés rester à bord aussi longtemps. Le personnel s'était fait rare, il n'y avait rien pour se distraire, la salle de jeu était vide. Le bateau était dépourvu de service de restauration ; il partait à neuf heures du soir, arrivait le lendemain matin à neuf heures. Le mari et le policier n'avaient pas pu y trouver de salle de petit déjeuner. Partout, avec valises ou sacs à dos, des passagers assis ou déambulant, qui n'avaient pas d'autre choix qu'attendre.

Après avoir sorti sans embarras sa voiture du ferry-boat, le policier s'est placé, presque d'instinct, à gauche de la chaussée, et son système de navigation vocal lui a aussitôt indiqué, en néerlandais, la route à suivre. La voix s'appelait Bram. Le véhicule du policier était de ceux qui, lorsqu'il les voyait circuler à Amsterdam, avaient le don d'agacer le mari. Gros et noir. Il s'est mis à regarder tout autour de lui. Du gris. Hull était une ville hideuse, à sa gauche une large étendue d'eau, et pas la moindre colline en vue. Il était épuisé et sa jambe le démangeait terriblement, il n'avait pas pensé à sortir l'aiguille à tricoter de son sac. Peut-être l'avait-il même oubliée sur le bateau. « Merci, Bram, on a compris », a dit le policier, une fois que la voix a eu égrené ses indications alors qu'ils abordaient une succession de ronds-points.

« On peut s'arrêter pour prendre un café ? a dit le mari.

— J'ai bien envie d'en boire un moi aussi, a répondu le policier. Et de manger quelque chose. »

Quelques instants après, un panneau leur a signalé un Little Chef. Le policier a garé la voiture, a aidé le mari à sortir, en lui tendant ses béquilles. Le mari l'a suivi à l'intérieur, est passé derrière lui au distributeur automatique de billets, au self-service et à la caisse, où il a payé pour eux deux, et s'est installé, après lui, à une table située près de la fenêtre, où il l'a regardé manger un sandwich au poulet. Il avait quant à lui pris un petit pain œuf-bacon ainsi qu'un grand café. Ils ont mangé et bu en silence. Quand ils ont eu fini, une employée, coiffée d'un bonnet de Père Noël, est venue débarrasser la table de leurs mugs et de leurs assiettes vides.

« *Did you enjoy your meal, guys*[1] ? » a-t-elle dit. Le policier a répondu qu'il avait trouvé cela très bon, le mari a acquiescé et a avalé la dernière

1. « Vous vous êtes régalés, les gars ? »

bouchée. « *Have a wonderful Christmas*[1] », a dit l'employée en se dirigeant vers la table voisine pour la débarrasser, poser la même question à ses occupants et leur souhaiter un joyeux Noël.

« Il faut que je passe aux toilettes, a dit le mari.

— Moi aussi », a fait le policier.

Ils étaient l'un à côté de l'autre, devant un urinoir ; il n'y avait personne d'autre. De la musique de Noël s'échappait d'invisibles haut-parleurs.

« Tu ne pourrais pas, des fois, m'appeler Anton ? a demandé le policier.

— Bien sûr », a dit le mari. Une de ses béquilles, qui était appuyée contre la cloison carrelée à côté de l'urinoir, a glissé. Il a fait un mouvement pour la retenir, lâchant du même coup son sexe, ce qui a immédiatement interrompu la miction.

Le policier l'avait déjà saisie, de sa main gauche. Il continuait tranquillement à pisser. « Anton, a-t-il dit. C'est mon nom. » Il a posé la béquille contre la cloison, a égoutté son sexe, l'a remis dans sa braguette dont il a remonté la fermeture Éclair.

Quand le mari s'est lavé les mains, il a vu, dans le miroir, une tache humide sur son pantalon.

Avant de monter en voiture, tandis qu'ils se tenaient chacun près de leur portière, le policier a consulté sa montre. « Il est presque trois

1. « Passez un excellent Noël ! »

heures, a-t-il dit. Nous… Non, il est presque deux heures. N'empêche qu'il fera nuit depuis longtemps quand nous arriverons là-bas. » Le toit de la voiture lui arrivait à hauteur de gorge.

« Vraiment ? » a dit le mari. Il désirait monter, étendre sa jambe plâtrée, ce qui n'était possible qu'à condition de reculer le siège au maximum. Il désirait fermer les yeux, écouter Bram leur indiquer avec précision qu'au prochain rond-point ils devraient prendre la deuxième sortie à gauche. Il avait une Lucy dans sa voiture ; une voix à l'accent flamand, qui lui prescrivait très fréquemment de faire demi-tour, ce qui, naturellement, était à mettre sur le compte de sa propre façon de conduire. La voix de Bram lui paraissait plus sûre de son fait.

« On devrait prendre une chambre d'hôtel, tu ne crois pas ?

— Si, a dit le mari.

— On n'est quand même pas à un jour près ?

— Non.

— Ça va ? a demandé le policier.

— Je ne sais pas comment je vais faire, une fois arrivé.

— Tu as besoin de le savoir ? Tu verras bien ce qui se passera.

— Oui, a dit le mari.

— On peut aussi pousser plus loin au nord, a dit le policier. Se rapprocher de l'Écosse.

— Non.

— Ou alors différer un peu. Comme tu veux.

— Non.

— Bon, en route alors. On s'arrêtera quand ça nous dira. »

Le mari a posé une main sur le toit de la voiture. « Les choses auraient peut-être été différentes si nous avions eu des enfants.

— Penses-tu ! Les mômes, c'est fait pour emmerder.

— C'est toi qui le dis.

— Oui, c'est moi qui le dis. Ne cherche pas à expliquer ou à justifier une chose par une autre. » Le policier a ouvert la portière et s'est installé au volant.

Le mari voyait à présent distinctement le petit bonhomme en blanc avec sa toque de cuisinier, sur fond rouge. Derrière le logo, le ciel était uniformément gris. Sur le toit bas du restoroute un drapeau pendouillait au mât. Le policier avait mis le moteur en marche. Il a ouvert la portière et s'est assis, mettant sa jambe plâtrée dans la bonne position et posant l'autre à côté. Par-delà l'épaule de l'agent, il a regardé ses mains qui tournaient le volant, le relâchaient un peu puis le serraient à nouveau. Bram a annoncé qu'ils devaient prendre à gauche, et revenir sur l'A63. Les panneaux indiquaient *Goole, Castleford* et *Leeds.*

Quelques heures plus tard, au-delà de Manchester, un grand panneau au bord de l'autoroute mentionnait *Holiday Inn Runcorn.* Il faisait sombre et la circulation était très dense. « Ça suffit pour aujourd'hui, a dit le policier. Il est temps de se restaurer. »

Le mari regardait les mains sur le volant, une bague en argent au pouce de la main droite. Les phares de la voiture ont balayé une rangée de conifères trapus, qui bordait le parking.

Faites demi-tour dès que possible, a dit Bram.

Le policier s'est mis à rire.

57

Le matin, de bonne heure, elle a regardé la télé. Un bulletin météo détaillé montrait la carte du Royaume-Uni. C'était couvert presque partout, sauf dans le nord du pays de Galles, et l'on pouvait voir que les nuages n'atteindraient à leur tour cette région qu'à la nuit, par l'ouest. La température était douce pour la saison, et le présentateur lui a souhaité un *Merry Green Christmas*[1]. Elle a éteint le téléviseur et est allée faire des tartines à la cuisine. Elle a mis quatre bananes dans son sac à dos, et, dans celui du garçon, le pain ainsi que deux bouteilles d'eau en plastique. Elle a regardé le paquet de cigarettes posé au centre de la table et, après avoir hésité, l'a, en fin de compte, glissé dans le sac. Elle a mis ses chaussures de marche et, depuis la porte d'entrée, a jeté un coup d'œil de côté, pour voir si la branche d'aulne était toujours appuyée contre le mur. Il ne fallait pas qu'elle

1. « Joyeux Noël vert. »

l'oublie. Dans le ciel, les étoiles, encore visibles, pâlissaient déjà. Elle a enfilé le bonnet violet. « Viens ! » a-t-elle appelé du bas de l'escalier.

Le garçon s'était enhardi jusqu'à lui caresser les seins, même s'il avait eu besoin qu'elle l'y encourage. Frissonnante, elle s'était couchée sur le dos. Son souffle chaud dans son cou, la chaleur du feu qui brûlait dans la cheminée, non pas au-dessus de sa tête, mais le long de son flanc ; le matelas avait subi une rotation d'un quart de tour, il avait dû le déplacer pendant la journée. Il avait retourné le portrait de Dickinson contre le plateau de la table de travail. Ils ne s'étaient pratiquement pas vus : il était sorti et elle faisait la navette entre maison et porcherie ; il était rentré et elle regardait la télévision ; il s'activait, de plus belle, à préparer à la cuisine de quoi nourrir son corps d'agneau musculeux — ce corps d'agneau qui était à présent étendu contre elle — et elle s'acharnait à chasser l'odeur de vieille femme avec ses Native Herbs dans la baignoire à pattes de lion. « Tu l'as mise à l'écart et retournée », a-t-elle dit après s'être positionnée sur le côté. « Oui », a-t-il répondu — lèvres tout près des siennes et lui insufflant délicatement son haleine. « *Spooky woman*[1]. » Il peut extirper *ça* de mon être, s'est-elle dit. Peut-être m'en débarrasser. « Tu ne crois pas qu'il faudrait… » avait-il dit, son corps d'agneau au-

1. « Femme sinistre. »

dessus du sien, ses poings près de ses épaules, tandis qu'un tendon tressaillait en travers de sa poitrine. Elle lui avait caressé les fesses et n'avait pas répondu. Son regard, glissant le long de sa poitrine, s'était porté sur son sexe avide, et très lentement elle avait attiré son corps contre elle. Se protéger, s'était-elle dit, c'est bon pour les gens bien portants. Il était incroyablement chaud. Chaud, jeune et vivant. Comme d'habitude, elle avait été incapable de choisir — le regarder droit en face était impossible —, mais elle ne l'avait pas quitté des yeux, espérant qu'il s'y prendrait très doucement, qu'elle n'aurait besoin de rien dire, que son corps d'agneau allait sentir le sien et se fondre avec lui. Elle l'avait fixé intensément au moment précis où son œil bigle se mettait à tirer un peu sur le côté, réussissant à le regarder dans les deux yeux quelques secondes, alors que lui n'avait, durant ce même instant, probablement rien vu. Elle avait soupiré très fort, il n'avait rien laissé entendre. Il avait, presque aussitôt, cherché à se retirer. « Non », avait-elle dit en serrant fortement contre elle sa poitrine moite. Des doigts de sa main gauche, elle avait enfin pu peigner les cheveux qui lui descendaient sur le front. Le garçon lui avait léché le cou. Et n'avait pas été malade. Quelques minutes plus tard, il avait regagné son divan, après avoir mis dans la cheminée les dernières bûches. Et ce, sans faire aucun bruit ; pas une seule jointure de ce corps sec n'avait craqué. Elle s'était allongée sur le côté et fixait le feu. Elle percevait sa propre odeur et celle du garçon, l'odeur des premiers jours, où se mêlaient la senteur douce des chaussettes et celle, âcre, des feuilles. Il avait un peu ronflé — c'était comme un léger sifflement, plutôt. Elle aurait voulu s'endormir à ce moment-là — à vrai dire, en même temps que lui, de préférence, pour que quelque chose, au moins, les réunisse — mais, au lieu de cela, l'odeur de vieille femme s'était à nouveau manifestée, émanant du lit, du plancher, ou de son propre corps. Elle avait pleuré en silence, s'était dit qu'il lui fallait cesser toute résistance, puis, portée par le murmure ininterrompu du ruisseau et par son imagination qui lui faisait voir la maison, les oies, les moutons, les aulnes et les ajoncs, le réservoir d'eau, le cercle de pierres et le jardin de roses — tout son petit monde —, avait fini par s'endormir.

Le garçon n'avait pas extirpé ni chassé *ça* d'elle. Son corps, elle le sentait, ne disposait plus que de très peu d'énergie. Le train roulait lentement, d'épaisses nuées de vapeur — noires et blanches — passaient devant les vitres. Un contrôleur, muni d'une pince archaïque qui pendait à son ventre bedonnant, est venu poinçonner leurs billets, bientôt suivi par un vieil homme qui poussait devant lui, dans le couloir central, un buffet ambulant. Des bénévoles. Le garçon a pris un gobelet de café et une part de cake. Voyant qu'il ne tirait pas son porte-monnaie de sa poche, elle a payé. Il n'était pas différent des autres jours — tout au plus un peu émoustillé à la perspective de faire l'ascension d'un mont. Ils étaient installés dans des fauteuils capitonnés, et non, comme elle se l'était imaginé, sur des banquettes en bois. Dans un wagon Pullman, de première classe, brun-rouge à l'extérieur. Elle avait réglé les billets. Le garçon avait conduit la voiture jusqu'à Caernarfon. Ils se faisaient face, elle, dans le sens de la marche, lui, en sens inverse : il était impossible d'être assis de front dans ce wagon. Tout près de sa tête à elle oscillait un petit rideau couleur crème. Au-dehors, des champs verts et bruns, partout des murets de pierre, des arbres dénudés aux troncs gris. À la gauche du train, les collines se faisaient de plus en plus hautes.

« Peu de neige, a dit le garçon, joue appuyée contre la vitre et la bouche pleine de cake. Peut-être au sommet. Il va bientôt falloir descendre du train. »

Elle n'a rien dit. Elle allait très peu parler durant cette journée. Sa confiance était ébranlée.

La gare de Rhyd Ddu comprenait un seul quai, un abri en bois, deux rectangles couverts de plantes et de cailloux. Au loin se dressaient quelques maisons. Elle est descendue du wagon et il lui a fallu aussitôt retenir sa respiration tant l'odeur qu'elle sentait était fraîche. Fraîche et âpre. D'où provenait-elle ? Elle n'en avait pas la moindre idée. Odeur de fougères mortes ?

De grosses pierres et de rocs ? D'eau ? D'air pur ? Quelques autres personnes avaient quitté le train. Levant la tête, elle a regardé le mol arrondi d'une colline. « Viens », a dit le garçon. Serrant d'une main ferme son bâton d'aulne, elle l'a suivi. Le soleil pénétrant par les petites ouvertures de l'abri, qui, ensemble, formaient une grande fenêtre, a illuminé son visage. Tel un figurant plein d'ambition sur un tournage, un chef de train a brandi un signal en forme de disque, et le convoi a démarré, dans un gros nuage de fumée noire.

Au-delà d'une petite grange qui rappelait l'ancienne porcherie montait un chemin surélevé en son milieu. Le garçon marchait devant, sans se retourner, et elle se refusait à lui demander dès maintenant de ralentir son allure. Elle était concentrée sur son bâton et sa respiration. De temps à autre, elle portait son regard en avant ou autour d'elle. Un pays d'élevage de moutons sans moutons, un mur de pierre délabré, des clôtures en grillage, des randonneurs. En se retournant, elle s'est rendu compte que le garçon et elle fermaient la marche. Le chemin agricole s'élevait petit à petit en serpentant. Elle inspirait et expirait de façon régulière, réglant les mouvements de son bâton d'aulne sur son rythme respiratoire. Pourquoi le garçon ne se retournait-il jamais vers elle ? Regarde, se disait-elle. Hume. Ressens. Le soleil brille.

« Attends ! » s'est-elle écriée.

Le garçon s'est immobilisé, a attendu qu'elle

soit juste derrière lui, puis s'est remis en marche. C'était encore assez facile, la pente n'était pas très forte. Dans le lointain, beaucoup plus haut, au sommet probablement, se dressait une construction. La cime était entièrement blanche.

« Tu vois cette bosse, là-bas, un peu à droite ? » a dit le garçon en tendant le bras.

Elle a regardé dans la direction qu'il lui indiquait. « Oui.

— C'est par là que nous allons passer. Tu vois aussi la corniche, à sa gauche, qui paraît pour le moment plus basse qu'elle ?

— Oui.

— C'est la ligne de faîte par laquelle nous parviendrons en haut.

— C'est à combien d'ici ?

— Moins loin qu'il n'y paraît.

— Ah !

— Ce mont s'appelle Yr Wyddfa. Lieu de sépulture. »

Elle a regardé ses pieds. Le chemin, les petites pierres, l'herbe courte et écrasée. Elle n'avait pas le vertige mais, sous l'effet d'une sorte d'instabilité et de flottement dans son champ visuel, seules ses chaussures et la pointe de son bâton offraient à ses yeux des points d'ancrage. Aujourd'hui, après la prise de ses deux comprimés, la douleur s'était éloignée. Se manifestant en fait étonnamment peu. Elle avait plutôt la sensation vague mais persistante qu'elle dépérissait, que son corps se rétrécissait, que ses cordes vocales se mettaient à produire des mots qui n'étaient pas dans sa tête. Peut-être était-ce parce qu'elle était presque continuellement sous antalgiques qu'elle n'avait pas eu mal. Le garçon venait de prononcer des mots totalement inintelligibles, elle avait compris ce dont il s'agissait parce qu'elle avait pu se représenter la couverture de la carte d'état-major. *Snowdon / Yr Wyddfa.* Elle se moquait complètement de ce que ce nom voulait dire. À ses yeux, le garçon avait, de fait, déjà disparu ; il pouvait dire tout ce qu'il voulait, il n'obtiendrait d'elle guère plus que des « Ah ! », des « Oui » et des « Non ». Qui sait s'il n'allait pas tomber de la montagne ? Elle a respiré un bon coup, l'air avait perdu son âpreté. Le chemin, les talons du garçon, l'herbe. Marche. Continue à marcher. Ils avaient, après un virage à droite, franchi une *kissing gate* flambant neuve quand ils ont vu, soudain, un précipice en contrebas. Un énorme vide à leur gauche, au fond duquel apparaissaient deux ou trois petits lacs. Qui sait si je ne vais pas tomber de la montagne ? s'est-elle dit. Le bonnet grattait, le mouvement d'oscillation des cordons l'agaçait. Elle essayait de toutes ses forces de faire que ce soit un jour comme les autres ; les cordons violets brinquebalants l'y aidaient, tout comme le chemin tranquille. Le soleil qui auréolait d'éclats rouges et bleus les petits lacs. Rouges et bleus. D'en haut ils avaient l'air minuscules. À peine plus grands, disons, qu'un plan d'eau dans un parc d'hôtel. Ils étaient probablement plus profonds. Elle a pensé aux bananes, dans son sac. À moins qu'elles ne soient dans celui de Bradwen ? En tout cas, c'est lui qui avait l'eau. Demain serait peut-être aussi une journée comme les autres, elle n'en avait pas encore décidé.

« J'ai soif », a-t-elle dit.

Le garçon s'est arrêté et a enlevé son sac à dos. Il en a extrait une bouteille qu'il lui a tendue. Elle a bu, l'eau lui coulait sur le menton. Elle lui a vite redonné la bouteille. Il a bu à son tour, non sans avoir au préalable introduit un pouce dans le goulot et imprimé à la bouteille un mouvement de rotation entre ce pouce et son index. Non, il n'avait pas joué, dans le train, tout à l'heure, à celui pour qui rien ne s'était passé. Elle s'est essuyé le menton. « En marche ! » a-t-elle dit.

Les Evans avaient-ils escaladé cette montagne ? Sûrement, non ? Ou représentait-elle ici ce qu'était à ses yeux le Stedelijk Museum d'Amsterdam ? Un lieu si proche et si naturellement évident qu'on n'y va jamais. Elle s'imaginait le garçon dans le rôle du fermier Evans jeune, par un beau dimanche, et se voyait elle-même comme sa tendre épousée, qui, sans le moindre intérêt pour le précipice, les petits lacs, les oiseaux noirs, n'a pour seul point de mire que le dos de son mari, qui brûle d'être père. « Hé ! s'est-elle exclamée. Est-ce que la veuve avait des enfants ?

— Non », a répondu le garçon qui, de nouveau, la devançait d'une dizaine de mètres. Il s'est retourné, puis a continué son chemin. « Sinon, ils occuperaient ta maison, aujourd'hui, ou l'auraient tout au moins vendue. »

Aussitôt elle s'est sentie veuve et fatiguée, l'odeur de vieille femme l'a prise au nez. Le garçon la distançait de plus en plus. Ses os craquaient, ses cors aux pieds se rappelaient à elle, une mèche fine et grise s'est échappée de son chignon sous l'effet du vent. Je le savais pourtant déjà, s'est-elle dit. Rhys Jones m'en a parlé. Rhys Jones, le père du garçon. Pourquoi s'acharne-t-il à me laisser de plus en plus loin derrière lui ? Tournant légèrement la tête vers la gauche, elle a suivi du regard la ligne de crête, jusqu'au sommet. Celui-ci semblait encore très loin. Là-haut, tout était d'un blanc intense, la construction pouvait être aussi bien une gigantesque masse de neige. Je ne l'atteindrai jamais, s'est-elle dit. Soudain une de ses jambes s'est dérobée.

Sa tante, qui tel un supporter enthousiaste encourage son mari. Elle tient quelque chose à la main — un objet. L'oncle qui accélère de plus en plus la cadence : et de scier, de ripoliner, de faire aller son marteau. Des chats se réfugient sous le canapé. « Pas de meuble mural, dit-elle. Pas de meuble mural. » La tante rit, persiste dans ses encouragements, exalte l'oncle à aller de l'avant. Il y a aussi sa mère. « Voilà ce qu'il faut faire ! Tout simplement, s'occuper ! » L'un des chats, le plus vieux, un chat à trois couleurs, se faufile dehors.

« *Wall unit ?* »

Elle a ouvert les yeux. Le garçon était tout près d'elle.

« Quoi ?

— Tu as parlé de meuble mural.

— Mais non ! » Avec lenteur, elle s'est un peu redressée. Le soleil était vif, son épaule a touché quelque chose. Un reste de mur. À l'aide de ses bras, elle s'est remise à peu près d'aplomb et s'est appuyée contre les pierres anguleuses, le sac formant une bosse encombrante entre son dos et le mur. Ils n'avaient pas cessé de monter, et voilà que pour la première fois son œil surplombait les profondeurs, une gare miniature, un immense lac que la voie ferrée longeait, d'autres montagnes, des collines, un soleil vaporeux, l'image d'une boîte de médicaments homéopathiques. Elle haletait. Le garçon s'est accroupi devant elle et l'a rapprochée un peu plus de lui en la tirant par les épaules. Puis il a dégagé, comme il a pu, le sac à dos et en a sorti les bananes. Il lui en a donné une et en a mangé deux. Il a mis les peaux dans son propre sac.

« Je continue, a-t-il dit. Je serai de retour en moins de rien.

— *Kat,* a-t-elle fait.

— Quoi ?

— *Kat.* » *I can,* a-t-elle pensé, c'est ce que je veux dire. Pas *cat,* mais *I can,* et encore autre chose aussi : que je peux aller jusqu'en haut, si nous n'allons pas aussi vite. Quelque chose comme ça.

« Reste donc ici, a-t-il dit. Vraiment. Je serai vite revenu. » Il s'est retourné et est parti.

Elle l'a suivi des yeux. Gravissant la pente tel un bouquetin, il a bientôt atteint la zone où l'herbe faisait place à la neige. Elle s'est à nouveau tournée vers le panorama et a pelé sa banane. Après l'avoir engloutie, elle a jeté la peau par-dessus son épaule. « *I'm fine* », a-t-elle dit à un couple de randonneurs inquiets. « *Just enjoying the view*[1]. » Elle aurait mieux fait de se taire, l'homme et la femme se sont arrêtés et y sont allés de leur commentaire sur le panorama. Ils la gênaient, c'étaient des moustiques, de grosses mouches importunes.

« *What a lovely knitted cap you have*[2] », a dit la femme. Ils se sont enfin remis en marche. Elle a sorti de la poche avant du sac à dos la plaquette de comprimés et en a avalé deux avec quelques gorgées d'eau glacée. Elle a inspiré et expiré à fond, s'est frotté les jambes. S'est remise à fouiller dans la poche du sac, à la recherche du paquet de cigarettes et d'une boîte d'allumettes. Elle est restée assise un instant, mains dans son giron. A frotté une allumette. La flamme a tenu bon : il n'y avait quasiment pas de vent. Elle s'est arc-boutée. Du goudron et de la nicotine presque liquides engluaient sa gorge. Elle a eu

1. « Je vais bien. Je profite juste du paysage. »
2. « Quel ravissant bonnet en tricot vous avez là. »

juste le temps de jeter la cigarette le plus loin qu'elle a pu avant de se pencher sur le côté et de dégueuler la banane. Elle s'est redressée, s'est remise à inspirer et à expirer, a fixé des yeux le filet de fumée. Elle a bu quelques gorgées d'eau — elle avait un goût sucré —, et a recraché la dernière. Puis elle s'est levée et a commencé à descendre, sans regarder au fond du précipice ni même la gare miniature. Courbant la tête, elle regardait, tout près devant elle, le chemin, ses chaussures, le bâton d'aulne et les cordons violets valsant autour de son cou.

Plus tard — elle n'aurait su dire combien de temps — le garçon est apparu sur le quai. Elle était assise par terre, contre l'abri en bois dont la porte était fermée à clé. Un peu plus loin se trouvait un couple de randonneurs qui l'avait regardée à plusieurs reprises. Elle avait passé un long moment les yeux rivés sur une construction qui se dressait le long de la voie : une citerne rouge reposant sur de hauts pieds noirs, munie d'un dégorgeoir. Elle s'est mise debout. Quand le garçon s'est retrouvé devant elle — ses joues étaient chaudes et l'odeur métallique de l'air raréfié des hauteurs flottait autour de lui, il ne lui manquait plus qu'à laisser pendre sa langue hors de sa bouche comme le fait un chien heureux de vivre —, elle lui a demandé : « Qu'est-ce que tu vois ? »

Il a mis un instant à répondre. « Une femme portant un très joli bonnet violet. Elle est fatiguée. Elle n'a pas réussi à grimper jusqu'au sommet, mais il n'y a pas de quoi en faire un drame. C'est Noël, il est temps qu'elle rentre chez elle. Il faut à présent préparer à manger et à boire. »

58

Bradwen a braqué pour engager la voiture dans l'allée d'accès, et s'est arrêté. « Tu y jettes parfois un œil ? a-t-il demandé en désignant la boîte aux lettres.

— Non.

— Je peux ?

— Non. »

Il s'est remis à rouler.

Elle a vu des moutons dans le pré longeant la route. « Stop », a-t-elle dit.

Le garçon a freiné.

« Après tout...

— Je fais demi-tour ?

— Non, j'y vais. » Elle a ouvert la portière ; ça a été très laborieux. Quelques moutons ont levé la tête, la plupart ont continué à brouter l'herbe — nouvelle pour eux. Elle a soulevé le couvercle de la boîte aux lettres. Il n'y avait pas grand-chose dedans. Avait-on renoncé, ici, à la distribution de dépliants publicitaires ? Ou le facteur savait-il que la veuve Evans ne lisait plus de courrier ? Alors qu'elle ramassait quelques prospectus, une enveloppe s'est échappée et est tombée avec un petit bruit sec au fond de la boîte. Reposant les prospectus, elle a sorti l'enveloppe. Y figuraient son nom, celui de la maison, ainsi que la mention « Gwynedd ». Était-ce le nom du comté ? Le cachet d'oblitération était clairement lisible. Elle a déchiré l'enveloppe, en a extrait une carte sur laquelle il était écrit : « Je viens », suivi du nom de son mari. Retournant la carte, elle a examiné le chien représenté dessus. C'était un chiot dans une corbeille en osier. Elle a tourné les yeux vers le sud, vers le mont. Oui, d'ici, il paraissait très facile.

« Il y avait quelque chose ? a demandé le garçon.

— Non, a-t-elle répondu. Des paperasses bonnes à jeter. De la pub. »

« *I moved the sheep (not that it is of any concern to you). Williams and Goodwin Estate Agents Valuers Surveyors and Auctioneers and I will come round on the 1st of January. Be sure to have enough cash for the lost geese*[1]. » Collé avec un bout de chewing-gum sur la vitre de la porte d'entrée.

« Cet homme flaire-t-il que nous ne sommes pas là ? » a-t-elle fait.

Le garçon n'a rien dit. Il reniflait.

Elle a posé sa branche d'aulne contre le

1. « J'ai déplacé les moutons (non que ceci vous concerne en quoi que ce soit). Nous viendrons, la *Williams and Goodwin Estate Agents Valuers Surveyors and Auctioneers* et moi, le 1er janvier. Assurez-vous d'avoir de quoi payer les oies perdues. »

mur, et est entrée. L'horloge murale de la cuisine indiquait quatre heures moins le quart. Le sapin de Noël était illuminé. Bradwen est allé jeter quelques bûches dans le poêle et s'est mis à fourgonner le feu. Elle était à la cuisine, les yeux fixés sur son dos. Ce corps sec d'agneau prêt à cabrioler. Il lui a fallu se retenir d'aller farfouiller tout de suite dans le buffet, à la recherche de choses dont elle aurait besoin. *First things first*[1], s'est-elle dit.

« Tu as touché au canapé, a dit le garçon. On dirait qu'il est plus grand. »

Elle n'a rien dit.

Il est allé au frigidaire et y a pris une bouteille de vin blanc entamée. Il n'avait pas encore ôté son manteau, ni son bonnet.

Maintenant, s'est-elle dit. Mais comment ?

« Attends.

— J'attends quoi ?

— Viens avec moi. » Il l'a suivie jusqu'à la porte d'entrée.

« Qu'est-ce qu'on va faire ?

— Viens. » Traversant le sentier couvert d'ardoise, elle est allée à l'ancienne porcherie. Elle entendait ses pas derrière elle. Une vive lueur orangée s'étendait sur le pré aux oies, le mur de la porcherie, côté jardin, était déjà dans la pénombre. Elle a ouvert la porte et allumé la lumière. « Là, a-t-elle dit en désignant les marches en béton.

1. « Chaque chose en son temps. »

— Qu'est-ce qu'il y a, là ?

— Va voir ! Au fond, en bas.

— Tu as encore un cadeau de Noël pour moi ?

— Pas tant de questions. Regarde. » Elle a fait un pas de côté.

Le garçon a descendu les marches en se courbant, une main sur le bord du trou d'escalier. « C'est sombre », a-t-il dit. Il a levé les yeux vers elle. Comme un chien, a-t-elle pensé. Comme Sam à qui l'on aurait donné un ordre auquel il ne se fierait pas entièrement.

Détournant la tête, elle a cherché des yeux la barre de bois avec laquelle elle avait mesuré le rectangle sur la pelouse, quelques semaines auparavant.

« On s'y habitue. »

Voyant disparaître son bonnet bleu, elle a agrippé le bord supérieur de la trappe qu'elle a rabattue violemment. Un claquement sec s'est fait entendre, suivi de petits rebonds. Elle s'est mise sur la trappe, debout, a pris la barre et, après s'être agenouillée, a fait coulisser celle-ci dans les deux brides fixées de part et d'autre. Elle s'est ensuite arc-boutée, à l'affût des coups et des cris. Rien. Le garçon demeurait calme, peut-être croyait-il qu'elle lui jouait un tour. Elle s'est relevée aussi discrètement que possible, comme si un bruit provoqué par elle devait susciter un bruit de sa part. Elle a fait un pas en arrière, dans l'embrasure de la porte. Puis un deuxième. Elle était dehors. Ça ne sera pas long, s'est-elle dit. Beaucoup plus rapide que je ne le pensais. Elle a laissé la lumière allumée : il pourrait éventuellement profiter de ce qui filtrait par les interstices et les fentes. Elle l'éteindrait plus tard, peut-être. Elle s'est retournée et a regagné la maison.

Elle s'est versé un verre de vin, a pris le temps de savourer la première gorgée. Il fallait que la radio soit allumée, mais elle ne voulait pas y entendre de mélodies de Noël. Elle a balayé les fréquences du poste jusqu'à ce qu'elle capte de la musique classique. Puis elle s'est agenouillée pour la seconde fois, et s'est mise à passer en revue le contenu du buffet. Le grand transbahutement a commencé peu après : un matelas, des couettes, des sacs-poubelle, une lanterne ancienne dans laquelle on pouvait fixer une bougie, une bouteille d'eau en plastique. Elle avait bien fait d'acheter la brouette : même le matelas, une fois posé en équilibre, a été facile à transporter. Il semblait faire nuit, mais le temps qu'il lui a fallu pour arriver dans le pré aux oies lui a suffi pour s'apercevoir qu'il y avait encore un peu de lumière, même si la lueur orangée avait disparu. Elle a tout installé, tandis que quelque part derrière elle les oies, agitées, cacardaient. Avec obstination, sans penser à rien. Elle avait même pris des tenailles pour ôter une planche et rabattre en arrière le grillage, mais la mise en place des sacs-poubelle s'étant révélée plus difficile que prévu, ses mains et ses genoux étaient très sales quand le travail a été presque achevé. Elle était en nage et carrément haletante. Durant le court trajet entre la clôture et la maison, l'idée lui est venue que si elle continuait à tenir debout elle le devait uniquement à la brouette vide. La clôture était restée ouverte un moment, et les stupides volatiles n'avaient pas encore pris la poudre d'escampette. Elle est allée à pas de loup à la porcherie, et y a éteint la lumière. En bas, tout restait calme. Elle a laissé la porte ouverte.

Le programme de musique classique se poursuivait. Elle n'y connaissait rien, ne savait pas ce qu'elle entendait, mais en tout cas cette musique-là avait davantage valeur d'éternité pour elle que de simples mélodies de Noël. Elle a un peu augmenté le volume. Il était huit heures moins le quart. Sur la table de la cuisine était étalée la carte d'état-major. *Snowdon / Yr Wyddfa.* De temps à autre, elle regardait les petites lignes vertes en pointillé, plissant les yeux pour les faire toutes se confondre, les faire converger sur son terrain, voire si possible sur le pré aux oies. La carte postale de son mari était posée sur l'*Ordnance Survey map*[1], face écrite visible. Le livre de Dickinson était à côté, comme si c'était sa place attitrée, ouvert. Dans le séjour, le feu était en train de s'éteindre tout doucement. Eût-elle voulu y ajouter du bois qu'elle n'aurait

1. Carte d'état-major.

pu le faire : le stock était épuisé. Elle a mangé deux autres bananes, qu'elle s'était réservées. Il fallait que quelque chose lui tapisse l'estomac, pensait-elle. Elle se levait de temps en temps, allait et venait jusqu'à l'évier ou au buffet, sur lequel se trouvait une lampe de poche qu'elle avait dénichée dans un tiroir où elle avait aussi trouvé des piles intactes. Lentement, demi-verre par demi-verre, elle a bu du vin blanc jusqu'à ce que la bouteille soit pratiquement vide. Du chardonnay. Elle croyait savoir que l'alcool aidait. C'est le garçon qui l'avait acheté. Elle n'a pas eu le moindre désir d'allumer la télé. À huit heures elle a gravi l'escalier.

L'eau était presque brûlante. Sans rien dedans. Pas de Native Herbs, ce soir-là. Elle avait ouvert la fenêtre de la salle de bains. Pour peu qu'elle entre dans son bain sans provoquer trop de turbulences, le bruit du ruisseau resterait perceptible. Elle a fixé les yeux sur son cou-de-pied. La cicatrice était belle. Bien que la fenêtre soit ouverte, il y avait déjà de la buée sur le miroir, à sa grande satisfaction. Elle essayait de se décontracter, mais restait l'oreille aux aguets ; le « Je viens » de la carte postale la perturbait. Le *Be sure* de Rhys Jones était un impératif, et n'avait rien à voir avec le *Be its mattress straight.* Elle a fermé les yeux. Abeilles, trèfle, roses blanches, une femme faisant un lit, secouant avec d'amples mouvements un drap qui s'étale et vient couvrir un matelas bien ferme ; une taie qui crisse doucement sur un oreiller de duvet d'oie. *Ample make this bed.* Elle a ouvert les yeux, fixé le plafonnier. Subjonctif. C'était un subjonctif. Dickinson n'avait pas écrit *make this bed ample,* et pas davantage *its mattress be straight, / its pillow be round.* Tenir un peu. Ne penser à rien, rester allongée, jusqu'à ce que mon corps entier soit envahi par la chaleur, de sorte qu'il faudra très longtemps pour que je sente le froid. Une chaleur telle que j'aurai envie d'avoir froid. Vingt minutes plus tard, elle a passé des vêtements propres : pantalon, chemisier, pull flottant. Chaussettes de sport blanches. Est descendue. Un dernier demi-verre de vin blanc à la cuisine. Une feuille de papier, un feutre marron. Avec lequel elle a vu, l'espace d'un instant, le garçon traçant des cercles. C'était une feuille qui aurait dû servir à ébaucher le plan du jardin. Elle a eu fini en quelques minutes — mais a hoché la tête, ça oui, n'en revenant pas d'avoir mis si longtemps à s'apercevoir de quelque chose d'aussi évident. Il était neuf heures moins le quart. Elle a débranché la radio, et poussé le commutateur en position *battery.* Le morceau de musique n'a été amputé que de quelques mesures. Elle a laissé allumées les guirlandes électriques du sapin de Noël ainsi que les lampes de la cuisine, du séjour, de la salle à manger et du cabinet de travail. Elle a mis le bonnet violet. N'a pas fermé à clé la porte d'entrée.

Elle est allée, par le chemin d'accès, jusqu'au pré aux oies, éclairant son chemin avec la lampe de poche. Pas d'étoiles : le ciel s'était couvert, comme annoncé. Il tombait une petite bruine. Le franchissement de la clôture lui a demandé beaucoup d'efforts ; elle s'est adossée un moment contre les planches et a cherché à prendre les oies dans le faisceau étroit de sa lampe. Les volatiles se sont bien évidemment esquivés. Elle a ramassé la radio et gagné la cabane. Sur le sac-poubelle étalé à l'entrée, elle a ôté ses chaussures de marche. Une fois la radio dedans, elle l'entendait plus fort. D'autant que dehors la musique avait été couverte par les cris plaintifs d'un hibou. Ou d'un milan. Elle a frotté une allumette et a allumé la bougie de la lanterne. Elle n'avait pas froid, l'eau très chaude du bain avait été efficace. Elle a essayé de rabattre le bout de grillage contre l'entrée de la cabane, et a fini par se servir du sac-poubelle qui était à l'extérieur, et qu'elle a replié. Elle avait avec elle toute sa réserve de comprimés. Il lui en fallait au moins vingt, avait-elle estimé. Mieux valait en prendre plus peut-être. Mais peut-être pas. Elle les a avalés un par un, assise, chacun avec une gorgée d'eau de la bouteille en plastique qu'elle avait apportée plus tôt. Puis elle s'est étendue sous les deux couettes en inspirant et en expirant à fond. La lumière de la lanterne ne vacillait pas, le plafond de sa cabane était éclairé de façon égale. Elle a pensé au renard, à un renard, en fait — qu'elle n'avait jamais vu. Aux blaireaux et aux écureuils gris. Tous hibernaient. Dans cette cabane, elle hibernerait aussi, en quelque sorte. Lumière douce, bruissement assourdi du ruisseau, et, de temps à autre, le son mat d'une grosse goutte de pluie. Même à présent, alors qu'elle était restée si longtemps dans son bain et qu'elle avait revêtu des habits propres, elle percevait encore l'odeur de la veuve Evans. Elle n'a pu s'empêcher d'en sourire. Ce n'était rien, ce n'était rien du tout. Elle a ouvert les yeux puis les a refermés en sentant une étrange pression sur ses pieds. Une des oies était sur le matelas, les trois autres se tenaient tout près. Chacune dans un calme profond, sans être assoupie. Dommage, a-t-elle pu encore se dire. Que je n'aie pas de pain sur moi. L'oie qui était sur le matelas a laissé sa tête retomber et trouver appui sur ses pattes. On aurait dit qu'une corde, qu'une longe la tirait. Je suis devenue une oie, a-t-elle pensé. Fuir loin d'ici, à travers le toit délabré et couvert de goudron, au-dessus des prairies, dans les airs, pattes en avant, entre les branches et les lignes électriques. *Que de l'aube nul bruit éclatant / Ne trouble le terrain.* Avec un peu de chance jusqu'au sommet du mont.

59

« Insaisissable, a dit le mari. C'est le mot qui convient.

— Tu n'es pas toi-même des plus transparents », a répondu le policier.

Ils étaient en train de prendre un petit déjeuner anglais, affiché au comptoir comme étant le *Boxing Day Breakfast*[1]. Le mari buvait un verre de champagne. Un infect champagne rosé.

« Estime-toi heureux de conduire », a-t-il dit au policier. Ils mangeaient des saucisses, des tomates grillées, du bacon, des haricots, et un œuf frit.

« Pas transparent ? a fait le mari. Qu'est-ce que tu veux dire par là ?

— Que j'ai du mal à voir clair en toi.

— Et tu crois que c'est pas pareil pour moi ? » Il a poussé son verre sur le côté. « Anton. »

Le policier ne savait pas quoi répondre. Tout en faisant disparaître dans sa bouche un dernier morceau de saucisse, il a consulté sa montre. Après le petit déjeuner, ils sont remontés et ont bouclé leurs sacs. Le mari a payé la chambre. C'était bien plus cher qu'il ne l'avait escompté.

Il pleuvotait. « Nous sommes tous les deux insaisissables, alors », a dit le mari tandis qu'ils montaient dans la grosse voiture noire. Il avait moins de mal à marcher ce matin. Il s'est aperçu, en faisant à rebours le compte des semaines, qu'il serait bientôt temps qu'on lui enlève son plâtre.

« Ça a l'air de te faire gamberger, hein ?

— Oui. »

Le policier est sorti du parking en roulant comme un vrai macho, donnant de grands coups de volant et brutalisant le levier de vitesse.

1. Petit déjeuner du lendemain de Noël.

Après avoir positionné correctement son pied plâtré, le mari s'est mis à regarder dehors. Quand il rotait, il avait des renvois de mauvais champagne. Il n'anticipait pas ; même en faisant des efforts, il avait du mal à se représenter le visage de sa femme. *Je viens.* C'était en fait uniquement parce qu'il la savait malade. Autrement, il se serait vraisemblablement abstenu.

« Et cet ami à toi, a-t-il dit.

— Non, a répondu le policier.

— Non ?

— N'en parlons pas. Nous sommes à l'étranger.

— Il existe, cet ami ? »

Bram est intervenu pour dire qu'au prochain rond-point ils devaient prendre la deuxième sortie. *Frodsham, Hapsford, Ellesmere Port.* Une fois au rond-point, il a continué à donner ses explications.

Le mari a regardé les mains du policier, posées tranquillement sur le volant. Les essuie-glaces avaient cessé leur va-et-vient sur le pare-brise ; devant eux s'annonçait une éclaircie. « Le temps se met au beau, a-t-il dit.

— Oui, a répondu le policier.

— Il peut toujours se faire, évidemment, qu'elle ne soit plus là.

— Nous serons bientôt fixés.

— *Boxing Day*, ça veut dire quoi, au juste ?

— Je ne sais pas. »

Dans huit cents mètres, à droite. Ensuite, prenez l'autoroute. Le mari commençait à enrager contre

Bram, il n'avait pas envie de se forcer à parler plus fort que lui. Il a fermé les yeux et pensé à la course à pied. Avec un pied valide, souple. Courir, respirer, suer, évacuer ses points de côté en serrant les poings. Rentrer seul, se doucher, s'étendre sur le canapé. Elle ne lui disait jamais rien, et, durant toutes ces années, ne lui avait pas une seule fois demandé comment il allait. Parfois, elle soupirait. On ne l'avait jamais vue assister à une course. Insaisissable. Il a songé à une chose que sa belle-mère lui avait dite. *N'empêche que c'est entièrement ta faute.* Était-ce parce que, comme le policier l'avait dit plus tôt, il n'était pas des plus transparents ? Il ne ressentait pas de démangeaisons, l'aiguille à tricoter ne lui manquait pas. C'était probablement signe que, sous le plâtre, tout se passait bien.

Northop, Brynford, Rhuallt. Cela faisait un bail que Bram n'avait rien dit, sans doute parce qu'ils roulaient sur l'A55 et qu'ils allaient y rester assez longtemps. À présent, le soleil brillait, champs et bois étaient fumants. C'est beau ici, a pensé le mari. Son téléphone s'est mis à vibrer contre sa poitrine. Il l'a sorti de la poche intérieure de son manteau.

« Vous y êtes ? » Sa belle-mère.

« Non.

— Comment ça se fait ?

— Le bateau a eu du retard, nous avons dû passer une nuit à l'hôtel.

— Mais vous y êtes presque, non ?

— Encore une heure ou une heure et demie, je pense.

— Quel temps vous avez ?

— Beau. Le soleil brille.

— Ici, le temps est affreux. Ce n'est pas un Noël agréable. »

Le mari a jeté un œil de côté. Le policier fixait imperturbablement la route. « Ici, c'est agréable, j'ai bu du champagne ce matin.

— Quoi ? Et pourquoi donc, mon Dieu ?

— C'est Boxing Day !

— Qu'est-ce que c'est que ça ?

— Je ne sais pas. Le lendemain de Noël.

— Et ce policier, il sait par où il faut passer ?

— Il est aidé. Par Bram.

— Bram ?

— Un de ces systèmes de navigation...

— Ah ! » Un silence s'est fait. « Il est en uniforme ?

— Non, pourquoi l'aurait-il ? Il n'est pas en service !

— Non, mais je me disais juste que c'est une sorte de démarche officielle que d'aller la récupérer là-bas.

— La police n'a absolument rien à voir là-dedans.

— Ah oui, c'est vrai. » Un autre silence s'est fait à Amsterdam. « Ton beau-père veut savoir s'ils ont projeté un film sur le bateau.

— Pas que je sache. Mais c'était un très gros bateau. Nous avons vu un clown, sur une scène.

— À propos, quand tu seras arrivé, peux-tu lui dire que nous…

— Oui ? »

Ils se consultaient à nouveau. « Eh bien, que nous l'aimons. Et que nous voulons qu'elle vienne nous voir. Pas chez nous, bien sûr, mais chez toi.

— Chez moi ? Je croyais que c'était entièrement ma faute ?

— Non, à en croire ton beau-père, ce n'est pas le cas. Nous en avons reparlé.

— Ah !

— Nous l'aimons, son père l'aime aussi. Dis-le-lui. Tu le feras, n'est-ce pas ?

— Mais bien sûr. Je peux même lui passer mon téléphone à notre arrivée, pour que vous le lui disiez vous-même.

— Non, fais-le, toi. Et nous téléphonerons après. Ou plutôt, appelle, car nous ne savons évidemment pas à quelle heure tu vas arriver. Quelle heure est-il là-bas au juste ?

— Une heure de moins que chez vous.

— Non… Oui, mais pas pendant que nous sommes à table. »

Le mari a hoché la tête.

« Tu peux aussi lui dire que disparaître comme ça, cela ne se fait pas. Qu'elle devrait penser à sa vieille mère et à son père. Et que nous lui avons pardonné.

— Qu'est-ce que vous lui avez pardonné ?

— Ben… cette histoire avec ce… On fait tous des choses qu'on regrette plus tard. » La voix du beau-père se manifestait en arrière-fond. « “La chair est faible”, dit ton beau-père. » Elle s’est mise à pleurer.

« J’ai ma belle-mère en ligne, a dit le mari au policier en écartant le téléphone de son oreille. Elle dit que la chair est faible. »

Le policier lui a jeté un coup d’œil. « Il n’y a rien à objecter. »

« Autre chose. » C’était, à présent, la voix de son beau-père. Il a remis le téléphone contre son oreille. « Tu lui diras que nous souhaitons de tout cœur fêter tous ensemble la Nouvelle Année.

— Je n’y manquerai pas. Vous comptez venir ou vous voulez que ça se passe à Amsterdam ?

— Ici, évidemment. Qu’est-ce qu’on irait faire là-bas ? Tu imagines ta belle-mère à bord de ce genre de bateau ?

— Vous pouvez prendre l’avion.

— Pour rien au monde. Non, ici. Chez nous. Dans son bon vieux chez-soi. Cela lui fera du bien. Il faut que nous prenions soin d’elle.

— Oui.

— Vous avez bien un billet de retour ? Quand reprenez-vous le bateau ?

— Non, on n’a pas de retour. Nous sommes libres de rentrer quand nous voulons. En plus, nous avons deux voitures, ici.

— Écoute ! Dis-lui donc que son oncle et sa tante viendront aussi. » Sa belle-mère s’était mise à parler. « Quoi ? Un instant… Non, il ne demandera pas mieux, bien sûr, il se fait aussi du souci pour elle… Pourquoi ?… Je te garantis qu'il ne commettra pas d'extravagances… Désolé, ta belle-mère me parlait. Je règle ça tout de suite. Je suis sûr que ça lui fera plaisir.

— Je lui transmettrai tout cela. »

Nouvelles discussions inintelligibles. « Quoi ? Minute. Ta belle-mère demande comment était le gâteau marbré ?

— Il est resté dans le sac. C'est pour plus tard.

— Tu téléphones dès que tu es arrivé ?

— Je vous le promets.

— Bonne fin de voyage. »

Le mari a remis son téléphone portable dans sa poche intérieure. Il avait chaud à l'oreille. « Tu ne dois pas téléphoner ? a-t-il dit au policier. Pour prendre des nouvelles ?

— Pas la peine. »

L'A55 longeait maintenant la côte. *Colwin Bay, Llandudno, Conwy.* Un train qui donnait l'impression de rouler sur la plage les a dépassés.

« Encore une petite heure, a dit le policier.

— C'est beau ici, je trouve, a fait le mari. Et je me demande à quoi elle a bien pu s'occuper pendant tout ce temps.

— Peut-être qu'elle vit avec un paysan gallois. »

Le mari s'est mis à rire. Ils traversaient un village dans lequel le train marquait un arrêt. De la terre ferme s'étendait au loin ; le mari se demandait si cela ne pouvait pas être l'Irlande. Le train a de nouveau rattrapé la voiture, un peu plus loin. « C'est une citadine. Elle ne sait même pas distinguer un merle d'un moineau.

— À quoi bon ? Il n'est tout de même pas nécessaire de savoir ce genre de choses pour vivre à la campagne ?

— C'est un tel isolement !

— Et vivre avec toi en ville, dans le même logement, ce n'était pas l'isolement ?

— Que veux-tu dire par là ? »

Le policier a enlevé une main de sur le volant, et l'a posée sur la cuisse du mari.

Le mari ne l'a pas écartée, car le policier conduisait.

Préparez-vous à tourner à gauche. Dans huit cents mètres tournez à gauche et suivez la route. Après un long silence, Bram se remanifestait. *Caernarfon*, indiquaient les panneaux, neuf miles encore. *Au rond-point, troisième à gauche.* « Maintenant, Bram va avoir fort à faire, a dit le policier.

— Est-ce que le nom d'une maison lui suffit pour la repérer ? » a demandé le mari. Il se frottait le genou gauche.

« Non.

— Comment allons-nous la trouver, alors ? »

Le policier a pris une carte dans le vide-poches de sa portière et l'a tendue au mari. « Si tu ne m'avais pas… » a-t-il dit.

Le mari a regardé la carte. *Snowdon / Yr Wyddfa, Explorer Map.* Un alpiniste dans une veste rouge vif, juché sur un roc, avec, en arrière-fond, un sommet enneigé.

« J'ai entouré la maison d'un cercle, a dit le

policier. Et j'ai surligné en jaune la route qui y mène. »

Le mari a essayé, sans succès, de déplier la carte : elle était bien trop grande. Trop grande et trop détaillée. De plus, cela faisait un bruit épouvantable. Il a posé la carte sur ses genoux. À sa droite, de l'autre côté de l'eau, la terre ferme était beaucoup plus proche à présent. Ce ne pouvait être l'Irlande. *Prenez la sortie. Restez à gauche. Au rond-point, deuxième sortie à gauche.* Ils ont traversé Caernarfon. Les magasins étaient ouverts, les rues étaient assez animées, le mari a aperçu un grand panneau portant l'inscription : *Sale*[1] *!* Il a cru voir une sorte de palmier, au centre d'un petit rond-point. *Prenez à gauche, puis deuxième sortie à gauche.* Le mari gardait le silence, il n'était pas en mesure de rivaliser avec Bram. Le Boxing Day était-il un jour férié durant lequel les magasins organisaient des soldes ?

Ils se sont arrêtés, un quart d'heure plus tard, à un croisement en T. *Vous êtes arrivés à destination,* avait annoncé Bram, ajoutant, juste avant que le policier ne stoppe la voiture, *Faites demi-tour dès que possible.* « Non, Bram, avait dit le policier. On en a fini avec toi. » Il avait ensuite repris la carte au mari. Il se tenait à présent devant la voiture, carte étalée sur le capot, portière ouverte. Une odeur de campagne prin-

1. Soldes.

tanière flottait dans l'air, pareille à celle qu'on peut sentir à Amsterdam un jour de mars, lorsque le vent souffle d'une direction bien précise. Le policier s'est retourné, a regardé une petite route creuse et étroite qui montait et dont l'asphalte avait été soulevé, au milieu, par des touffes d'herbe. Dans la prairie qui la bordait, une quantité incroyable de moutons. Il faisait humide. L'horloge du tableau de bord indiquait une heure moins le quart, à laquelle le mari a soustrait une heure. Il était étrangement nerveux. C'était le lendemain de Noël au pays de Galles, et, dans un quart d'heure, il allait peut-être revoir sa femme.

60

Il continuait à se représenter la cime. À s'y voir debout, à voir l'air qui lui sortait de la bouche, le Horseshoe, la mer d'Irlande, les petits lacs, la lente descente vers Llanberis — à croire que la montagne avait toujours su que dans ces lieux une voie ferrée serait un jour aménagée. Une couche de neige. Quel dommage de ne jamais pouvoir être seul en pareil endroit. La nouvelle gare terminus, Hafod Eryri, était fermée, un panneau d'aggloméré protégeait ses grandes fenêtres, le vent avait formé une congère contre le mur arrière du bâtiment. Il n'y avait pas grand monde, mais les gens qui étaient là parlaient presque tous dans leur téléphone portable, annonçant qu'ils étaient parvenus jusqu'au sommet. Revenu au pas de course là où il l'avait laissée, et ne la trouvant pas, il avait jeté un œil par-dessus la corniche, dans les profondeurs, avant de se remettre à courir.

Mais le voici à présent enfermé pour de bon dans la cave d'une ancienne porcherie. Sans portable. Même s'il voulait faire savoir à quelqu'un qu'il est sous terre, il ne le pourrait pas. Pas possible non plus de se tenir debout. Elle a disposé, sur le sol, des coussins, des carpettes et des couvertures. C'est seulement une fois qu'elle a éteint la lumière qu'il allume la bougie, avec une allumette prise dans la boîte posée près des bouteilles. Une bougie, pas les deux. Elles sont enfoncées dans le goulot de deux bouteilles de vin. Du reste, il ne risque pas de faire vraiment sombre : des lampes brillent dans la maison, projetant des bandes de lumière sur la pelouse. Il peut les voir à travers le soupirail. Dans une cagette en plastique se trouvent du pain, des paquets de gâteaux secs, du beurre, quelques bananes, un couteau, de l'agneau froid, coupé, un morceau de fromage. Trois bouteilles de vin rouge munies de bouchons à vis, une bouteille de blanc, sept bouteilles d'eau, des chips. Un verre et une assiette. Il ne s'est même pas mis en quête d'un second cadeau de Noël. À en juger par ce qu'il entend, elle transporte quelque chose dans la brouette, sur le sentier d'ardoise. Ce qu'il perçoit en dernier, c'est de la musique classique : la radio doit marcher fort, porte d'entrée — ou fenêtre de la cuisine — ouverte. Puis refermée un peu plus tard. À moins qu'elle n'ait éteint la radio. Il ne comprend pas, mais n'est pas réellement surpris. Poussant avec force sur la trappe, il sent tomber de la poussière sur sa tête. Il jure tout bas. « *Sguthan !* » marmonne-t-il sans colère, et « *Iesu grist !* »[1]. Il mange et boit, mais modérément. Cela pourrait bien durer une semaine. Et il semble inéluctable que ce soit son père qui vienne le délivrer. Il enlève ses chaussures de randonnée, son manteau, et pour finir ôte son bonnet. Sans se déshabiller davantage, il s'étend sur les coussins et tire sur lui couvertures et carpettes. Il souffle la bougie. Il n'a pas froid. Dans la maison, les lumières sont encore allumées. Il s'imagine au sommet du Yr Wyddfa, il aspire l'air vif, plisse les yeux face à l'éclat éblouissant de la neige.

Le lendemain matin, les oiseaux chantent. Ne voyant rien — si : des poutres et des planches — il pourrait penser qu'on est au printemps. Au cours de la nuit pourtant le froid s'est infiltré à travers le sol. Il s'assied bien droit, mange un morceau de pain avec du fromage, boit de l'eau. Et attend. Je l'ai peut-être mise enceinte, se dit-il. Il se lève pour regarder à travers le soupirail, l'herbe est humide, et lorsqu'il jette à nouveau un œil, un peu plus tard, il voit que le

1. En gallois dans le texte : « Garce ! » « Nom de Dieu ! »

soleil s'est déjà bien déplacé. C'est maintenant seulement qu'il s'aperçoit qu'elle a mis sur le rebord de fenêtre de la cave les trois plantes à fleurs qui se trouvaient sur celui de la cuisine. En enfonçant son doigt dans l'un des pots, il sent que la terre est humide.

Il n'en est toujours pas revenu d'être resté sur la pelouse, tel un cerf pris dans la lumière des phares — ceux d'un pick-up noir garé près de la maison —, alors qu'il aurait pu si facilement s'échapper en franchissant à nouveau le mur. Le chien s'était assis contre ses jambes, frétillant, tant il désirait retrouver son maître. Elle lui avait fait un signe — certes incompréhensible — mais tout de même un signe. Pour cette raison, peut-être.

Autrefois, il arrivait à se tenir debout à cet endroit, il lui fallait même s'escrimer pour voir, par le soupirail, sa mère et la veuve Evans assises sur de drôles de chaises près du ruisseau, à l'ombre des aulnes. Dans cette cave, il faisait toujours frais, il ne comprenait pas qu'elles restent dehors. Deux verres de *lemon yellow*[1] avec des glaçons sur une petite table branlante. Et lui, sur la pointe des pieds, regardait les femmes, écoutait la voix de sa mère, qui parfois appelait : « Bradwen ! », puis celle de la veuve Evans disant : « *You know where he is, let him be*[2]. »

1. Citronnade.
2. « Vous savez où il est, laissez-le ! »

Et il fallait chaque fois plier bagage quand son père rappliquait vers la table et les chaises, prêt à regagner ses pénates après avoir fini de s'occuper des moutons, front et nez couverts de sueur.

Les oiseaux se taisent, comme s'ils avaient compris que c'est Boxing Day, ou tout au moins le plein hiver, et non une belle journée de mai. Il se met à faire les cent pas, courbé, dans la cave dallée de vert, pousse une fois encore sur la trappe, qui, bien sûr, ne cède toujours pas. De la poussière tombe sur les marches en béton. Il s'imagine un bambin, assis sur une balançoire ou aux prises avec un ballon qui se refuse à ses petites jambes. Au bout d'un moment, il commence à avoir mal au dos, et va s'étendre sur les coussins. Il n'a plus froid. Si seulement Sam était là — et pourtant le chien se tenait toujours sur la réserve, ne cessait de regarder par-dessus son épaule, n'était pas de façon inconditionnelle *son* chien. Il déboutonne son pantalon et tire sur lui une couverture.

Quelques heures plus tard, alors qu'il mange un morceau d'agneau froid, il entend une voiture. Pas une voiture qui part, non. Mais une qui arrive. Il s'immobilise, cesse un instant de mâcher. Plutôt être enfermé dans une cave que de se retrouver nez à nez avec son père. *Be sure to have enough cash for the lost geese.* Comme si cette femme était elle-même le renard qui dévore les bêtes. Des portières s'ouvrent, se referment avec un claquement sourd et distant ; la voiture n'a pas été garée à proximité immédiate. Deux voix d'hommes. N'étaient-ils pas censés ne venir que le premier de l'an ? Des pas sur le sentier. Ils ne parlent pas gallois, on dirait sa langue à elle, il reconnaît les *g* gutturaux, les étranges voyelles. Il regarde autour de lui. Regarde encore. Les plantes à fleurs, la viande froide, les deux bouteilles de vin-chandeliers. Il passe ses chaussures et enfile son bonnet. Puis reprend un morceau d'agneau avec une tranche de pain, le tout arrosé d'un verre de vin rouge. Quand il a fini, il se met à donner des coups dans la trappe.

« Qui es-tu ? » lui demande l'un des hommes. Un homme aux cheveux noirs et courts.

« Bradwen. Je suis Bradwen Jones.

— Où est Agnès ? » C'est l'autre homme qui pose cette question. Il a un pied dans le plâtre et s'appuie sur des béquilles.

« Qui ?

— Agnès. D'Amsterdam.

— Il n'y a pas d'Agnès ici. Qui êtes-vous ? »

Les deux hommes restent dans l'embrasure de la porte. Aucun d'eux ne répond. Le garçon se tient sur les marches en béton. Les rais de soleil aveuglants qui tombent entre leurs jambes l'obligent à mettre sa main en visière.

« Pas d'Agnès ? dit l'homme au plâtre.

— Non.

— Qu'est-ce que tu fais ici ? » C'est l'autre homme qui parle, celui dont les cheveux sont pareils aux siens, en beaucoup plus court.

« Elle m'a enfermé ici. Emily.

— Emily ?

— Oui.

— Quand ?

— Hier après-midi.

— Où est-elle ?

— Je ne sais pas. Elle n'est pas dans la maison ?

— Non. Pourquoi t'a-t-elle enfermé ? »

L'homme au plâtre se met à parler en néerlandais avec l'autre. Il gesticule, répète le nom « Agnès ». L'homme aux cheveux noirs ne quitte pas des yeux le garçon, tout en répondant à celui qui l'accompagne. Il tient la barre de la trappe dans sa main. Les deux hommes sortent de l'embrasure de la porte. « Viens ! » dit l'homme qui a la barre. Le garçon gravit les dernières marches et sort. L'homme pose la barre contre le mur et descend l'escalier en béton, le garçon sent, à son passage, une odeur fraîche et forte d'after-shave. Clopinant sur ses béquilles, l'homme au plâtre s'est dirigé vers la maison. Le garçon attend que l'autre soit remonté de la cave et franchit, en le précédant, la porte grande ouverte. Il regarde l'arceau de roses. La seule rose blanche qui, il y a quelques jours, n'était guère qu'un bouton est restée un bouton, et ne s'ouvrira probablement jamais.

À la cuisine, les deux hommes poursuivent leur conversation en néerlandais comme s'ils avaient oublié sa présence. Ou comme s'il n'était pas concerné. L'homme au plâtre a en main le livre d'Emily Dickinson. Parmi un déluge de sons incompréhensibles, le garçon saisit au vol les noms « Agnès » et « Emily » ainsi qu'un unique « *ach* ». Il a les fesses contre la cuisinière, pour un peu il ferait partie des meubles. Après la cave, la chaleur fait du bien. L'homme continue à parler, met un instant sa main sur une feuille de papier posée sur la carte dépliée. Près du papier, le feutre marron, l'un de ceux qui auraient dû servir à tracer le plan du jardin. Les sacs de voyage sont sur le sol, près du buffet. La radio a disparu, laissant clairement un espace vide. Le sapin de Noël est illuminé. Voilà que l'homme se saisit d'une carte postale, la donne à l'homme aux cheveux noirs. Le garçon sourit. *Des paperasses bonnes à jeter. De la pub*, pense-t-il. « Un café ? fait-il, poussé avant tout par sa propre envie.

— Quand cette carte est-elle arrivée ? » demande l'homme aux cheveux noirs.

Le garçon soulève le couvercle et remplit la cafetière d'eau et de café.

« Hier.

— On distribue le courrier ici, pendant les fêtes de Noël ?

— Elle était probablement déjà dans la boîte. Je ne l'avais jamais vue avant.

— Qui es-tu ? »

On dirait un interrogatoire. « Bradwen Jones. » Ça lui fait du bien de dire son propre nom de cette manière, surtout en sachant pertinemment que cet homme attend en fait autre chose de lui. La cafetière est à présent sur la plaque chauffante, celle qui chauffe le plus. Le garçon regarde le chêne abattu par la fenêtre. Il s'aperçoit à son tour que ce sentier couvert d'ardoise qui va se perdre dans la pelouse ne rime à rien. Il n'a pas de raison d'être, il ne mène nulle part. Il se retourne. L'homme au plâtre a les yeux fixés sur la carte postale, l'autre le regarde. « Tu es de la police ? demande-t-il.

— Oui. » Puis, après un court silence : « T'es un gars astucieux.

— Tu t'appelles ?

— Anton.

— Et lui ? » Le garçon désigne l'homme au plâtre.

« C'est le mari d'Agnès. Rutger.

— Où est-elle ? » demande le mari d'Agnès. Rutger. Il parle à la carte postale.

La cafetière se met à crachoter. Le garçon la retire de la plaque et prend trois tasses.

« Qu'est-ce que c'est que ce papier sur la porte d'entrée ? demande le policier.

— Un mot de mon père. » Le garçon ne peut rien dire de plus. Il n'a aucune idée de la raison pour laquelle son père va venir ici le 1er janvier avec un agent immobilier.

« Des oies ? demande le policier.

— Il y en a dans le pré qui longe le chemin d'accès. Parfois un renard en emporte une. » Il pose deux tasses sur la table, va chercher du lait dans le frigidaire, et prend le sucre sur le plan de travail. Le mari d'Agnès lève les yeux, il paraît se souvenir de quelque chose. Il se lève, sort de son sac un objet rectangulaire, emballé dans du papier d'aluminium. Il le pose sur la table, sans le déballer. Le policier regarde le garçon. Celui-ci le regarde à son tour, conscient de son strabisme.

Plus tard, il est dans son bain. La fenêtre est ouverte, une senteur de Native Herbs se dégage de l'eau très chaude. Il a envoyé les Hollandais au cercle de pierres. Leur a dit qu'elle aimait s'y rendre. Et si elle n'y est pas, a-t-il ajouté, il y a encore, un peu plus loin, le réservoir d'eau. Elle ne peut pas s'être beaucoup éloignée, la voiture est encore là, derrière l'ancienne porcherie. Il n'avait pas touché mot du blaireau — et non, il n'irait pas avec eux, l'endroit n'était pas difficile à trouver, il suffisait de suivre le sentier. Le policier l'avait prié de ne pas quitter les lieux — à croire qu'il était considéré comme suspect, dans une affaire de disparition. Il avait réagi par un rire bref, auquel le policier avait répondu par un sourire. Il les voyait par la fenêtre de la cuisine, qui marchaient d'un pas lent même si l'homme au plâtre était plus rapide qu'il ne s'y était attendu. Rutger et Anton. Il regarde son sexe qui flotte dans l'eau chaude et paraît plus gros qu'il ne l'est. Enceinte, se dit-il. Cette idée le poursuit, d'autant plus qu'il sait désormais qu'il y a un mari. Et elle le voulait, elle avait refusé toute protection. Où est passée la radio ? Il ferme les yeux et écoute le ruisseau qui murmure. Il évalue la situation. Il pourrait très bien rester. Anton, le flic, n'y verrait aucun inconvénient. Il ouvre les yeux et sort du bain. Il renifle en s'essuyant. Emily affirmait qu'elle sentait sur elle la veuve Evans. Il sent sa propre odeur, et elle est agréable. En ouvrant un instant plus tard la porte du cabinet de travail pour prendre, dans son sac à dos, des habits propres, il constate que le matelas a disparu.

Le garçon est au coin de la maison. La grosse voiture noire dans laquelle les deux hommes sont arrivés se trouve à une cinquantaine de mètres. Le soleil brille encore. Un peu avant, il a vu scintiller la mer, depuis la fenêtre du palier. Le pré aux oies est devant lui, vide. Il se met à descendre le chemin d'accès en suivant le bas-côté qui longe la prairie. Après avoir laissé la voiture noire derrière lui, il tourne la tête, croyant avoir entendu une sonnerie de fanfare dans le bruissement du ruisseau. Des trompettes. L'herbe du pré aux oies est rase, le moindre brin a été brouté jusqu'à la terre par les volatiles. Le garçon escalade la clôture et se dirige d'un pas lent, de plus en plus lent, vers l'abri. Les trompettes ne hantaient pas le ruisseau ; elles sont à l'intérieur de l'abri. Il y a six mois, le soleil brillait aussi, il faisait alors beaucoup plus chaud, les chênes étaient verts, et jaunes les ajoncs dans le pré aux moutons ; l'herbe poussait si dru que les oies n'en venaient pas à bout. Il se met à croupetons. Les planches et le grillage brouillent sa vue. Il discerne un coin de matelas ; la musique, sans être très forte, est clairement audible. Il voit à présent que le matelas repose sur des sacs-poubelle étalés. Les quatre oies sont installées autour de la femme. Dès qu'elles l'aperçoivent, elles se mettent tranquillement à glousser. L'une d'elles semble être restée debout et commence même à siffler, comme si elle montait la garde. Il voit aussi du violet ; elle a mis son bonnet. Assez.

Il se relève. *A woman with a very nice, purple cap. She's tired. She didn't make it to the top, but that's not the end of the world. It's Christmas, and time she went home. There is cooking and drinking to be done*[1]. Cela lui revient, mot pour mot. Ce n'était jamais qu'hier. *What do you see*[2] ? — simple question qu'elle a posée sans le regarder, mais en gardant les yeux fixés sur la citerne d'eau, l'air revêche et un peu embarrassé. Ineffablement belle. Jamais il ne l'avait vue ainsi jusqu'alors. Terriblement belle ; tel un arbre ou un buisson qui dans l'année précédant sa mort produit la plus grande quantité de fleurs possible. Mais c'était là aussi quelque chose qu'il ne lui avait pas dit. Emily.

1. « Une femme portant un très joli bonnet violet. Elle est fatiguée. Elle n'a pas réussi à grimper jusqu'au sommet, mais il n'y a pas de quoi en faire un drame. C'est Noël, il est temps qu'elle rentre chez elle. Il faut à présent préparer à manger et à boire. »

2. « Qu'est-ce que tu vois ? »

Avant de réescalader la clôture, il se retourne. Il embrasse du regard le pré aux oies et le pâturage à moutons vide de moutons. Il songe à trois femmes mortes : deux ici, une dans son lit, chez elle, à Llanberis. Juste avant de mourir, sa mère avait dit une dernière chose qu'il avait à peine saisie tant il était distrait par sa beauté en cet instant-là. « *Go* », avait-elle dit. « *If you want to, or if you have to, go*[1]. » Après cela, elle avait fermé les yeux. Il regarde le ciel, qui est bleu. Il voit les poteaux de bois et les fils électriques, les ajoncs, les chênes, quelques corneilles, une auge orange déglinguée dans l'herbe, une clôture de fer barbelé. Et, bien sûr, l'abri dont s'échappe toujours de la musique. De l'ombre à profusion, même près de l'auge orange, bien plus que pendant l'été.

C'est à peu près tout, si ce n'est encore quelques nuages, au loin. Une musique très douce, et le murmure du ruisseau. Il sourit. Elle n'avait pas imaginé les choses ainsi, se dit-il. *Let no sunrise' yellow noise interrupt this ground.*

Le garçon fait son sac à dos. Il en a vite fini : une partie des habits qu'il contenait n'en est jamais sortie. Avant de quitter le cabinet de travail, il examine la pile de livres posée sur la table. Il glisse *The Wind in the Willows* dans la poche supérieure de son sac à dos, parce qu'il a vu sur la couverture une taupe, un crapaud

1. « Pars. Si c'est ce que tu veux, ou s'il le faut, pars. »

et un rat. Une fois à la cuisine, il regarde par la fenêtre. Pas de trace du mari et du policier. Il s'assied à la table et jette un œil sur la feuille de papier. Son écriture. Illisible. Du néerlandais. Il arrive juste à déchiffrer un mot : *bed.* Sur la carte postale, un texte tout aussi incompréhensible qui consiste en deux mots. Pour la première fois, il voit son nom : elle s'appelle vraiment Agnès. Le nom « Rutger » figure aussi sur la carte. Il dépouille l'objet rectangulaire de son papier d'aluminium, d'où émerge une sorte de cake, marron foncé au milieu. Il prend un couteau et en coupe une tranche. C'est délicieux ; il en coupe une autre. Quand il l'a finie, il rabat l'aluminium autour du gâteau. Il se lève. Regarde le sapin de Noël et se dit : un arbre perdu. Ses yeux passent du sapin aux sacs des deux hommes posés contre le buffet. Il hésite à peine. Il prend quarante livres dans chacun des deux portefeuilles qui contiennent beaucoup plus. Il met le portefeuille de Rutger dans le sac d'Anton, et le portefeuille d'Anton dans le sac de Rutger. Il sort de la maison, un sac en plastique à la main, et le sac à dos juste en bandoulière. Se ravisant, il pose le sac à dos contre le mur, tout près de la porte, et le sac en plastique par-dessus. Il rentre. Se met tranquillement à débarrasser les branches du sapin de leurs boules, de leurs guirlandes argentées, et pour finir de leurs lumières, qu'il range dans un tiroir du buffet. Après quoi il extirpe le sapin des débris d'ardoise, et secoue la motte un bon coup. Il emporte l'arbre dehors, le dépose au bas du sentier qui se perd dans la pelouse. Après être allé chercher une bêche à la porcherie, il creuse un trou au bout du nouveau sentier, installe le sapin dedans, tasse la terre tout autour, puis rapporte la bêche dans la porcherie. Il reprend le sac posé sur son sac à dos, et retourne une dernière fois à la cave. Il fourre le pain, la viande d'agneau, les bananes dans le sac, prend une bouteille d'eau et remonte les marches en béton. Il place le sac en plastique au-dessus de ses habits et, d'un clic, ferme le rabat supérieur du sac à dos. Desserrant une sangle latérale, il glisse dans l'espace ainsi ménagé la bouteille d'eau d'un litre et demi, la poussant jusqu'à ce que le fond vienne se loger dans une poche de côté, après quoi il resserre précautionneusement la sangle. Il hisse le sac sur son dos, ferme comme il se doit la porte, et franchit la *kissing gate* ménagée dans le mur de pierre.

Il traverse le ruisseau. Il se demande encore s'il va rester sur le sentier ou opter pour un trajet parallèle, par-delà un épais talus boisé. Il sait qu'il a une journée de marche devant lui, en sens inverse. Car il s'est tout simplement fourvoyé. *Sometimes a day's work is for nothing because it leads nowhere*[1] — c'est ce qu'il lui a dit lui-même

1. « Il y a parfois des jours où je travaille en pure perte parce que ça ne mène nulle part. »

il y a quelques semaines de cela. Le sentier de grande randonnée doit grimper jusqu'à la cime du Yr Wyddfa, en passant par Llanberis, ce qui offrira aux marcheurs une possibilité de choix : faire tout le parcours à pied ou emprunter le train à vapeur. Il repartira du sommet pour descendre jusqu'à Rhyd Ddu — il sera spécifié que le franchissement de l'arête n'est pas sans danger — et rejoindra progressivement la côte. Aberystwyth constituerait un beau point d'arrivée. Il y a une gare et on y est à moins de deux heures de Shrewsbury. Dire qu'il ne s'est pas aperçu de ça plus tôt ! Ici, il est du mauvais côté du mont.

Il regarde vers le sud-ouest. Il a encore quelques heures de lumière devant lui. Entendant des voix au loin, il hésite un peu, puis se fraye un chemin à travers le talus boisé et s'accroupit derrière un arbre. Quelqu'un lui a raconté un jour qu'ongles et cheveux poussaient encore après la mort. Pendant combien de temps, se demande-t-il, un être informe continue-t-il à charrier sang et nourriture ? Il ferme les yeux. Il ne veut pas rester ainsi à ne rien faire. Il veut marcher, bouger. Il soupire et regarde la prairie qui s'étend sous ses yeux, bordée par une haie d'arbres trapus. Gamin, il parvenait, même ici, pour peu que le vent souffle dans la bonne direction, à entendre les voix de sa mère et de la veuve Evans. Jamais il ne s'aventurait là où ces voix étaient hors de portée. Dans dix ou vingt ans peu de choses auront changé dans ces lieux. Il n'émerge de derrière le vieux houx que lorsque les voix d'hommes ont cessé d'être audibles. Il se met à siffler doucement.

61

Ce Lit, fais-le Ample —
Fais-le avec Révérence —
Et là attends, excellent et juste,
Qu'éclose le Jugement.

Que le Matelas soit droit —
Et l'Oreiller ferme —
Que de l'aube nul bruit éclatant
Ne trouble le terrain —

Lorsqu'elles existaient, les traductions en français des citations d'Emily Dickinson ont été tirées de :

Emily Dickinson, Paris, Seghers, coll. « Poètes d'aujourd'hui », 1957, trad. Alain Bosquet.

Emily Dickinson, *Poésies complètes,* édition bilingue, Paris, Flammarion, 2009, trad. Française Delphy.

Emily Dickinson, *Car l'adieu, c'est la nuit,* Paris, Gallimard, coll. « Poésie », 2007, trad. Claire Malroux.

La traduction finale du poème d'ouverture est de Claire Malroux.

Qu'elle soit ici remerciée.

COLLECTION FOLIO

Dernières parutions

5482. Georges Perec	*Les mots croisés*
5483. Patrick Pécherot	*L'homme à la carabine. Esquisse*
5484. Fernando Pessoa	*L'affaire Vargas*
5485. Philippe Sollers	*Trésor d'Amour*
5487. Charles Dickens	*Contes de Noël*
5488. Christian Bobin	*Un assassin blanc comme neige*
5490. Philippe Djian	*Vengeances*
5491. Erri De Luca	*En haut à gauche*
5492. Nicolas Fargues	*Tu verras*
5493. Romain Gary	*Gros-Câlin*
5494. Jens Christian Grøndahl	*Quatre jours en mars*
5495. Jack Kerouac	*Vanité de Duluoz. Une éducation aventureuse 1939-1946*
5496. Atiq Rahimi	*Maudit soit Dostoïevski*
5497. Jean Rouaud	*Comment gagner sa vie honnêtement. La vie poétique, I*
5498. Michel Schneider	*Bleu passé*
5499. Michel Schneider	*Comme une ombre*
5500. Jorge Semprun	*L'évanouissement*
5501. Virginia Woolf	*La Chambre de Jacob*
5502. Tardi-Pennac	*La débauche*
5503. Kris et Étienne Davodeau	*Un homme est mort*
5504. Pierre Dragon et Frederik Peeters	*R G Intégrale*
5505. Erri De Luca	*Le poids du papillon*
5506. René Belleto	*Hors la loi*
5507. Roberto Calasso	*K.*
5508. Yannik Haenel	*Le sens du calme*
5509. Wang Meng	*Contes et libelles*
5510. Julian Barnes	*Pulsations*
5511. François Bizot	*Le silence du bourreau*
5512. John Cheever	*L'homme de ses rêves*
5513. David Foenkinos	*Les souvenirs*
5514. Philippe Forest	*Toute la nuit*
5515. Éric Fottorino	*Le dos crawlé*
5516. Hubert Haddad	*Opium Poppy*

5545.	Honoré de Balzac	*Illusions perdues*
5546.	Guillaume Apollinaire	*Alcools*
5547.	Tahar Ben Jelloun	*Jean Genet, menteur sublime*
5548.	Roberto Bolaño	*Le Troisième Reich*
5549.	Michaël Ferrier	*Fukushima. Récit d'un désastre*
5550.	Gilles Leroy	*Dormir avec ceux qu'on aime*
5551.	Annabel Lyon	*Le juste milieu*
5552.	Carole Martinez	*Du domaine des Murmures*
5553.	Éric Reinhardt	*Existence*
5554.	Éric Reinhardt	*Le système Victoria*
5555.	Boualem Sansal	*Rue Darwin*
5556.	Anne Serre	*Les débutants*
5557.	Romain Gary	*Les têtes de Stéphanie*
5558.	Tallemant des Réaux	*Historiettes*
5559.	Alan Bennett	*So shocking !*
5560.	Emmanuel Carrère	*Limonov*
5561.	Sophie Chauveau	*Fragonard, l'invention du bonheur*
5562.	Collectif	*Lecteurs, à vous de jouer !*
5563.	Marie Darrieussecq	*Clèves*
5564.	Michel Déon	*Les poneys sauvages*
5565.	Laura Esquivel	*Vif comme le désir*
5566.	Alain Finkielkraut	*Et si l'amour durait*
5567.	Jack Kerouac	*Tristessa*
5568.	Jack Kerouac	*Maggie Cassidy*
5569.	Joseph Kessel	*Les mains du miracle*
5570.	Laure Murat	*L'homme qui se prenait pour Napoléon*
5571.	Laure Murat	*La maison du docteur Blanche*
5572.	Daniel Rondeau	*Malta Hanina*
5573.	Brina Svit	*Une nuit à Reykjavík*
5574.	Richard Wagner	*Ma vie*
5575.	Marlena de Blasi	*Mille jours en Toscane*
5577.	Benoît Duteurtre	*L'été 76*
5578.	Marie Ferranti	*Une haine de Corse*
5579.	Claude Lanzmann	*Un vivant qui passe*
5580.	Paul Léautaud	*Journal littéraire. Choix de pages*

5581.	Paolo Rumiz	*L'ombre d'Hannibal*
5582.	Colin Thubron	*Destination Kailash*
5583.	J. Maarten Troost	*La vie sexuelle des cannibales*
5584.	Marguerite Yourcenar	*Le tour de la prison*
5585.	Sempé-Goscinny	*Les bagarres du Petit Nicolas*
5586.	Sylvain Tesson	*Dans les forêts de Sibérie*
5587.	Mario Vargas Llosa	*Le rêve du Celte*
5588.	Martin Amis	*La veuve enceinte*
5589.	Saint Augustin	*L'Aventure de l'esprit*
5590.	Anonyme	*Le brahmane et le pot de farine*
5591.	Simone Weil	*Pensées sans ordre concernant l'amour de Dieu*
5592.	Xun zi	*Traité sur le Ciel*
5593.	Philippe Bordas	*Forcenés*
5594.	Dermot Bolger	*Une seconde vie*
5595.	Chochana Boukhobza	*Fureur*
5596.	Chico Buarque	*Quand je sortirai d'ici*
5597.	Patrick Chamoiseau	*Le papillon et la lumière*
5598.	Régis Debray	*Éloge des frontières*
5599.	Alexandre Duval-Stalla	*Claude Monet - Georges Clemenceau : une histoire, deux caractères*
5600.	Nicolas Fargues	*La ligne de courtoisie*
5601.	Paul Fournel	*La liseuse*
5602.	Vénus Khoury-Ghata	*Le facteur des Abruzzes*
5603.	Tuomas Kyrö	*Les tribulations d'un lapin en Laponie*
5605.	Philippe Sollers	*L'Éclaircie*
5606.	Collectif	*Un oui pour la vie ?*
5607.	Éric Fottorino	*Petit éloge du Tour de France*
5608.	E.T.A. Hoffmann	*Ignace Denner*
5608.	Frédéric Martinez	*Petit éloge des vacances*
5610.	Sylvia Plath	*Dimanche chez les Minton et autres nouvelles*
5611.	Lucien	*« Sur des aventures que je n'ai pas eues ». Histoire véritable*

5612. Julian Barnes — *Une histoire du monde en dix chapitres ½*
5613. Raphaël Confiant — *Le gouverneur des dés*
5614. Gisèle Pineau — *Cent vies et des poussières*
5615. Nerval — *Sylvie*
5616. Salim Bachi — *Le chien d'Ulysse*
5617. Albert Camus — *Carnets I*
5618. Albert Camus — *Carnets II*
5619. Albert Camus — *Carnets III*
5620. Albert Camus — *Journaux de voyage*
5621. Paula Fox — *L'hiver le plus froid*
5622. Jérôme Garcin — *Galops*
5623. François Garde — *Ce qu'il advint du sauvage blanc*
5624. Franz-Olivier Giesbert — *Dieu, ma mère et moi*
5625. Emmanuelle Guattari — *La petite Borde*
5626. Nathalie Léger — *Supplément à la vie de Barbara Loden*
5627. Herta Müller — *Animal du cœur*
5628. J.-B. Pontalis — *Avant*
5629. Bernhard Schlink — *Mensonges d'été*
5630. William Styron — *À tombeau ouvert*
5631. Boccace — *Le Décaméron. Première journée*
5632. Isaac Babel — *Une soirée chez l'impératrice*
5633. Saul Bellow — *Un futur père*
5634. Belinda Cannone — *Petit éloge du désir*
5635. Collectif — *Faites vos jeux !*
5636. Collectif — *Jouons encore avec les mots*
5637. Denis Diderot — *Sur les femmes*
5638. Elsa Marpeau — *Petit éloge des brunes*
5639. Edgar Allan Poe — *Le sphinx*
5640. Virginia Woolf — *Le quatuor à cordes*
5641. James Joyce — *Ulysse*
5642. Stefan Zweig — *Nouvelle du jeu d'échecs*
5643. Stefan Zweig — *Amok*
5644. Patrick Chamoiseau — *L'empreinte à Crusoé*
5645. Jonathan Coe — *Désaccords imparfaits*
5646. Didier Daeninckx — *Le Banquet des Affamés*

5647. Marc Dugain — *Avenue des Géants*
5649. Sempé-Goscinny — *Le Petit Nicolas, c'est Noël !*
5650. Joseph Kessel — *Avec les Alcooliques Anonymes*
5651. Nathalie Kuperman — *Les raisons de mon crime*
5652. Cesare Pavese — *Le métier de vivre*
5653. Jean Rouaud — *Une façon de chanter*
5654. Salman Rushdie — *Joseph Anton*
5655. Lee Seug-U — *Ici comme ailleurs*
5656. Tahar Ben Jelloun — *Lettre à Matisse*
5657. Violette Leduc — *Thérèse et Isabelle*
5658. Stefan Zweig — *Angoisses*
5659. Raphaël Confiant — *Rue des Syriens*
5660. Henri Barbusse — *Le feu*
5661. Stefan Zweig — *Vingt-quatre heures de la vie d'une femme*
5662. M. Abouet/C. Oubrerie — *Aya de Yopougon, 1*
5663. M. Abouet/C. Oubrerie — *Aya de Yopougon, 2*
5664. Baru — *Fais péter les basses, Bruno !*
5665. William S. Burroughs/Jack Kerouac — *Et les hippopotames ont bouilli vifs dans leurs piscines*
5666. Italo Calvino — *Cosmicomics, récits anciens et nouveaux*
5667. Italo Calvino — *Le château des destins croisés*
5668. Italo Calvino — *La journée d'un scrutateur*
5669. Italo Calvino — *La spéculation immobilière*
5670. Arthur Dreyfus — *Belle Famille*
5671. Erri De Luca — *Et il dit*
5672. Robert M. Edsel — *Monuments Men*
5673. Dave Eggers — *Zeitoun*
5674. Jean Giono — *Écrits pacifistes*
5675. Philippe Le Guillou — *Le pont des anges*
5676. Francesca Melandri — *Eva dort*
5677. Jean-Noël Pancrazi — *La montagne*
5678. Pascal Quignard — *Les solidarités mystérieuses*
5679. Leïb Rochman — *À pas aveugles de par le monde*
5680. Anne Wiazemsky — *Une année studieuse*

Composition Nord Compo
Impression Maury Imprimeur
45330 Malesherbes
le 24 mars 2014.
Dépôt légal : mars 2014.
Numéro d'imprimeur : 188433.

ISBN 978-2-07-045673-4. / Imprimé en France.

261061